徳間文庫

警視庁公安J

ブラックチェイン

鈴峯紅也

徳間書店

目次

序

【やあ、Jボーイ、この間の〈シュポ〉の件は参ったよ。脱帽だ。私は有能なエージェント候補をひとり失った。けれど、なにも含むところはないよ。Jボーイ、君に対する私の悪戯《いたずら》が過ぎたということだ。反省すべきは、私だからね。

　それにしても、君の成長には恐れ入った。クルーザ上でのゲーリングの最期はコナーズから聞いているよ。凄《すご》いね。何度もいうが、脱帽だ。君のPTGは、私の推測をはるかに超えていた。想像の領域すら凌駕《りょうが》してくれたよ。いや、どこに行っても戦いはあると、Jボーイ、たしかに私は言ったが、日本国という環境は戦場におけるPTSDを保ちつつ、成長に寄与する不思議な因子を君に与えたのかもしれないね。実に素晴らしい。

　Jボーイ、私は世界中にネットワークを構築しつつあるが、まだ網羅は出来ていない。資金も、国連の常任理事国ひとつさえ脅かすほどには至っていない。私は君が羨《うらや》ましい。君の能力と財力と人的ネットワークをもってすれば、日本国という閉じた世界の中では、君は今や神に等しいだろう。違うかね。

ふふっ。Jボーイ、謙遜することはない。私はこれを、私にもたらされる多くの情報を統合分析した結果として言っている。ケレンはどこにもないよ。

だからJボーイ、断腸の思いだが、私は君をこちらに呼ぼうとすることはやめた。閉じてはいるが君の存在、君のしていることこそ、スケールアップすれば、開いた世界に於《お》いてまさに私が望み、狂おしいほどに欲して止《や》まないことだ。

だからJボーイ。私は君が羨ましい。羨ましくも頼もしい。いずれ、私が本当に君を希求するまで、出来るだけ多くの経験を積んで欲しい。出来るなら、閉じた世界の神として君臨するまでになってはくれないかね。

ふふっ。Jボーイ、そう、つれなくするものではない。私は今、感動さえ覚えているのだよ。

〈シュポ〉の一件はたしかに悪戯が過ぎたかもしれないが、それだけで終わらなかったことは私にとっての運だ。有能なエージェント候補は失ったが、惜しくはない。私は、私と私が作ろうとする未来に、燦然《さんぜん》と輝く希望を得た思いだ。私は今、大いに満ち足りている。

君との出会いを、神に感謝したいくらいだ。

えっ。どこの神かって。

ふふっ。決まっているじゃないか。いずれ、私が取って代わる予定の神だよ】

第一章　黒い鎖

一

月の綺麗《きれい》な晩だった。夜になっても蟬《せみ》の鳴き声が喧しいほどで、草いきれが濃かった。蟬の鳴き声に紛れて、弱々しい発電機の稼働音があった。

その発電機が今エネルギーを供給するのは、一辺が三十メートルはある倉庫のような建物だった。いくつかある窓から漏れる光は、パワー不足で当然のように薄暗い。ただ、明らかに窓ではないところからも目を凝《こ》らせば、かすかに洩れる光が認められた。

倉庫のような建物は、かつて倉庫だったもののなれの果てだった。正面の、間口五メートルはあろうかというシャッタは、二十年前に閉じられたあと、十五年前に一時期開け放たれただけだった。

爺夫《イエフ》はシャッタの脇にある、アルミ製のスイングドアを押し開けた。普段はそちらも車庫程度のシャッタで閉じられているが、この夜のように集まりがあるときには一番序列の低い者が先に来て開けるのがきまりだった。今現在で言えば、九夫《ジョウフ》がその担当だった。

倉庫内に入ると、まず感じるのは柔らかな足下の感触だ。ウッドチップが敷き詰められている。

〔辛苦了《シンクーラ》（お疲れ様でした）〕

右手にガラスのない電話ボックスがあり、その手前にガーデン用のプラスチックチェアがいくつか置かれていた。北京語で言ったのは、そのひとつに座ってスマホをいじっていた、二十歳そこそこの若い男だった。それが通称、九夫だ。

「必要なとき以外は、たとえここでも日本語にしろと言ったはずだぞ」

爺夫は立ち止まらずに進んだ。

「とっさの時に出る。九夫、気をつけろ」

ヤーと答えてから、あ、すいませんと言いながら立ち上がり、九夫は爺夫の後に続いた。

倉庫の中は四方の、およそ六メートルはある高さの壁に、単管パイプで組まれた足場がキャットウォークのように走っていた。

室内を照らす照明は、そのパイプを利用して、四隅に引っ掛けられた二百ワットクラスの白熱灯だけだ。単管パイプはキャットウォークだけでなく、広く高い倉庫のあちこちに櫓のようにも組まれている。

他には、まるで日曜大工で作ったような粗末な小屋も無数に配置され、奥には二基二段でひとつにまとめられたコンテナハウスもあった。

が、なんといっても空間を倉庫からまるでかけ離れた異質なものにしているのは、中央の広場と言っていいスペースに置かれた、二両の貨車だ。衝突をイメージしたにちがいない二両は、片方がもう片方に乗り上げるようにして配置されている。全体に敷き詰められたウッドチップも、この貨車の周囲にはない。剝《む》き出しのコンクリートだ。

爺夫は、一両の貨車に立て掛けられたパイプ椅子を取り、少し離れたところに座った。そこが、爺夫にとっての定位置だった。四隅に引っ掛けられたランプがすべて目に入る、唯一の場所だ。

「全員、そろってるか」

ひと声掛けると、音もなく六つの影が湧いた。

貨車の上、小屋の中、キャットウォークの下、ｅｔｃ。

九夫が爺夫と同じように、パイプ椅子を持ってきて隣に座った。

一夫《イーフ》から九夫まで。間に三姫《サンジィ》と七姫《チージィ》。それが彼ら男女に与えられた通称だ。しかしだからといって、本名があるわけではない。誰も持たない。爺夫からして、単なる呼称であるが、ほかに呼ばれたことはない。〈爺〉はリーダーたることを表す尊称として使われるだけで、決して年老いたという意味ではない。

爺夫は本名こそあるのかどうかも知らなかったが、自分がこの年で三十六歳になる、ということはわかっていた。

「向こうはどうでした」

かすれた声で聞いてきたのは一夫だ。短髪で細い目、薄い唇。なにを考えているか、表情はいつも読めない。

「ああ。今までの上はやっぱり駄目だった。その代わり、次の軍部将官とつながった。今いる分の女たちは問題なく届けてきたが、かえって足りない分を叱責されたくらいだ。向こうは変わらず、色々なものを欲している」

薄暗い中に集った影のような一同に、そこはかとない安堵が流れた。爺夫は内心で笑った。

(なんと言ったっけ。ああ、嘘も方便、だったな)

本当につながったのは、いつも爺夫が商品を連れてゆく際、向こうで引き渡すチャイナ・シンジケートとだ。去年までは間に権力者がいたから交渉も出来ず遠かったが、今回からは直につながった。その分マージンは大きく、風通しもよくなる。

だが、爺夫は敢えてそれを口にしなかった。自分たちの悪行は、すべて国のためと思っている連中だ。本当のことを言ったら金輪際、爺夫の指示では動かなくなるだろう。

その瞬間、裏社会では〈ブラックチェイン〉という名で通った、爺夫を筆頭に十人からなる、秘密商社は消滅する。

「問題はないが、セキュリティ崩しと伊丹《いたみ》空港周辺の地上げは保留だ。エンドユーザの回答が曖昧らしい。だが、他はイキだ。続ける」

何人かが返事をした。

爺夫は思い思いの場所に位置取る者達を見回した。

そういえば、全員いるかという問いに、答えは誰からも返らなかった。

数が合わない。

「三姫はどうした」

「仕込みで六夫《リュウフ》と一緒に都内です。今夜は来ません」

言って、貨車の縁から飛び降りたのは二夫《アルフ》だ。身体《からだ》がでかい割には敏捷だが、あまり自分で物事を考えようとしない。

「仕込み？　なにかあったか。ルーティン業務以外は、今言ったセキュリティ崩しと地上げしかなかったはずだが」

「すいません。そのセキュリティの方です」

一歩前に出、頭を掻《か》いた男がいた。中肉中背で、割合整った顔をしている。飛び抜けたハンサムではないが、万人受けするというやつだろう。アナウンサー顔とも言うか。それが、四夫《スウフ》という男だった。

「なんだ。それは、お前と七姫の仕事じゃなかったか」

「爺夫」

鈴を振るような七姫の声が掛かった。

「四夫が悪いわけじゃないんです。三姫が強引に。上位ナンバーには逆らえませんから」

すいませんと四夫が頭を下げた。

上位ナンバー。そう、一夫以下、呼称は序列のナンバーでもある。能力ではなく、入ってきた順というところが古臭く、場合によってはこういう事が起こる。

「ふん。三姫か。四年も潜り込ませといたのがまずかったかな。出戻ってから偉そうだ。勝手に動くしな。五夫《ウーフ》」

ふぉいと気の抜けた返事で伸びをした男が五夫だ。小太りで動きは重いが、頭の回転が速く融通が利く。

「三姫を見張れ」

「了解。で、なにかあったらどうします」

「〈工場〉行きだな。しばらく補充は来ないが仕方ない」

「〈工場〉ったって、六夫がいますよ。俺の手には余る」

「ああ」

六夫は格闘術に優れている。おそらく、ナンバーの中で一番だ。

「そうだな。八夫《バーフ》と九夫をつけようか」

　八夫がのそりと立ち上がった。口は重いが身幅は厚く、戦闘能力では六夫に次ぐ。

「だが、まあ力比べになると、万が一もあるか。そうだな。派手に仕留めるか。なあ、五夫」

「えっ」

「三姫が自分で仕入れてきた在庫で消えるのも本望だろう。それでこそ〈ブラックチェイン〉というものだ」

「在庫？　ああ、あれですか。でも、派手すぎませんか」

「――俺に意見か」

　爺夫の声がいくぶん冷えた。

「えっ。あ、いや」

　五夫は目を背けた。

「まあいい。――おい、みんなにも言っておく。向こうとつながりはしたが、わかっての通り、騒動はまだまだ続くだろう。軍部将官が正式に後継者となるにも、時間が掛かると言われた。必要なら、弾薬も偽造パスポートも免許証も、これまで同様の用意はしてくれる。なにが変わるわけではない。が、それまでは俺がお前らにとっての総司令官だ。これまで以上に、一切の抵抗は許さない。鉄の結束、血の粛清。〈ブラックチェイン〉が泳ぎ渡るのは、そのわずかな隙間だ」

これも徹頭徹尾、嘘だ。

半年経《た》とうと一年経とうと、国に新たな司令官が出来ることはない。お偉方の私欲は触手のように伸びてきたが、爺夫はそのすべてを無視してシンジケートと直につながってきた。

銃弾や偽造物の供給はかろうじて嘘ではないが、実際にはシンジケートから、金を払って買うことになる。

それにしても、勝手に売買が出来るというのは、それだけで自由の証明だ。

徐才明《じょさいめい》。

飛び回る蠅《はえ》のように煩《うるさ》かった〈ブラックチェイン〉の、いわば社主は、中国国家主席の汚職撲滅運動で失脚した。

爺夫を押さえつける者は、もういない。

「いいか。働けるだけ働け。稼げるだけ稼げ。それが、俺たちを生かしてくれた国のためなのだ」

了解ですと言って立ち上がったのは、一夫だけだった。

「ああ。それと、これからしばらくは金だけは潤沢になるだろう。つかの間のお大尽気分もいい。おもしろおかしく、やろうじゃないか」

ヤーと、二夫以下の全員が嬉しそうに答えた。

二

七月十七日、純也《じゅんや》の朝はいつもより早かった。一本の電話によって起こされたからだ。取るものも取り敢えず、純也は国立《くにたち》の家を出た。

「あら、朝ご飯は要らないの」

キッチンで魚を焼いていた祖母の春子《はるこ》が声を掛けた。今朝は鯵《あじ》の開きらしい。いい匂いだった。

この年で八十七歳になるが、春子は依然として元気だ。家と庭の手入れはさすがに業者の手に委ねるが、日常の家事一切はすべて自分でこなしていた。

「うん。急な呼び出しでね」

「ふうん。相変わらず、暇なんだか忙しいんだかわからないとこね。あなたの部署って」

それでも、笑顔で行ってらっしゃいという春子の声に送られ、純也はディープ・シー・ブルーのＢＭＷ Ｍ６に乗り込んだ。

道路は、ちょうど通勤、通学の時間帯に差し掛かり始めていたようで、少々ストレスを感じるくらいには込んでいた。普段の登庁はそれをずらすためということもあり遅めだが、結果、大して変わらなくなるということも証明済みではあった。

純也が目的地、帝都ホテルの正面玄関に車をつけたのは、八時三十分だった。Ｍ６のキーをポーターに預けてロビーに入る。

奥に見えるフロントには、チェックアウトラッシュで列が出来ていた。主に外国人だ。

そんな中にあっても、端麗な純也の容姿は目立つのだろう。なんと言っても銀幕の大スター、芦名《あしな》ヒュリア香織《かおり》の血を色濃く受け継いでいる。

一瞥《いちべつ》だけだったが、フロントマンの大澤昌男《おおさわまさお》と目が合った。柔らかな微笑で会釈をする。

軽く片手を上げて応え、純也はそちらではなく、真っ直ぐラウンジに向かった。

純也を呼び出した男はラフなポロシャツ姿で窓際の席に座り、タブレットＰＣを開いていた。

純也は向かいの席に座り、足を組んだ。

「来たぞ。さて、こんな早くに呼び出したわけを聞こうか」

「こんな早く、なのか？」

曇りのない銀縁眼鏡、細い顔、枯れ枝のような身体。

株式会社サードウインドの社長、別所幸平《べっしょこうへい》がタブレットから顔を上げた。

「普通だと思うが。いつもの俺ならもう出社してる」

「他人にとってじゃない。俺の日常にとってだ。おかげで朝食抜きだ。有り難いと思え」

「ふむ。ならここで、モーニングを好きなだけ食ったらいい。もう始まってるぞ」

聞きようによっては取っつきづらい平坦な声。それが別所の特徴でもあるが、何事にも興味がないわけではなく、かえって好奇心は旺盛で、本人は常にいたって本気だ。

「あのなあ」

言いかけて純也は、磨き抜かれた眼鏡の奥の、別所の目が気になった。充血して真っ赤だった。

「お前、寝てないのか。目が真っ赤だぞ」

「いや、寝た。――はずなんだがな。二日酔いするまで呑んだ覚えもないんだが」

そこまで言い、別所はホールスタッフを呼んでモーニングをふたつ注文した。

「小日向《こひなた》。お前の顔を見たら、少し安心したのかもしれない。俺も腹が減ってきた」

すぐに運ばれてきたセットのトーストにバターを塗り、ひと口かじってから別所はそう言った。

「俺ひとりのことならどうでもいいが、事は会社と社員の生活に関わるんでな。それと、お前の資産にも」

「なんだ」

どうやら美人局《つつもたせ》というものに遭ったらしい、と別所は続けた。

純也は、トーストにバターを塗る手を思わず止めた。

「へえ。面白い」

「なにがだ。面白くはないぞ。これは犯罪だろう」

「いや、面白いのはお前さ。美人局に遭うって事は、買ったんだろう？　お前が。あの、お前が」

「あのも、このもない。目の前にいるのが俺だ。まあ、そういうことを今までしたことがないかと言えば嘘になるが、今回に限っては不思議なことに、身に覚えはまったくない」

トーストを平らげると、サラダと卵料理を残して別所は口を拭いた。

「二日酔いのせいでこれ以上は食えないが、この二日酔いもよくわからない」

「クスリを盛られたのかな」

「どうなんだろうな。ただ、気が付いたら顔に当たる朝陽《あさひ》が眩《まぶ》しかった」

「どこで引っ掛かったんだ」

「起きたのは豊海《とよみ》のフェリー発着場近くのベンチだが、夕べ呑んだのは五反田《ごたんだ》だ」

「五反田？　ははっ。そりゃまた、二部上場企業の社長にしては。——いや」

純也は咳払《せきばら》いで誤魔化した。

人の趣味嗜好、金の使い方はそれぞれだ。

「なんだ。ああ、五反田か。俺も行ったのは初めてだ。誘われて行ったのだ」

「誰に」

「高橋だ。高橋秀成《ひでなり》」

「えっ。ああ、あの高橋か」

純也も知っていた。

高橋は純也にとって別所同様、東大の同級生だ。

甲府の旧家のひとり息子で、父の功《いさお》は当時山梨県議会の議長だったが、五年前の知事選に民政党の推薦を受けて出馬し、見事当選を果たした。

たしか秀成は当時勤めていた外資系の投資会社を辞め、今は父親の事務所で政策秘書をしているはずだった。

「県庁の情報セキュリティをグローアップしたいということで会った。今度、担当者を紹介しようと思ってると言うんでな」

「なるほど」

サードウインドはSNSゲームに先鞭をつける形で急成長したが、別所の能力はそれだけではなかった。二部上場を果たし資金が潤沢になってから、別所が二本目の矢と位置づけて立ち上げたのが、サイバーセキュリティ部門だ。十年を待たず、サードウインドの基幹はSNSゲームからこちらにシフトするだろうとは、経済界でももっぱらの評判だった。

それで、と先を促し、純也もトーストをかじった。

どうやら、買春などよくないと止めた高橋を殴ったようだと別所は続けた。

「それも、まるで覚えてはいないが」

高橋に連れて行かれた五反田のパブで呑み、隣に座ったホステスとたわいもない話をしたことまでは覚えていたらしい。

「フィリピンでも韓国でもロシアでもない。いわゆる多国籍パブだったな。いろいろな言葉が飛び交っていたが、俺は日本語しか出来ない。日本語が出来る外国人だけでなく、日本人のホステスも何人かいた」

記憶はここまでだという。

「それで、気が付いたらベンチで朝陽を浴びていた。起きたのは自力ではない。電話が鳴っていたんだ」

見覚えのない番号で、それでも出ると、聞いたことのない男の声が聞こえた。

——やあ。やっと起きましたね。ふっふっ。夕べはずいぶんお楽しみだったじゃないですか。少しそこでそのまま、海でも眺めて酔い覚まししてて下さいよ。

動こうにも動けないほど、頭痛がひどかったようだ。十分ほどすると、一台のバンがやってきた。

運転席から降りてきたのは、サングラスを掛け、手袋をし、タブレットPCを小脇に抱えた大柄な男だった。すぐにはガードレールを越えず、助手席側の後部スライドドアを開けた。

中に怯《おび》えたような顔で座っていたのは、なんとなく見覚えのある女性だった。

「すぐに夕べのホステスだとわかった。わかったが、そこまでだ」

男が身軽にガードレールを越え、別所の前に立ってタブレットを開いて見せた。映っているのは数々の、そのホステスと別所のあられもない姿だった。しかも、何枚かのホステスのアップを見れば、抜けるほど白い裸体のあちこちに、どうやら噛《か》み跡のような血の滲《にじ》みがあった。

「お楽しみは結構ですが、この癖はやめた方がいいですよ。女は泣くし、あんたは笑われる」

がっしりとした歯並みを見せつけるように笑い、ここから交渉が始まったという。

「あ、お前、そんな癖があったんだ」

「しらん。今まではない」

「ふうん。で、なにを要求されたんだ?」

トーストを食べ終え、純也はパン屑のついた手を叩いた。

「虹色《にじいろ》銀行だ」

虹色銀行は神奈川県下のいくつかの興業銀行が合併した銀行だ。県下地場の銀行としては、関東でナンバーワンの預金高を誇る。

「うちは虹色銀行の、システムへのROOT制限を取得する、バンドル・キーのひとつを持っている」

「バンドル・キーのひとつ？　カードかＵＳＢかなにかだな」

「カードだ。虹色銀行のサイバーセキュリティは、うちを含めた三社で受けている。ＲＯＴ制限を取得するためには、常に三枚のバンドル・キーが必要なんだ」

「なら、相手は三枚とも狙っているということか」

「とは、限らない」

　別所はひと息吐《つ》き、冷めたコーヒーを口に運んだ。

「ＮＴＦＳなら、一枚でも取得出来る。高度な技術があれば、一枚でもバックドアは開けられる」

「バックドアか」

　バックドアとは、一度不正進入したサーバに繰り返し進入するための秘密の入り口のことだ。専用のプログラムによって進入が可能となる。

「なら、狙われた主体はなんなんだ」

「まあ、俺ということになるんだろうな」

「——ああ、そういうことか」

　高度な技術で一枚のバンドル・キーを使い、バックドアを開ける。

　別所なら出来るだろう。

「ということは、最初からお前狙いで仕組まれたんだな」

「そうなるようだ。ただな、ここまでは実は、話の振りだ」

「振り？　まとまりがないな。回りっくどいしわかりづらい」

「そう言うな。おそらく、計画の本来はそういうことなんだと思う。ただ、このあとに不可解なことを言われたんだ」

「なんだ」

三億を円で、と別所は言った。

──手間暇掛けて穴を開けてもらっても、こちらでもそこからが面倒臭い。後腐《あとくさ》れなく、三億の現金でどうでしょう。こっちの方が簡単だ。もちろん、円ですよ。

懐柔案か、男は笑いながら別所の肩を叩いたという。

「そうか。たしかに不可解と言われれば不可解だな」

「そう。もちろんどちらかといわれれば、俺にとっても現金の方が簡単だ。そっちを用意することを承諾したが、思えば思うほど、高度なシステムへのハッキングと、その後ろに控える莫大な金。それと、三億という現実的にして即物的な金額がアンバランスだ。奇妙だ。だから警察というよりお前を選んだ」

純也は腕を組み、天井のシャンデリアを見上げた。

「いつが期限だい」

「来週の月曜だ」

「へえ」

純也は顔を戻した。

「興味深いね。受けた」

口元にチェシャ猫めいた、いつもの笑みがあった。

「ちなみに、バックドアも三億も無視したらどうなる」

「決まっている」

別所はカップを取り上げ、残りのコーヒーを飲み干した。

「俺の貧相な身体と、身に覚えのない性癖がネットに溢《あふ》れる」

「そうなると、どうなる？」

「さっきも言ったが、それだけならどうということはない。うちがサイバーセキュリティを受注している顧客次第だが、契約解除となると違約金と新たなシステム防壁を根本からやり直すための、莫大な費用の負担が発生する。そうなると株価にも影響するだろう。まあ、破滅への特急券、いや、フライトチケットかな。しかも、ファーストクラスだ」

無愛想に平坦に、別所はいつもの声で言った。

三

会社へ向かうという別所と別れ、純也はひとりラウンジに残った。

「残すのもなんだ。俺の分も食っていけ」

去り際、別所がそんなことを言って、もう一杯のコーヒーを頼んでいってくれたからだ。卵料理もサラダも、たしかに美味《うま》かった。さすが帝都ホテルとうなずけるものだ。だから特に断らなかった。

トレーごと別所の物と換えてフォークを刺す。

ひとりでいると、先ほどより純也に注がれる視線が多くなったようだ。

黒髪黒瞳《こくどう》で彫りが深く鼻が高く、日本人に近いが中東の匂いがする純也は恐ろしく見栄えがよく、どこにいても目立つ。

それでも多人数でいると、セットでひと塊に見るからか、邪魔をしてはいけないと思うものか、純也に対する興味の視線は減る。ひとりになると増える。

日本人の特性というものだろうか。

見る方からすれば遠慮であり美徳だろうが、ひとりになった途端じろじろ見られる方からすれば、無遠慮であり悪徳だ。

（ま、気にしてたらきりがないけどね）

徹頭徹尾、サングラスでも掛けていれば好奇心丸出しの視線は排除出来るだろうが、さすがに食事の時はマナーとして外す。第一、掛けたままでは料理の色がわからない。

純也にとって食事は、特に無防備な時間だった。

だから気にしない、視線もスパイスと言い聞かせることによって、折り合いをつける。

素早くトレーの上を空《から》にし、食後のコーヒーに口を付ける。ここでようやくサングラスを掛ける。

内堀通りは、通る人も車も多かった。もうそんな時間帯だった。

警視庁本庁舎も動き始めている。鳥居《とりい》も犬塚《いぬづか》も猿丸《さるまる》も、もう分室にそろっているだろう。

そんなことを考えながら外を眺めていると、ふと感じた。

盗み見るようなものではない。真っ直ぐに純也を意識したものだった。

「あの、失礼ですが」

顔をラウンジ内に戻せば、三十代のホールスタッフが立っていた。

馴染《なじ》みのある顔だった。今は亡き木内夕佳《きうちゆうか》とラウンジを利用したとき、何度か案内されたことがあった。

たしか、夕佳がオレンジジュースを床にこぼしたとき、真っ先にタオルを持ってきてくれた女性だ。

「小日向、純也様ですね」

探るものではない。わかっていての確認だろう。

スタッフの女性は、手に受話器を持っていた。

「お電話が掛かっております」

純也がラウンジにいることを知っていて、純也の携帯番号を知らない。ラウンジの番号に掛けるとは、そういうことだ。

訝《いぶか》しいことだったが、訝しさの中にこそ純也の働きの場は存在する。

ありがとうといって純也は受話器を受け取った。

耳に当てる。

「小日向ですが」

――小日向純也警視、だな。話をするのは初めてになる。

野太い声だった。

「どちらのどなたですか」

――ふっふっ。谷岡《たにおか》、といえばわかるかな。今の名前は違うが。

「谷岡」

純也の目がサングラスの奥でわずかに細められた。

百八十に近い鍛えた身体、禿頭、皺《しわ》を刻んだ削《そ》げた顔。

「姜成沢《カンソンテク》か」

一九七〇年代に暗躍した北朝鮮工作員の若き精鋭。警察庁に現在の国際テロリズム対策課を作ることになった起源の男。そして、〈カフェ・天敬会事件〉の首謀者。夕佳の死に直接ではないが、関わった男。

――そう。君達は、いつまでたっても私をその名で呼ぶ。こちらとしては何度も変えているのでね。君達と接触することさえなければ、そんな本名などもう忘れそうなくらいなんだが。

〈カフェ・天敬会事件〉の中で、渋谷にアジトを構えていた谷岡たちの移動まではつかんでいた。谷岡たちはその後、駒込に移った。これが約十ヶ月前だ。

行確《こうかく》に動いたのは公安外事第二課だが、そこまでは純也が率いるJ分室にも情報は入ってきた。

警視庁公安部公安総務課庶務係分室。それがJ分室の正式名称だ。

が、表立った組織図に記載はない。本来の目的から言えば、分室は純也を閉じ込めるための檻として作られたものだった。逆手にとって自分と、自分に関わって庁内に行き場を失った部下三人の居場所に整えたのは純也の才覚と財力による。

そんなわけで、J分室は慢性的に人手不足だ。分室長にして、理事官の純也を含めても四人しかいない。だから、使えるものはなんでも使う。

この場合は長島《ながしま》公安部長を介して、外事第二課だった。

だが、谷岡たちは二ヶ月と経ず、あっさりと駒込のアジトを手放した。それこそ近所の公園にでも散歩に行く素軽さだったという。折りしも、〈シュポ・マークスマン事件〉の最中だった。

純也にしても可能性として、今動かれたらと覚悟していたことではあったが、見事に動かれた。

外事第二課の失態と言えば失態だが、口にはしないしする気もなかった。

任せた案件であり、稀代《きたい》の工作員として姜成沢の方が上手《うわて》だったということだ。口に出して讃《たた》えはしないが。

「で、その――姜成沢でも谷岡でもないのなら、なんと呼べばいいのかな」

――そうだな。西村《にしむら》とでも呼んでもらおうか。単なる記号に過ぎないが。

「西村、ね。今はそう名乗っているのかい」

――今日から、そう名乗ることにする。

「ふぅん」

食えない爺《じい》さんだと思いながら、純也はコーヒーをひと口飲んだ。

飲みながら今日ここまでの行動を振り返り、現状の周囲を探る。

特に尾行や待ち伏せの感覚には思い至らなかったし、現時点でも捉えられなかった。

「で、その西村さんが、わざわざラウンジの電話を使ってまで、なんの用かな」

――なんの用と言うほどではないが、さっきの男は君の東大時代の学友、サードウインドの社長だな。

まあ、そのくらいは知っているか。別所の顔は一時、SNSゲーム業界の寵児として、様々なメディアに露出した。

「そうだけど」

――私が追ってきたのは彼だ。驚いたよ。まさか、印西《いんざい》のことごとくを潰《つぶ》してくれた君が現れるとはな。それですぐに調べた。彼は公《おおやけ》になっている部分が多い。彼と君とのつながりは簡単にわかった。

「別所を追ってきた？　彼になにか仕掛けるのかな」

――いいや。正確に言えば、私が追ってきたのは彼に接触した女の方だ。

「女？」

――そう。それは、我らの同志ではないが、警察の手が入るまで〈カフェ〉にいた女なのだ。

「へえ」

――カフェにいた女はときおり我々の同志が、そう、君達の言う行確をしていた。我々にとって不利な情報を持っていないとも限らないからな。彼女はある意味安全だが、つかみきれない女ではあった。と、ここまでは教えよう。そのために電話を掛けた。

「ふうん。お優しいことだね」

——なに、いずれ君たちなら女に行き着くだろう。なにをしようと、もう我々とは一切関係のない女だ。これは、初めに言っておかなければと思ってね。あの女のことで、こちらに飛び火するのは本意ではないからな。

「へぇ。——でも、それだけかな」

——昨日の敵は今日の友、と言うしな。

「本当に？　なんか、バーターの匂いがぷんぷんするけど」

純也の言葉に姜成沢、西村は小さく笑った。

——敵としての鋭さは厄介だが、友として思えば有り難い。そのひと言で言いやすくなった。ここからはビジネスと行こう。

「ああ。やっぱりバーターね」

純也も口元を緩めた。

昨日の敵は今日の友、はありだが、今日の友はまた明日の敵、にも成り得る。

戦争ではそんなことが、下手をすれば分単位で起きた。今この場だけの友、いや、商売相手は望むところだ。

——私も、なにかと出費が多い。なんといっても君達に潰された印西が痛い。その後も、渋谷から移ったばかりの駒込を手放すのは、泣く泣くだった。

「嘘ばっかり」

——本当のことだ。敷金と礼金も馬鹿にならない。

口ではそう言うが、戯《ざ》れ言《ごと》だろう。

言葉の響きの中に真実は聞こえない。

——昇龍《しょうりゅう》という、在日の同胞が営む店が上野にある。

西村はここで、一軒の店の電話番号を口にした。

——ネットで調べても出てくる。書き留める必要はない。なにかあれば、そこに掛けてくれればいい。すぐには無理だが、そう待たせることなく連絡出来るだろう。

「なるほどね。ならこっちは——」

純也は手持ちの携帯から一台を選んで番号を教えた。先月までJ分室の部下たちとの連絡用に使っていたものだ。

——了解だ。なら、さて、サービスでひとつ教えようか。これは呼び水でもある。君が金を、湯水のごとく落としてくれるように。

「へえ。有り難いね。タダは大歓迎だ」

——ふっふっ。ため息が出るほどの大富豪でもそうなるか。いや、そんなものだろう。

「いや、勝手に納得しないでくれるかな」

沢木美春《さわきみはる》、と西村は言った。

――あの女の名だ。経歴までは詳しく知らないがね。それは私の管轄ではなかった。君の彼女、いや失礼、歴代のマダムの管轄だった。

「沢木美春、〈カフェ〉の女性」

純也はインプットした。

「誰の相手だったのかな」

――百万。

「おっと。あっさり言ってくれるね。しかも、いいのかい。その金額で」

――まずはルートの確立だ。初回値引きだと思ってもらおう。同じ理由で、情報はここまでだ。今日はもう、これ以上はなにを聞かれても答えない。

「OKだ。で？」

西村はひとりの男の名を口にした。

「ああ」

男も女も即座に思い浮かんだ。

プリンスショッピングプラザのベンチに座っていたふたりだ。

その男の奥、わずかな賑《にぎ》わいの切れ目に、ハンチングをかぶった西村、姜成沢も写っていた。

「軽井沢のふたりか」

――と、簡単に言うということは、君の彼女が取ったデータの中にあったのかな。

「そういうことだね」

――そうか。情報はここまでだ。書く物はあるかな。

「ちょっと待った」

純也の用意を待ち、西村は振り込みの口座番号を口にした。

――これも昇龍のものだ。手数料を払うことで使わせてもらっている。頑張っている同胞にして、善良なる都民だ。くれぐれも追うなどして、彼らを落胆させることのないようにと、これだけは頼んでおこうか。

これで、西村との通話は終わりだった。

片手を上げてホールスタッフを呼び、

「ありがとう」

受話器を返し、純也は内堀通り越しに堀端を眺めた。

緑の濃い木々が風に揺れていた。梅雨明け宣言が三日前に出されたばかりだ。今日も、暑くなりそうだった。

それにしても、辺りに爆破の痕跡はなにもない。一年が過ぎていた。

なにも変わらず日々が営まれる。

夕佳との思い出だけが動かない。

純也はおもむろにポケットから、今使っているスマホを取り出した。

――なんだ。

鉄の声がすぐに聞こえた。

「少々、動きそうな出来事がありまして。まだ微動・蠕動《ぜんどう》の類《たぐい》ですが」

――ほう。

「部長。お時間は」

電話の相手は〈匪石《ひせき》〉、警視庁公安部部長の、長島敏郎《としろう》だった。

四

本庁地下の駐車場に車を入れた純也は、いつも通りA階段で一階に上がった。

警視庁の玄関ホールは、多種多様な人々で常に賑わっている。開かれた警視庁を標榜してから、明らかに玄関ホールは〈外〉だった。公僕と民間人が入り乱れている。

純也は好奇の目に晒《さら》されながら、これもいつも通り壁際に近づいた。

「セントポーリアだね。いい色だ」

今日の受付には紫紺のセントポーリアが活けられ、芳香を放っていた。

「あ、今日はギリギリセーフですね。おはようございます」

ふたり並ぶ受付の右側、若い菅生奈々《すごうなな》が立ち上がって頭を下げた。

奈々も受付に座ってもう一年以上が経つ。純也に対する免疫も出来たようで、受け答えは滑らかにして早かった。

「ね、先輩。時間的に、まだ大丈夫ですよね？」

「――まぁ、そうね。今さっきの人もそう言ってたし」

左側に座る大橋恵子《おおはしけいこ》がショートボブの髪を揺らした。

恵子は警視庁職員Ⅰ類試験で過去最高点を取り、当時のハイテク犯罪対策総合センター（現サイバー犯罪対策課）にも誘われた才媛にして美貌の女性だ。真っ直ぐすぎる気性が災いして虫も寄りつかないが、高嶺《たかね》の花として憧れる刑事も多いことは純也の耳にも届いていた。

実は純也も、思わないではない。

受付に毎日、色とりどりに凛《りん》として咲く花は、大橋恵子ひとりを以《もっ》て完結している。

「分室長。今日も特にこちらには、なにも降りてきてません」

「ああ、そう。なんだ、また退屈な一日が始まるのかな」

「そうですか。こちらとしては、これが毎日続くといいんですけど」

小さな棘《とげ》は感じるが、このくらいなら日常会話のうちだ。穏やかな関係を保っていると言っていいだろう。

「ああ。そうだ」

ふと好奇心が起こり、純也は受付台に手を突いて恵子を覗《のぞ》き込んだ。

「大橋さん、サイバーに呼ばれるほどだったよね」

セントポーリアに負けない、フローラルな香りがした。

「ええ。配属にはなりませんでしたけど」

「じゃあ、たとえばROOT制限のために分割されたバンドル・キーがあったとして、そのひとつでバックドアを構築する、なんてこと出来る？」

「えっと」

いきなりの質問に、一瞬恵子は目を泳がせた。

「構成と階層の厚みによりますけど、なんとか――って分室長」

泳いだ目に光が収斂《しゅうれん》し、平常を通り越してきつくなる。危険信号だ。

「それってなんです？　また受付が、分室長への苦情で騒がしくなるようななにかを、企んでらっしゃるんじゃないでしょうね」

「ははっ。いや、たとえばの話だよ。最近、セキュリティの講習を受けたばかりでね」

どうかしらという恵子の声を離れて聞き、純也は奈々に片手を上げて受付を離れた。

「なるほどねぇ」

エレベータホールへ向かい、いつもの笑みを浮かべながら頷《うなず》く。

毎日の、文句を言われながらもからかいつつの会話だけではわからない。時に突っ込んだ話も必要かもしれない。

大橋恵子はサイバーセキュリティに関して、おそらくサードウインドでも主任になれるほどの、技術を持っているようだった。


純也はエレベータで十四階に上がった。

十四階には公安部長室、参事官執務室、公安総務課、そして公安第一課がある。

公安総務課に属するJ分室もこのフロアの、吹き溜まりのような最奥にある。桜田通り側のウイングだ。

だがこの日はまずそちらではなく、エレベータホールから皇居側ウイングに回った。

――すぐに来い。

帝都ホテルから電話を掛けた長島にそう言われていたからだ。

公安部長室別室に入ると、秘書官の金田《かねだ》警部補がデスクから立ち上がって奥を向いた。

話は通っているようだった。

「小日向分室長がお見えです」

すぐに、通したまえと少し高いが揺るぎのない声が聞こえた。

純也は軽いノックひとつで、扉のノブに手を掛けた。

「失礼します。――あら」

公安部長室には先客がいた。

中肉中背だが、少々背の低い長島の前に立つと大柄に見える。七三に分け油をつけた髪、四角い顔に、常に厳しい表情。

公安部参事官の手代木《てしろぎ》耕次《こうじ》警視正だった。この年たしか五十五歳になるはずだが、原理原則の男で、純也と会うと決まって小言か皮肉を言う。

苦手なタイプだった。

「お邪魔でしたか。では、出直して」

「いや、いい。私の報告は終わった」

堅く、感情を窺《うかが》わせない声で手代木は言った。

「では部長。私はこれで」

一礼で長島のデスクを離れた手代木は、そのまま純也の顔も見ずに出て行った。

扉の閉まる音を聞き、純也は頭を掻いた。長島のデスクに寄る。

「どうにも、嫌われたものです」

「お前にも苦手はあるのだな。面白い」

紫檀のデスクの向こう、肘掛け椅子にゆったりと座った長島が、わずかに口元を緩めた。

少々小柄な五十二歳だが、右側頭部に染めていない白髪が差し色のように入り、切れ長の目と細面《ほそおもて》が相まって印象は猛禽類を思わせる。

それが警視庁内に〈匪石〉をもって渾名《あだな》される、公安部長の長島敏郎という男だった。

「どうでしょう。苦手という感情はありませんが、原理原則と、私や私の部署は最初から相容《あいい》れない、ということでしょうか」

「まあ、そうだな。組織図にないものを絶対に認めるような人ではないからな。悪い人ではないし、切れるんだがな。原理原則とお前は言うが、俺から見れば、昔から杓子《しゃくし》定規の固まりだった」

長島は自分を俺と言った。

いつからか、純也とふたりの会話の時はそうなった。いつだったたか、〈シュポ〉の頃までは、私だったと純也は覚えていた。

「杓子定規ではいかにキャリアであっても、いや、キャリアだからこそ上れない。あの人もわかってると思うんだが。——ああ、そうではないな。わかって、なおさら頑《かたく》なだったか。それがあの人なのだな」

あの人、と長島がいうのは、手代木が東大時代の直接の先輩だからだ。純也にとっても、遠い先輩ということになる。

手代木は警察庁刑事局から警視庁公安部に配属され、その後一度地方に出たが、また警視庁公安部に戻り、以来そのままだという。

「ここが悪かったというわけではないが、拍車を掛けたのだな。部下は感情のないロボットでいいというのが、当時のあの人の口癖だった気がする。もうここの今以外、動きようも上がりようもない人なのだ」

長島は一瞬、遠い目をした。

純也は待った。

遠い思い出は、同じ東大というだけで共有出来るものではない。出来るのは門や校舎や、駅馬車のコーヒーなど、無機物ばかりだ。

口を差し挟んでも、味気ないものになるだけだろう。

「さて」

やがて長島の目に、今を見る光が戻った。

「話を聞こうか」

「それでは」

純也は別所に呼び出されてからの一連を簡潔に話した。

長島が途中で口を差し挟むことはなかった。

姜成沢の名が出たときだけ、一度、ほうと感嘆を漏らした。

「普通に聞けば恐喝か。公安が出張る話ではないな」

「そうですね。まあ、公安といっても暇ですし、組織図にもないですから。うちが扱う分には、同級生が困っているからということだけでも十分に理由にはなりますが」

「だが、姜成沢が出てきた」

長島はデスクの上に手を組んだ。

「そう。わざわざ電話を掛けてまで、言ってきたことが重要です」

「──案件か」

「そうなる可能性が捨て切れません」

「お前の考えでは？」

「案件に育つような気がします」

「育つ、か」

長島は肘掛け椅子に背を預けた。

「育てるの間違いではないのか」

「どうでしょう」

純也はいつもの、はにかんだような笑みを見せた。

「ただ、地中に種として落とされたままでは、危険の因子は見つけられません。水を撒《ま》き、肥料をやるのは、公安の仕事だと思いますが」

「種のまま地中で朽ち果てるものもあるだろう」

「ははっ。朽ち果てるものは、水をやろうとなにをしようと出てきません。そこに手間暇を掛ける無駄も、これも公安の、いや、うちの部署にぴったりの仕事ですから」

長島は肘掛け椅子を回し、窓に向かった。しばらく動かなかった。

やがて、いいだろうと外に向けて言った。

「ただし、なにかあったら最優先に俺のところに持ってこい。いいな」

ありがとうございます、と純也は儀礼的に頭を下げた。

「でも、もとよりそのつもりですが」

ふんと鼻を鳴らしつつ、長島の椅子がデスク側に回って戻った。

「背中の守りだけは、いつもいつもこっち任せか」

声に、わずかばかりの揶揄《やゆ》が聞こえた。

純也が下げた頭を戻すと、長島はかすかに口元を吊り上げていた。笑っている、のだろう。

「半分だけ任されてやろう、と言っておこうか」

言わんとするところがわからなかった。

「お前は警察の領分以外にも、ずいぶん人を動かすからな。それについては、俺は知らん。自分で直接、分室に帰って頼め」

いやな予感がした。

いや、予感は長島の言葉を否定したいだけの、ただの予断だろう。

「それはまた、どういう」

言ってはみたが、今度こそ、長島ははっきりとわかる顔で笑った。

「元陸将な、今さっきまで、ここにいらっしゃったのだ」

わずかに目を見開くだけで、純也の口から言葉は出なかった。

五

「しかし、ひどい目にあった」

矢崎《やざき》は手ずからコーヒーポットを取り、純也自慢のコーヒーをカップに注いだ。

ペルー、サンディアのコーヒー農園と特約したティピカ豆を不活性密封していると聞いたことがある。際立つアロマは、なるほどそれだけで逸品であることを思わせた。

矢崎が警視庁十四階、桜田通り側のどん詰まりにある、J分室に顔を出したのはおよそ二十分前だった。

特に知らせてはいなかった。はっきりとした時間がわからなかったからだ。

「ほう。ここが純也君の城か」

入るなり、矢崎は挨拶《あいさつ》もなくバリトンの声を響かせた。

部屋には、矢崎も知る分室員がそろっていた。一隅に固まってなにかをやっていた。

最初に顔を上げたのは、矢崎とは一番馴染みの深い猿丸だった。

猿丸俊彦《としひこ》は今年で四十五歳になる警部補だ。目が大きく、鼻筋も通り、男の色気というやつを自らもわかって武器にしている。左手に小指がないのも危険な香りというフレグランスを猿丸に加えるが、その昔、とあるアクシデントで純也に切り落とされたと矢崎は知る。

その猿丸が手になにか、短い金属のバトンのような物を持っていた。

矢崎を見るなり、猿丸は目を丸くして、あっ、と言った。

そのときだった。

夏の陽が差す明るい室内に、いきなり人工的な光が炸裂した。目に痛みをもたらし、バシュッという音さえ光だけで聞こえてきそうな煌《きら》めきだった。

うわっと言ったのは自分だったか、J分室員の誰かだったかもわからない。思わず真正面から光を浴びてしまった矢崎は、目を押さえて手近な受付台に寄り掛かった。

これが、約二十分前の出来事だった。視力を回復するのに五分以上掛かった。

「なんだね、いったいそれは」

「ああ。これはですね」

矢崎の問いに、まだ目をしょぼつかせながら反応したのは鳥居洋輔《ようすけ》だった。この年五十五歳になる鳥居は短軀《たんく》の角刈りで、風情こそどこぞの職人、親方だが、分室では唯一の警部であり主任だ。

「分室長がこないだ、備品にって置いてってってくれたもんなんですがね」

鳥居はバトンのような物を手に取った。

直径は五十㎜ほどで、長さは二百㎜ほどだろう。

金属製に間違いはないだろうが、色は艶消しの掛かった黒だった。

「名前の通りってぇか、近頃、夜は鳥目に近くてですね。見づれえって言ったら、ちょうどいいって分室長が貸与してくれたんです。ここをこうしてですね」

鳥居はバトンの上部を引いた。一体型のカバーになっているようで、上部五十㎜ほどを引き上げると、中から現れた銀色の反射板が陽光に光った。

「なるほど。ライトだね」

「そうなんですよ。裏と表ってえか、百八十度で仕切られてましてね。片側はＬＥＤのライトなんですわ。一時間の充電で半日保《も》つって。まあ、分室長が持ってくるもんですから、単純なもんじゃないんですが、使い方さえ間違えなきゃ便利だよってね」

説明しながら鳥居は持ち手の部分を明らかにした。シリコン製の円いカバーの下に、左右に動くスイッチがあった。

「ライト・レフトでこれをスライドさせてから丸スイッチを押すだけですけどね、結構明るいんですわ」

「ほう」

「いいですかい」

鳥居はライトを真っ直ぐ持ち、床に向けた。全員の目が集まる。矢崎も覗き込んだ。

「これをこっちで、こう」

それ逆じゃ、と叫ぶ犬塚の声は遅かった。

ふたたび、さっきより直近で光が炸裂した。

これが、十分前くらいの出来事だった。

二度目の回復にはたぶん、八分以上掛かった。

鳥居はまだ目を押さえて唸《うな》っているようだ。

矢崎が自分でコーヒーを淹《い》れるのは、今現在J分室に正常な視覚を持った者がいないからだ。回復の早さは、定年を迎えたとはいえ、やはり陸自の訓練の賜物《たまもの》だろう。

矢崎はコーヒーを飲みながら、受付台のすぐ内側にあるキャスタチェアに座った。

今はいないが、本来は女性職員が座るべき席なのだろう。〈カフェ・天敬会事件〉のあとは空席だというから、かれこれ十ヶ月に近いということか。

「単純かどうかという前に、あの光量はずいぶん物騒だね」

「はあ。なんでも、フラッシュバンと海洋救難信号の中間くらいはあるそうで」

「なんだそれは」

フラッシュバンといえば光と音で殺傷能力もあるスタン・グレネードの改良版ともいえる暴徒鎮圧装備だ。二百万カンデラはある。海洋救難信号は二十万から三十万カンデラくらいだろう。なら、

「百万カンデラか」

矢崎は目頭を揉《も》みながら唸った。

「まったく、今が昼間だからまだよかった。あの近さで夜だったら、下手をしたら視神経に異常を来《きた》す」

「へへっ。すいません」

声はドーナツデスクの向こう側、窓際の奥に位置取る鳥居のものだったが、矢崎にしてからが網膜の中心にまだわずかに抜けがあり、姿の全容は映らない。

「しかし純也君はまた、なんでそんなものを持っていたんだね」

「ああ、それは本人に言わせると、おねだりだそうです」

答えたのは犬塚だった。矢崎に一番近い位置から顔を振り向ける。焦点は合っているようだった。

「ほう。君が一番か。猿丸君が先かと思っていたが」

「あいつは夜がめちゃくちゃですから。もともと、目には疲労がたまってるんじゃないでしょうか」

「なるほど」

理屈は通る。

犬塚健二《けんじ》警部補は、日頃からそういう言動の男だ。年は四十八歳になると聞く。身長は百八十五センチに届くかというほどで、身幅もあり、福々しい顔つきと相まっておっとり型に見えるが、実際は経済に強く、事務処理能力も高いらしい。

分室に女性職員がいないこの十ヶ月、伝票やらの処理を一手に引き受けているのはこの犬塚という話だった。

「で、犬塚君。そのおねだりというのは」

「例の人からのクリスマスプレゼントらしいですね」

「例の人？——ああ」

すぐにわかった。全世界的重要警戒人物、ダニエル・ガロアだ。

「なにがいいかって聞かれたのが、どうやら印西の天敬会で襲われた直後だったらしいです。そのときペンライトを落として紛失したとかで、携帯出来るライトって言ったそうなんですが」

「それがこれか」

矢崎はドーナツテーブルの上の黒いバトンをしげしげと眺めた。視界はほぼ正常に復していた。

バトンには見る限り、メーカー名も品番もなにもなかった。ダニエル・ガロアにつながるどこかのハンドメイド、カスタムかもしれない。

「ペンライトに代わる携帯ライトか。元軍人がイメージしそうな代物《しろもの》だ」

しかも、現実の戦場に生きた戦士なら。

「それにしても、どうして師団長がここにいるんですね」

聞いてきたのは猿丸だ。どうやら動けるようになったらしい。キャスタチェアから立ち上がった。

「猿丸君。私はもう師団長でも陸将でもないよ」

「えっ。ああ、退官したんでしたっけ」

「そう、この二月でね」

特に不祥事があったというわけではない。矢崎は前年、六十歳になった。定年というやつだ。

「今日は、長島公安部長に挨拶に来たついでだ。〈シュポ〉の時は迷惑も掛けたし世話にもなったからな。新しい職場では、なにかとバタついてな。この時期になった」

人によっては悠々自適に生きようとする向きもあるだろうが、矢崎には妻子がいるわけでもなく、特段の趣味があるわけでもない。それで、再三の要請を受けた形だ。

「NSC局でしたね」

犬塚が呟《つぶや》いた。

「そう。肩書きが長すぎて、未《いま》だによく覚えられない」

矢崎は名刺を一枚取り出し、ドーナツテーブルに置いた。

猿丸が寄ってきて覗き込み、目を瞬いて、まだ読めねえと喚《わめ》いた。

〈内閣官房副長官補兼国家安全保障局次長〉

それが、矢崎の新しい身分だった。

NSC局は、この一月、内閣官房に設置されたNSCの事務局のことだ。

前年十一月、外交や安全保障に関する情報分析や処理能力を高めるための、国家安全保障会議創設関連法が国会で成立した。アメリカの国家安全保障会議がモデルであったことから日本版NSCと呼称された。その事務局であるNSC局は、局長一名、局次長二名の下、総括、戦略、情報、同盟・友好国、中国・北朝鮮、その他地域の六班六十人体制で発足した。

ちょうど退官とNSC局始動の時期のタイミングがあったということも、矢崎の決断を後押しした。

しかしなにより、陸自一筋で生きてきた矢崎の心を激務とわかる国家機関奉職へと傾け

たのは、

——少しは、私を手伝ってみないかね。イエスマンばかりでは、苦労して国会を通した甲斐もない。私は君の能力は高く買っているのだ。昔も、今も。

〈シュポ〉事件によって、以前よりわずかに身近になった純也の父、小日向和臣内閣総理大臣直々の要請があったからだった。

六

純也が分室に入ったのは、そんな不思議な団らんの頃だった。

「どうも」

純也は入るなり頭を下げた。

「やあ。久し振りだね」

矢崎は片手を上げた。

高い鼻、角張った顎、はっきりとした眉。オールバックにまとめた髪は艶やかにして、百七十三センチの身体には一切の緩みがない。

肩に桜星三つの制服はダークグレーのスーツに替わったようだが、矢崎啓介《けいすけ》という男はどこに行ってもいくつになっても、謹厳実直を滲ませて微動だにしない男だった。

（だから、苦手なんだけどね）

おそらく、カタールで小日向ファミリーを守り切れなかった負い目が、矢崎を定年の年まで独り者にした。

そのことについて、特に純也は言及しない。純也が矢崎にとっての負い目そのものなのだ。

気にしないで下さいといったところで、ひとりでアラブに放り出された純也の年月は戻らない。ホール・アル・ウデイドのラグーンに散った母、ヒュリア香織の命は絶対に還らない。矢崎はその自責の中で、三十年近くを生きている。

常に純也を気にし、純也に家族、いや、祖母芦名春子にも似た無償の愛を注いでくれる。だから、苦手なのだ。

無償は底が知れない。融通無碍《むげ》だ。

有り難くもあるが、底が知れないものは、純也にとって畏《おそ》れでもあった。

「今日は長島君に挨拶に来たものでね」

「ああ。師団長が来てるってことは知ってましたよ」

「もう師団長ではないと、今も猿丸君に言ったばかりだけどね」

「いいじゃないですか」

純也はテーブルに置かれた名刺を一瞥した。

「ニックネームだと思ってくれれば。いまさら、矢崎さんて名前で呼ぶのも堅苦しいし。かといって、新しい肩書きは長くてややこしすぎます」

「ん？　そうかね」

「フルで呼ばれたいですか」

矢崎は少し考えた。

「いや、まどろっこしい」

会話の間に猿丸がコーヒーメーカの前に立った。

「それにしても、私がいることをどうして知っているのだね。今の今までここにいる三人は、全員苦しんでいたはずだが」

「えっ。苦しんでって、なんですか」

「君のおもちゃでね」

矢崎の視線の先にダニエルのクリスマスプレゼントが転がっていた。

すぐにわかった。

「ははっ。やっちゃったんですか。メイさん、だから、くれぐれも気をつけてって言ったのに」

公安警察官はたいがい本名の秘匿を旨としてニックネームを持つ。鳥居の場合は、漫画家の鳥居明からもらってメイだ。

ドーナツテーブルの奥で鳥居が顔を上げた。

なるほど、視線は純也に向けられているようで、どこかずれていた。

「いや、分室長。一発目は私じゃないですよ。セリの野郎が」

セリはイタリア人っぽい顔と言うことで、セリエAから取ったらしい。純也が知る前からの、猿丸のニックネームだ。外事特別捜査隊の頃からのものだという。ちなみに、同様にして犬塚はシノだ。南総里見八犬伝に由来する。

「えっ。一発目はってことは、二発やっちゃったの？」

全員がそれぞれに肯定した。

純也の顔に浮かぶものは、いつものはにかんだような笑みではなく、苦笑いの類だった。

「参ったなあ。それ、超高圧キセノン二連灯だから、球を交換しないと」

純也はダニエルのプレゼントを取り上げた。

「預かっとくけど、くれぐれも慎重にね。予備はあと五セットしかないから」

「――ってことは、あと十回やらかす可能性があるってことですね」

鳥居が呻《うめ》いた。

「後ろ向きだね。もうやらないって方向で頼むよ」

猿丸がコーヒーカップを純也の前に出した。

「それで純也君、さっきの質問だが、ああ、私のことはあれかね、受付の女性達かね」

矢崎が話を戻した。

「いえ、部長からです。師団長のあとに、ちょっとした話をしに伺ったもので」

コーヒーカップを置いたまま、猿丸の動きが止まった。鳥居も犬塚も、その場で口元を引き締めた。

部屋の空気が和やかなものから、一瞬にして反転する。

矢崎も、左右の分室員達を見回し、表情を引き締めた。

「純也君が部長室に向かうということは、このJ分室にとっての有事、ということかな」

その通りだった。相手は匪石だ。好きこのんで公安部長室を訪れる者などいない。

純也にしても、まさかゴルフやドライブの誘いに出向くわけもなく、伸ばし伸ばしにしている長島の命の〈借り〉、食事を奢《おご》るという一件はあるが、わざわざ部長室に向かうことはない。携帯や内線の一本で済む話だ。

公安部長室を純也が訪れるということがどういうことか、優秀な分室員達はなにをしていても瞬時に理解する。

鳥居が平手で頭を叩きつつ窓際の奥で背を伸ばし、猿丸がドアを入った右壁沿い、コーヒーメーカの向こうでキャスタチェアを軋《きし》ませ、ドーナツテーブルの手前一番近くで犬塚が手のカップを置いた。

みな定位置にして、すでに公安捜査員の顔だった。

さらに手前で、矢崎が陸将の顔になっていた。なるほど、人にはわからないかもしれないが、目の前にして比べてみるとわかる。

有事に守るべきもの、武器、戦術、策略。

どちらが上とか下ではないが、自衛隊と警察、陸自と公安の違いがよくわかった。

「師団長は、どうします？　ここからは一応、我々の領分の話になりますが」

「決まっている」

矢崎の答えは早かった。

「君達の領分ということは、今まで以上に私の領分でもある。ＮＳＣ局はそんな部署で、私は危機管理事態対処の担当だ」

「了解です」

純也は頷いた。

「では取り敢えず、いないものとして話を進めます。他言無用でお願いします」

「わかっている」

「ああ。それと、余計な割り込みもなしで」

「努力しよう」

純也はコーヒーをひと口飲み、長島に話したことを繰り返した。別所に呼び出された内容、姜成沢からの電話。当然、長島への報告より詳しくだ。

「へぇ。サードウインドの社長さんもやるもんだ」

「馬鹿野郎。セリ、やるもんだじゃねぇ。やられたんだ」

「えっ。でもやったんでしょう」

「そりゃお前《め》ぇ。――どうなんだろうな」

「分室長、馬鹿話は措くとして」

猿丸と鳥居の話を犬塚が切り離した。

「姜成沢がわざわざ電話を掛けてきたってことは、姜につながるなにかがあるってことですか」

「わからない。つながるから切ろうとしているのか、あるいは、まったくつながらないから遊んでいるのか。その辺が、今回僕らの働き所になるだろう。そんな気がする」

「別所社長の恐喝事件を飛び越えてってぇ話ですか」

鳥居が自分のコーヒーカップを持って席を立った。

ようやく、目が元に戻ったようだ。

「飛び越えはしないよ。そこがまず我々に新しい案件の扉を開く。別所の件はキーだろう」

「社長の件からこじ開ける感じっすか。でも、それって、いいんすかね」

猿丸が足を組み、顎をなでた。

「別所に隙があったのも事実だろう。お灸《きゅう》を据える意味でも、僕は三億捨てさせてもいいと思ってる」

げっ、と喉を鳴らしたのは鳥居だ。

「三億、捨て金ですか」

純也は頷いた。

「まず時間が足りない。人がいない。別所は内々に言ってきた。ほかには頼めない。とすれば、捨てさせるのが一番安全だ。セキュリティのバンドル・キーと三億。要求の規模もアンバランスだ。理想と現実の差ほどね。現実を取るなら、こういう手合いは一度で終わらないのが普通だろう。見たくもないあいつの裸の拡散、サードウインドそのもの、その社員及び関係者の生活、そして、君達のゴールドカード、僕の株を守るためには、捨て金も必要だ」

「あの、さっきも聞きましたけど、そのバンドル・キーってな、なんですね」

鳥居が手を挙げた。

「それは、――うん、面倒だ。あとで受付の大橋さんにレクチャーしてもらうといい」

うへぇと首をすくめ、鳥居は胡麻塩《ごましお》の頭を搔いた。

「じゃあ、さて」

純也は一同を見回した。

「いつも通り、初動の分担だよ」

三人が三様に頷いた。

「セリさんは、例の〈カフェ〉に在籍していた女性に。たしか古賀洋子《こがようこ》さんと言ったかな」

「えっ。ああ、魏老五《ウェイラオウー》の」

古賀洋子。

それは〈カフェ・天敬会事件〉の折り、猿丸が接触した女の名だった。

「そう。沢木美春。あとで確認用の写真データは送る。古賀さんが彼女を知っているかどうか、住まい、人となり。そのくらいでもわかればいいかな」

「それだけでいいんすか」

「まだ情報が多くないし、出来ることも少ない。特に、内密にってことになるとね」

「了解っす」

猿丸がコーヒーを飲み干して立った。

「で、シノさんは、別所が連れて行かれた五反田のパブだ。サードウインドの経理部長ってことで。話の辻褄《つじつま》は合わせて、あとで別所とシノさんに同送する。取り敢えず、名刺は別所の方で用意させる」

「わかりました」

犬塚もすぐに立ち上がった。鳥居がテーブルに沿って回り込んでくる。

「で、私は？」

「メイさんは僕と一緒に、甲府だ」

「甲府、ですか」

「そう」

純也も立ち上がった。

「じゃあ、それぞれよろしく」

と、聞こえよがしの咳払いが聞こえた。矢崎だ。

「純也君。聞いた以上、私もなにか手伝うことはないかね」

「そうですねえ」

純也はドーナツテーブル上の名刺を取り上げた。

「内閣官房副長官補兼国家安全保障局次長さんは、まずは待機ですね。でも、いずれ出番もあるでしょう。これは勘ですが」

憮然とする矢崎に、純也はいつものはにかんだような笑みを見せた。

第二章　初動

一

分室を出た純也は鳥居とふたり、M6に乗り込んで甲府に向かった。

五《ご》・十日《とおび》でもない木曜日で、学生の多くはすでに夏休みに入っている時期だ。

都内の渋滞は大して変わらないが、銀座から下りの高速に乗って以降のストレスはまったくなかった。

途中、談合坂のSAで早めの昼食を摂った。純也としては帝都ホテルでのモーニングが遅かった関係上、もう少し後にしたかったが、助手席で鳥居が喚いた。

「食えるときに食っとくのが刑事の鉄則ですからね」

「食える時って言ってもねぇ。ちなみにメイさん、朝食を食べたのは？」

「五時半頃ですかね」

老人の朝には対抗出来ない。純也は素直に、談合坂の手前でBMW M6のウインカーを出した。

その時間も込みにして、M6が甲府昭和のインターを降りたのは、午後一時半過ぎだった。

高速の渋滞いかんだが、このくらいなら公共交通機関と変わらない。色々な使い勝手を考えれば、車の方が便利かもしれない。

甲府バイパスからアルプス通り、美術館通りを抜け、相生《あいおい》で交差点を左折すれば、平和通りに入る。片側三車線の、いわゆる駅前通りというやつだ。

右手にまず甲府警察署があり、進行方向に市役所が並ぶ。交差点を過ぎると、同じ並びに目的地である山梨県庁がすぐだった。

その先は、もう四百メートル足らずで甲府の駅になる。

甲府に来たのは、別所を五反田のパブに誘ったという、高橋秀成の話を聞くためだった。

高橋の実家は、石和《いさわ》温泉にある老舗の旅館だった。笛吹川を望む一等地にあり、東大在学当時、純也も誘われて一度訪れたことがあった。

富士川に合流する笛吹川は舟運が盛んで、昔からヤクザと縁が深い。その関係か、一時期、石和温泉全体がヤクザの温床となり、利権を巡って荒れに荒れたことがある。観光客も激減し、潰れるホテルや旅館も出たほどだ。

それを、謹厳実直にして清廉潔白な人柄のみを武器に走り回り、なんとか折り合いをつけてまとめたのが高橋秀成の父、功だった。

その実績を認めて政界に誘ったのが、当時、与党民政党幹事長だった三田聡《みたさとし》だということを純也は知っていた。

三田は父和臣の兄、憲次《けんじ》の妻美登里《みどり》の兄にして、前内閣総理大臣だった。

高橋功は石和温泉復活の立役者ということでもともと県内に知名度はあったが、二十年前に妻と死別してから、ひとり息子である秀成を男手ひとつで育て上げたということも人気を押し上げる要因となり、民政党の公認として山梨県知事選に勝利した。現在二期目のはずだ。

その息子の秀成の肩書きは現在、父の政策秘書にして、江戸後期から続くという老舗旅館『緑樹園』の社長だった。いずれ秘書の兼職は禁止される方向だというが、今のところ問題はない。たとえ禁止になったとしても、秀成は息子だ。そのときは、私設秘書兼社長になるだけだろう。

その昔、一度泊まったとき挨拶に出てきた父の功に似て、大学時代を思えば、秀成は実に穏やかで、優しげな目をした男だった。

純也は駅前まで直進し、手近なコインパーキングにM6の輝く車体を入れた。

甲府は盆地だ。目眩《めまい》がするほどの暑さだった。

「うわっ。きついね。メイさん、のんびり行こう」

「へぃ」

五代は続く江戸っ子だという鳥居は歯切れよくべらんめぇで、返事はときおり、そう聞こえる。

駅前に車を止めて歩くのは、アポを取った高橋との約束まで余裕があるということもある。が、大きくは甲府という街を肌で感じることにあった。

「メイさん、甲府は？」

「いえ」

「個人的にでもいいけど」

「仕事仕事の人生ですから。和子《かずこ》とも、岐阜の郡上《ぐじょう》に行ったきりでして」

「じゃ、着いたら少し見ようか」

M6の車内でそんな話になった。

県庁やらの公官庁舎が建ち並ぶ丸の内一丁目は、その昔、甲府城の内堀に囲郭された内城域だった。

堀に沿った舞鶴通りを暫時散策してから、純也は鳥居とふたり県庁舎本館に入った。

三十分は外をぶらついただろうか。ロビーの冷房が有り難かった。

山梨県庁舎は地上八階建てのビルであり、同じ敷地内に県議会議事堂や、山梨県警察本部が入る防災新館などがある。

一階の受付で来訪を告げた純也は、話は通っているようでそのまま三階の第一応接室に通された。三階は知事室や政策企画課に秘書課など、知事の実務に関するすべてが集められていた。

「なんかこういうとこぁ、お役人の雰囲気で息苦しいや。どこも警察庁に似てますね」

ソファに座るなり、鳥居は居心地悪そうに尻を動かしながらそう言った。

純也はガラステーブルに出された緑茶をひと口含んだ。

高橋との約束の時間は二時半だった。まだ五分はあった。

（それにしても、あいつ）

純也は、今朝方掛けた高橋への電話を思い返した。帝都ホテルを出、本庁に向かう車中だった。

携帯の呼び出し音は鳴るが、つながらなかった。時刻は九時を大きく回っていた。

県庁の代表へ掛け、そこから警視庁の名を出してつないでもらった。お役所特有の〈廻し〉で時間が掛かった。

高橋本人につながったのは、本庁舎の地下駐車場にM6を止めた直後だった。

――なんだ。

ブルートゥースで車内に響く声は、実によく冷えたものだった。

わずかに高橋に感じていた憧憬は、それで純也の中から飛んだ。高橋の声には間違いないが、友愛は欠片《かけら》も聞こえなかった。警戒感ばかりが前に出た声だった。

それだけで、かえって笑えた。公安として、純也には馴染みの声質であり語調だった。

そっちに行く用事があるんで、ちょっと寄りたいとだけ伝えた。

——二時半なら少し空けられる。じゃあな。

すぐに高橋は答えた。

そのことを純也は、県庁三階の第一応接室で思った。

（大学を卒業して十年か）

高橋が二十六歳で結婚し、一男に恵まれたことは知っている。その後に父の功が知事となり、家庭ではさらに一女が生まれたとも、風の噂《うわさ》で聞いた。聞く限り、順風満帆の人生だ。

（高橋、その間に、お前の身の回りになにがあった。どんな影が差した）

答えの出ない思考を堂々に巡らせていると、応接室のドアがノックされた。予定の十分後だった。

待たせたのひと言もなく、ダークスーツを着たひとりの男が入ってきた。身長は純也より少し低いだろう。おそらく百七十五センチくらいだ。

削げた頬は、昔はもっとふくよかだった。冷ややかな目は、昔はもっと温かだった。眉間に皺など寄せているのを見たこともない。堅く引き結んだ口元に、かつては穏やかな笑みが絶えなかった。

全体に滲む排他的な雰囲気は、いつも純也が近づきがたいほどの明るさに満ちていた高橋とは思われなかった。七三にきちんと分けた髪だけが昔のままだ。

入ってきたのは高橋の面影を残した、まるで別人だった。

「五分だ」

対面のソファに座るなり、高橋は前置きもなくそう告げた。

「簡単に仕切ってくれるな。十年振りだと思うけど」

「日々の忙しさに追われていれば、一年は昨日だ。十年も大して変わらない」

高橋は鳥居を猜疑心《さいぎしん》の強い目で見た。

「こちらは？」

「申し遅れましたが」

鳥居は証票を見せ、名刺をテーブルの上に出した。

「警視庁、警部」

取り上げもせず高橋は言った。

「小日向。お前の部下か」

「そう。県警本部に用事があったからね」

嘘ではない。嘘にしないためにこのあと回るつもりだった。

山梨県警本部には事実、東大の二年後輩で警察庁に入庁してきた小田垣《おだがき》がいる。

だから鳥居の身分も特に詐称する気はなかった。別所の件に関わりがあるなら、どう偽ったところでわかるだろう。

小細工はしないほうが、抑止力と油断につながることもある。

「別所と話してね。甲府に来ることを言ったらお前の話になった」

ここにも大きな嘘はない。

東大在学中に別所が立ち上げたサードウインドの金主は純也であり、今でも個人筆頭株主だということは、株式保有報告書にも記載されている。

「県庁の、情報セキュリティの担当を紹介しようって話になったんだってな」

高橋の眉がかすかに動いた。代わりに、口元には力が入ったようだ。すぐに開くことはないだろう。

「それから、五反田の多国籍パブに行ったたって聞いたよ。お前とそんな店がつながらなくてな。面白かった。まぁ、学生時代の俺たちは誰も縁がなかったけどな」

わずかに高橋の口が開く。が、出てくる言葉は会話を拒むものだった。

「あと二分だ」

「――なるほどね。そういう対応になるんだ。じゃこっちも合わせようかな」

純也はかえって、ソファに体重を預けゆったりと足を組んだ。

「ここのセキュリティ担当。俺にも紹介してくれないか」

「なんのために」

「俺はサードウインドの個人筆頭株主にしてアドバイザーだ。別所の依頼を受けた、じゃ駄目かな」

「それでも外部の人間だろう。検討にも値しない」

「別所を連れて行った五反田のパブって？　どうしてお前がそんなところを知っている」

「小日向」

高橋はわずかに前屈みになった。

「これはなにかの尋問か？　警視庁のお前が？　越権ではないのか」

「ははっ」

純也は肩をすくめた。

「昔のよしみ、じゃ聞けない話なのかな」

「時間だ。旧交を温めるだけなら、もう十分だろう」

スーツの腕がゆっくりと上がり、ドアを指し示した。

「仕方ない。メイさん、帰ろうか」

純也が立ち、鳥居が後に続いた。

「ああ、高橋。もうひとつ」

　ドアノブに手を掛け、純也は振り返った。

「県知事、親父《おやじ》さんは、このことを知っているのか」

　いきなり高橋は立ち上がった。これは高橋にとって、なんらかのキーワードのようだった。

「うるさい。お前になにがわかるっ。警視庁に、なにが出来る！」

　睨《にら》み付けてくる高橋に、純也はいつもの笑みを見せた。

「なにもわからないし、なにも出来ない。このままではね。――次は、ゆっくり会いたいものだ」

　それで、純也は応接室をあとにした。エレベータで一階に下りる。

「分室長。ええと、ご学友のことでなんですが」

　無言を通していた鳥居が、ロビーで久し振りに口を開いた。その言葉が実に言いにくそうだった。

「いいよ。気にしなくて。ことの大小、関わりの深浅は不明だが、無関係はないだろう」

「そうですね」

「あんな男ではなかったんだ。なにかがあいつをあんな風に変えた。苦しいだろうね」

「そうかもしれませんね」

「解き放ってやりたいものだ」

純也は呟き、ロビーから県庁の外に出た。陽差しはまだきつかった。

「ああ。メイさん、愛美《まなみ》ちゃん、明後日から夏休みだったね」

愛美は遅く出来た、鳥居にとっては目の中に入れても痛くない愛娘だ。今年九歳。小学校三年生になる。

「去年も同じような時期に、愛美ちゃんからお父さんを奪っちゃったような気がする」

〈カフェ・天敬会事件〉で鳥居が印旛沼《いんばぬま》近くのアパートに住み込んだのがこの頃だった。

「いや、気にせんで下さい」

すぐに鳥居にもすべきことがわかったのだろう。答えは早く、前向きだった。

「まずは日曜が目途《めど》だ。実際の取引が月曜だからね。ただ、事態が悪い方に動くとしたら、もしかしたら長くなるかもしれない」

「了解です。じゃ、早速、私はこれから根城探しに」

「いや。ちょっと待って」

すぐにでも動き出そうとする鳥居を純也は呼び止めた。

「なにか」

「先に県警本部に顔を出さないと。高橋にもそう言ったし」

「ああ。そうですね」

鳥居は頷いた。とはいえ、純也の足はすぐには動かなかった。

「なんですね」

「いや。後輩はいるんだ。いるんだけどね」

純也は一度言葉を切り、天を仰いだ。

「いるからなぁ」

小田垣は東大在学中、純也の追っかけ連中を二年生にして束ね、先頭に立って譲らなかった、女だった。

二

同日、夜。猿丸は古賀洋子と一緒に麻布十番の『トラッド』というステーキハウスにいた。

猿丸の電話に、洋子はふたつ返事でＯＫした。誘い文句は、『トラッド』に八時、だった。

トラッドは〈カフェ・天敬会事件〉の折り、一度洋子を連れて行ったことがある店だった。各国大使館員とその関係者と名乗る者達が御用達にする店だ。見ざる、聞かざる、言わざるが料金に含まれている。味は超一流だが、そんな関係で値段も超一流、そんな店だった。猿丸もサードウインドの法人カードを持つから気にせず入れるだけで、公務員として通常の俸給を受けるだけの立場だったら絶対に入れない。これはJ分室員として、ほかの部署にはない圧倒的な強みだった。

「久し振りだな」

「そうね」

「どうしてる」

「変わりないわよ。なぁんにも」

洋子は長い髪を揺らし、艶冶《えんや》に笑った。

洋子は一年前と同じ魚籃坂《ぎょらんざか》近くのマンションに今も住み、相変わらず魏老五の愛人だった。ただし〈カフェ〉の消滅により、今は魏老五とは直接の関係だ。

〈カフェ・天敬会事件〉の時、純也のOKもあって、猿丸は洋子を魏老五から離し、自分のスジ兼女友達にしようとしたことがある。スジとは、警察の隠語にエスとも言う、いわゆる協力者のことだ。そうして猿丸にとっての女友達とは、当然のように肉体関係を含む。

たしかに洋子も、そのときはまんざらでもなかったのは間違いない。ただ、洋子が離れたがっていたのは北朝鮮に関わる〈カフェ〉であり、魏老五その人ではなかった。

——悪い人じゃないんだけど。ううん。悪い人だけど、優しいときは優しいし。お金持ちだし。

接触の最中、魏老五についてたしかに洋子はそんなふうに言っていた。結果として〈カフェ〉の消滅は、洋子にとって望むべき生活をもたらしたということだろう。

「彼氏とはどうなんだ」

「それも、なぁんにも変わんないわ。今のところ」

「今のところ？」

「ふふっ。前にも言ったでしょ。これでも新宿のキャバではナンバーワンまで上り詰めたのよ。わかるんだなぁ。ちょっとした切っ掛けが」

洋子は酒好きだ。料理と酒で、時が移ろうほどに次第に饒舌《じょうぜつ》になった。

「ちょっとした切っ掛け、か」

「そう。泡みたいな、ちょっとした切っ掛け。それが見え始めてる気はするなぁ」

洋子の酒は甘いカクテルから始まり、すでにスコッチのオン・ザ・ロックになっていた。

「倦怠期ってことか？」

「雑に言うとね」

洋子は笑った。

「でも恋人でも夫婦でもないから、そこまでじゃないけどね。そこまでじゃないから、表向きはなにも変わらないんだけどね」

洋子はグラスを傾けた。氷が軽い音を立てた。

「泡みたいな切っ掛け、見せないようにしてるし、触らせないようにもしてるわ。水商売で鍛えたもの」

「そうか。へへっ。まあそんくれぇじゃねぇと、ハコでナンバーワンは張れねぇわな」

「そう。でも、どんどん増えてくるのよね。今はまだいいけど、もうすぐ手に余るかもしれないなぁ。ふふっ。そうなったらお手上げ、お・わ・り」

洋子が七杯目の酒を頼んだ。

「ねぇ。そのときになったら、拾ってくれる?」

洋子が頬杖をつき、酔眼を猿丸に向けた。

「もちろん」

片目を瞑《つぶ》ってみせ、次いで猿丸は空のグラスをカウンターの中に示した。

いい頃合いだった。それとなく沢木美春のことを聞いてみた。

「えっ。ミハル?　知らなぁい」

洋子は愛らしく小首を傾げた。だいぶ酔いが進んでいるようだった。

「だいたい、マダム以外と顔を合わせる事なんてないし」

マダムとは〈カフェ〉の女達を管理する女性のことだ。死んでしまった純也の元恋人、木内夕佳がそれだった。

「あ、一回だけ、マダムの勧めで何人かで会ったことあったけど。お互い愚痴があったら、吐き出しましょなんて。でも、そのときにも、そんな名前の人はいなかったなぁ」

「そうかい。ま、知らないなら知らないでいいんだけどよ」

「うん。ごめんね」

収穫はなさそうだった。

それから少しまた他愛もない話をし、そろそろ切り上げるかと猿丸が腰を浮かし掛けた。

なにかを思い出したように、洋子があっと声を上げた。

「ねぇ、さっきミハルって言ったわよね」

「ああ。言ったが」

「ミハルって、美しい春って書くの？」

「そう」

「それって、メイチュンって言わない？　中国語で」

「メイチュン」

猿丸も外事特別捜査隊のエリートなら、形ばかりにも外事三課に籍を置いた男だ。その
くらいの中国語はわかった。

「まあ、たしかにそうだが」

洋子はさも楽しそうに手を叩いた。

「あは。それ、私の前にあの人にあてがわれてた娘《こ》の名前だ。最初の頃よく比較されたか

ら」

それから洋子にグラス二杯分、魏老五から聞いたという美春の話を聞いた。

大半は他愛もない愚痴だったが、何度か猿丸の目に公安捜査員らしい光が宿った。

それから約三十分後、猿丸は『トラッド』を出た。

(へへっ。分室長、飲み食いの代金分くらいは、収穫ありましたよ)

星空を見上げ口元をわずかにほころばせる。

その背には酔い潰れた洋子の豊かな胸が、柔らかく崩れた感触があった。

三

ほぼ、猿丸と同じ時刻だった。

犬塚はセルロイドの眼鏡を掛け、地味なスーツに身を包み、純也に指示された東五反田の多国籍パブにいた。

割合大きめだが見る限り防犯カメラもない、古いテナントビルの三階だ。

店の名は、ペリエと言った。

「ええ。実は私サードウインドという会社で経理部長をしておりまして。磯谷《いそがい》と申します」

犬塚は一枚の名刺を差し出した。それは前日、分室を出た後につくられた物だ。

〈別所とは経理部長ってことで話をまとめといた。明日の午後には名刺が届くそうだ。会社に取りに行って欲しい。辻褄は――〉

それが純也からの指示だった。

つまり、名刺の内容は携帯番号以外、全部偽物ということになる。

「へえ。サードウインド」

あまり興味なさげに、ペリエのママが受け取った。ママの名は美加絵《みかえ》といった。

小一時間ほど呑んで後、日本語もたどたどしいボーイにママを呼んでもらった。

日本人ホステスも多いが、東南アジア系からロシア、チャイニーズ。ホステスだけでなくボーイまで。なるほど、店は聞いた通りの多国籍だった。

美加絵はオーナーママだという。銀座にも店を持つらしいが、二十代の頃は相当綺麗だったのだろうと思われるママだった。

今は翳《かげ》りのようなものを化粧で隠す感じだが、景気がいいという話はどの業界からもまだあまり聞こえて来ない。経営者なら、心労に容姿を蝕《むしば》まれたとしてもおかしくはない。

「ゲームの会社？　テレビでＣＭやってるわね」

「その会社です。で、うちの社長が一昨日の晩、こちらにお邪魔したそうなんですが、覚えてらっしゃいますか」

生真面目は地だが、さらに生真面目をかぶせ、笑顔を取り繕う。

それで、東証二部上場会社の経理部長の出来上がりだ。

「ごめんなさい。よくわからないわ。私はカウンターで呑んでるのが仕事で、お客さんの顔ってあんまり見ないから」

「そうなんですか。あ、そうそう。高橋さんて方に連れてこられたって聞きました」

「えっ。ああ、高橋さん」

ほんのわずかにだが、美加絵の気持ちが動いたようだ。口元も少しだけ緩んだように見えた。

「そうなんです。社長の同級生だってことなんですが、私は高橋さんを存じ上げなくて」

「あら、高橋さんの同級生？　じゃ、東大さんかしら。頭いいのね」

「ええ。東大です」

犬塚は改めて店内を見回した。

広さだけは十分な店内は、半分ほどの席が埋まっていた。金曜の夜にしては少し寂しい気もする。雑駁《ざっぱく》に混じり合った香水の匂いが濃いのは、多国籍だからか。

「ママ。その高橋さんは、このお店に通って長いんですか」

何気なくを装って聞いてみた。

そうねぇと前置きし、美加絵は一杯ちょうだいねと言った。

「どうぞどうぞ」

ボーイがアイスペールとスコッチのボトルとグラスを持ってくる。

「私、水っぽいウイスキーが嫌いなの」

グラスに大振りの氷をひとつ入れ、美加絵は振りかけるようにスコッチを注いだ。

「高橋さんはね。あれよ、最初は山梨の国会議員さんに連れられてきたわね」

「へえ。国会議員さんですか。ここ、国会議員さんも来られるんですか」

「そうね。昔はよくね。でも、そもそもここのお客さんってわけじゃないわよ。銀座のほうのお店、もともとやってたのは私の母なの。そのころの常連さんだった人。他にも国会議員さんや、大手の社長さんがずいぶんいたわ」

遠い目で、美加絵は舐《な》めるようにスコッチを呑んだ。

「このお店は、そんな議員さんや社長さんが、リタイアしたあとにも気軽に来てお互いに近況を話したり、母と昔を懐かしんだり出来るようにって開いたの」

「ああ、そうなんですか」

「まあ、最初はね。でも、いつの間にかこんなんなっちゃった」

ため息をつく。あきらめが聞こえた。

それで犬塚にもわかった。不景気のあおりで、そんなお客だけではやれなくなったのだろう。よく聞く話で、先は細るだけの話だ。

「そうねぇ。高橋さんは、六年くらい前だったかしら。もっと前かなぁ。その、山梨の国会議員さんに連れられてきたのが最初ね。ふたりで何回か来てくれたわ。でも、そのあと議員さんは落選して引退しちゃったみたいだから、それからは、年に何回かってくらいかしら」

なるほど、ペリエは高橋が別所を引っ掛けるために、昨日今日通うようになった店ではない、ということだけはわかった。

「でも、なんで高橋さんのことが知りたいの？」

「えっ。いえ、これは話の流れで。いや、実はですね」

犬塚は身を乗り出した。

「うちの社長が一昨日お邪魔して、いたくこのお店を気に入ったようでして」

「ふうん」

「それで、今後は社用にもどんどん使わせてもらうことにすると申しまして」

「あら、珍しい社長さんね。銀座や六本木ほどじゃなくても、五反田にだって、もっといい店がいくらでもあるのに」

「それがですね、いえ、本当にこのお店は気に入ったようなんですが」

さらに犬塚は美加絵に近づき、周りを気にするような素振りを見せながら声を潜めた。

「ほかにですね、その晩付いてくれた彼女のことも、その——」

「ああ、そういうこと」

　言葉を濁せば、美加絵は勝手に読んでくれたようだ。

「そういう人、結構どこに行ってもいるもんね」

「彼女を席に着かせたのは高橋さんですか。馴染みとか」

「どうかしら。ここはチップで稼ぐとこだから。お給料そんなに払えないし。だからお金持ちっぽいとこを選んで勝手にみんな付くの」

　美加絵はボーイを呼び、呑み終えたグラスを替えさせた。

「でも、残念。うちのお店は、いいお客さんを逃がしちゃったみたい」

　新しいグラスに氷を入れ、また振り掛けるようにスコッチを注ぐ。

「彼女ね、今日は来てないわ。昨日もね。だからしばらく来ないかも」

「えっ。それはどういう――」

「来なくなってそのままやめる子もいれば、何ヶ月かごとに出たり入ったりの子もいる。一年来なかったと思ったら急に来て三、四日出る子もいる。ここはそんな子が多いから。見てわかるでしょ」

「はあ」

　わからないという顔は作るが、言おうとしていることは理解出来た。見る限り、半分以上は外国人だ。おそらくその、三割から四割は不法就労だろう。

「ここはね、吹き溜まり」

美加絵はグラスを干し、氷を鳴らした。

「あの子もそうね。今回は一週間来てたけど、その前は半年くらい空いたかなぁ。その前も来たことあったけど、一年以上空いたこともあったっけ」

「じゃあ、どこに住んでるかとかも、あれですか」

「知らない」

「履歴書とか」

「当然ないわ。外国人もいるでしょ。書かれたってわかんないし。彼女も一緒」

「えっ。なんですか」

引っ掛かった。

どういうことだ。

「なんですかって、あら」

美加絵は意外そうな顔をした。

「だって彼女、中国人でしょ。最近来ないけど、一番親しくしてた子と、とっても綺麗な中国語で話してたわ。ふふっ。私もこれで学生の時はアメリカに留学してたの。英語は出来るのよ。だから、あんまりわからないけど、あの子の中国語がネイティブかどうかくらいはわかるわ」

沢木美春が、中国人。

それは奇《く》しくも同じ時刻、猿丸が古賀洋子から聞き出した話とシンクロした。

——美春なら、北京語ですべて済むのにな。だから日本の女は面倒臭い。

魏老五は、当初、美春と洋子を比べてそんなことを口走ったようだ。

だから沢木美春は中国人よと、古賀洋子も猿丸に、美加絵と同じようなことを告げた。

四

翌日、純也は衆議院第一議員会館に赴いた。

「面白いなあ。面白い」

セキュリティチェックを受けながら純也は呟いた。

「え。なにかおっしゃいましたか」

「ああ。いえ、すいません。独り言です」

怪訝《けげん》な顔の男性検査員に、純也はいつもの笑みを見せた。

検査員はとまどったような顔で目を伏せた。

あとで面倒ごとになる可能性も鑑《かんが》み、警視庁と名乗ることは避け、こっそり父の名を使った。小日向総理の次男ということだ。

それだけでたいがいの人はＫＯＢＩＸとつなげ、芦名ヒュリア香織を想起する。

加えて、中東の匂いがする端正な容姿が相まえば、職務中であれ、男であれ、湧き上がる気持ちはあるだろう。好色ということではなく、好奇、興味だ。

「結構です」

「ありがとう」

今度こそ隠さない、そんな視線を背中に感じながら、純也は受付に向かった。

前夜、犬塚と猿丸から沢木美春について同じような報告を受けた純也は、ひとりの男の携帯に電話を掛けた。

〈カフェ・天敬会事件〉の際、何人かのスジを辿《たど》って押さえておいた番号だった。

面識がなくはなかったが、直接電話を掛けるのは初めてだった。

相手にとっては見ず知らずの番号だ。

いきなりつながるとは、純也も最初から思っていなかった。

留守電に小日向純也と名乗って切った。

すぐに掛かってきた。

その相手に指定されたのが、翌日の議員会館だった。

相手は木内夕佳が残したＲＡＷ画像に写っていた男。沢木美春と軽井沢のプリンスショッピングプラザで楽しそうに手をつないで歩いていた男。

衆議院議員の、角田幸三《かくたこうぞう》だ。

角田は国会では、品のない言葉でよく怒鳴るヤジ将軍として知られている。福岡四区選出で、二〇〇四年には内閣府特命担当大臣防災担当、つまり、国家公安委員長だった。もともと福岡では、現KOBIX建設が小日向建設であった頃からの地場受けの土建屋としてずいぶん顔が利いたらしい。小日向一族とそういった意味でも縁が深く、小日向総理の腰巾着とは、本人は意にも介さないというが、広く知れ渡っている。

そんな男が純也からの電話を無視するわけはなく、面会を拒絶することは有り得ないとは、純也にとっては連絡を取る前からの確信であり、案の定だった。

議員会館の受付では顔認証が訪問先の執務室に送られ、チェックを受ける。純也の認証は、ほぼ光の速さでOKが出た。

角田の執務室は十階にあった。

議員ひとりに割り当てられる面積は約百平方メートルだ。議員執務室のほかに前室と秘書室、応接室も設けられている。二〇一〇年七月以前の旧会館での専有面積は約四十平方メートルだったというから、ずいぶん広くなった。

まず、泳ぐように年配の秘書が出てくる。角田は応接室に自ら先に入り、待っていた。

「やあやあ。名前こそ昔から知っておるが、こうして顔を合わせるのは初めてかな」

満面の笑みで寄ってきて角田が握手を求めた。

脂ぎった角田の顔は、夕佳のRAW画像そのままだった。

ただ美春との逢瀬と違って、今は目が笑っていない。それどころか、隙を突こうと狙っている感じだ。

改めて、食えない男、と純也は認識した。

「どうも、小日向です」

「角田だ。まぁ座りたまえ」

純也は促されるままに、革張りのソファに腰を下ろした。

「お父上から君の話はずいぶん聞かされたものだよ」

「ははっ。当然、いい話ではありませんよね。申し訳ありません。お耳汚しで」

「いやいや。お父上もご心配なのだよ。わざわざ警察庁さえ選ばなければ——ああ、いや」

角田は言葉を濁した。なぜかは純也にはわかっていた。

ちょうど若い秘書がコーヒーを運んで来た。お構いなくという言葉で、前段の角田の話は流して捨てた。仕切りを入れる格好だ。

カップを取り上げ、アロマをたしかめる。

「やあ、いい豆ですね」

ひと口すする。好みからいえば少し浅いが、上品な味わいだった。

「そうだろう。ここを訪れる人はみんなそう言ってくれる。私は味にうるさい方でね」

得意げにそう言いながら自分でも飲む。

が、コーヒーはミルクで真っ白だ。本来の風味などあったものではない。

「東大から国家公務員I種で、トップだったたね」

「はあ」

「しかも、お母上の血をしっかり受け継いでいる。芦名と小日向の血脈も華麗だ。ため息が出る。羨ましいほどだね。私みたいな雑草の政治家とは雲泥の差だ」

「ははっ。それほどでも」

「しかし、私が君の立場だったら、ろくな者にはならなかっただろうな。雑草だからこそ私は、誰にも負けないようにと人一倍努力する根性と粘りを身につけることが出来た。大変だったよ。特に福岡の頃は」

「ああ、そうなんですか」

「そうなんだ。気《き》っ風《ぷ》というか、昔から荒くれ者が多くてね」

コーヒーを飲みながら、それから角田の主に自慢話を純也は聞いた。

用件とは掛け離れていたが、わざわざ時間をもらったのだ。そのくらいは純也が払うべき対価というものだろう。

それにしても、さすがに角田も海千山千の政界を泳いで来た男だ。九十パーセントは自慢話だが、十パーセントは会話中のジャブ、探りのような言葉を入れてくる。気を緩めているとつけ込まれ、たたみかけられるに違いない。

ただ、角田の話法が純也に通じることはない。戦争でダニエル・ガロアに教わった対話の術がある。

相手と自分の間に、相手に近い自分を作るのだ。フィルタだ。今では人と話をする際、当たり前の作業になっている。

「さて」

角田が壁掛け時計に目をやったのは、およそ十五分の後だった。

「総理の息子さんということで、すっかり気が緩んでしまった。長話をしてしまったね」

「いえ、大変興味深いお話でした」

「そう言ってもらえれば有り難い。これからの人に教訓のような話だと思ってもらえれば幸いだが。——で、私に頼みたいことがあるということだったが」

ようやく本題の時間に入ったようだった。

「そうですね。その前に」

純也は応接室の中を見回した。カメラがあること、その位置は確認済みだった。

「あのカメラ、止めて頂けますか」

「ん?」

角田は眉根を寄せた。一瞬だが目つきがきつくなる。

「なんだね。後ろ暗い頼み事は、いかに総理の息子さんといえども聞くわけにはいかんが」

脂ぎった笑顔が真顔になると、さすがに国会議員という〈人種〉だ。圧倒的な排他性と、見えない選民意識がいきなり壁のように立ちふさがる。

ただ、純也にとっては当然想定されたことだった。会話の齟齬《そご》を見抜くフィルタも完全に出来上がっている。隙間を抜けるなど造作もない。

「ああ、勘違いしないでください。私はどちらでも構わないんです」

「――なんだね。よくわからないが」

「頼みたいことというのは簡単なことです。下手に構えられたり勘ぐられたりするのがいやだったので」

角田が目を細めた。小日向純也という男を値踏みするようだった。

「回りくどいのを私は好かないが」

「頼みたいこととイコール、ちょっとお話を聞かせてください、です」

角田はすぐには答えなかった。

「ああ、議員。まだ名刺を差し上げていませんでしたね」

純也は名刺を取り出し、テーブルの上を滑らせた。

「小日向和臣の息子は間違いないみたいですが、どちらかといえばこちらの所属、肩書きで御認知頂ければ幸いです。公総、その庶務分室ですが。議員は国家公安委員長をお務めになった方だ。公総についてはおわかりですよね」

純也の顔と名刺にそれぞれ強い目を当て、角田はふんぞり返るようにしてソファに沈んだ。

「だったらなんだ。総理の息子だから会った。名刺の立場を前面に押し出すなら帰ってもらおう」

声の響きは冷淡だったが、純也は無視した。

「カメラを。ああ、その前にコーヒーをもう一杯」

しばらく睨み、平然と受け流す純也に諦めたものか、角田は秘書にコーヒーと告げ、持って入ってきたところで、

「カメラを止めろ。重要な話をする」

と、吐き捨てるように言った。

「これでいいだろう。公総の庶務分室長が、なんの用だ」

「〈カフェ〉の甘い蜜について」

温かいコーヒーに純也は口を付けた。

カップを置く間に、角田は血管が切れるのではないかと思われるほどにいきなり真っ赤

な顔になっていた。

羞恥《しゅうち》ではないだろう。こんなことで恥じらう男など国会議員にいるわけもない。普段、誰も触らないところまで踏み込まれた怒り、で間違いない。

「なんの話だ。私は知らんぞ。なんの根拠があって」

「ああ。証拠なら唸《うな》るほどありますから」

純也はどす黒い声をあっさり遮った。

「ちなみに、実際売らなければならないほど困っているわけではありません。お構いなくなので、恫喝《どうかつ》も無用に願います」

角田は唸った。唸るだけでなにも言わなかった。コーヒーカップ半分飲むだけの、時間が過ぎた。

角田のため息を、純也は白旗と受け取った。

「なにが聞きたい」

「沢木美春」

角田は少し考えた。

「誰だ、それは」

「おや、ご自分の愛人の名前をご存じない。それとも忘れた。あるいは、別の名で呼んでいた」

角田の目が泳いだ。考えているようだが無駄な時間だ。棹を差すことにした。

「軽井沢にご同伴になった女性です。プリンスショッピングプラザにお出《い》でになったことは?」

「軽井沢? ああ」

「たとえば、ミーちゃんとかお呼びだったとか」

また角田が黙った。図星だったようだ。純也はソファに浅く座り直し、いつもの笑みを見せた。

「大したことをお聞きしたいわけではありません。どんな女性でしたか」

「――どんなと言われても、そういう関係の女だ。多くを求めるわけではない」

「ああ。だからよく覚えていないと」

「あの娘だけではないからな。職務はわきまえている。情の話にならぬよう、一年ごとに女は変わった」

「なるほど。とっかえひっかえと」

「人聞きが悪い」

「すいません。で、そのとっかえひっかえの中に、中国人はその娘だけでした?」

角田は一瞬絶句した。

「ちゅ、中国人だと! 本当か」

肘掛けに手を突き、腰を浮かす。

事の重大さはわかるようだ。下手をしたら、政治家生命が終わるのだ。

「いえ。かもしれないと言う話で。その辺を追っておりまして」

努めて冷静に純也は言った。

「ご心配には及びません」

「し、しかし」

「カメラを止めた、と。そのことをお考え下さい」

「……本当、だな」

「きちんとお答え下されば」

しばらく荒い息をし、角田はゆっくりソファに戻った。

「議員がそこまで驚かれるということは、そんな素振《そぶ》りはなかったと」

「当たり前だ。あったら即刻替えた。いや、その場であの組織と手を切ったはずだ」

純也のフィルタに引っ掛かるものはなかった。真実だろう。逆に言えば、その程度の男だ。

「ほかに、なにか気になったこと、思い出すことはありませんか」

「いや、特にあの娘にだけということは――お」

「なにか」

「なにというか、大したことではないが」

少し言いにくそうにした。手で純也は話の先を促した。

「その、だな。脇の下に小さな入れ墨が、タトゥーというのか。それがあった。後にも先にも、そんなものを入れているのはあの娘だけだった」

「どんな」

「蜥蜴《とかげ》だ。本人がそう言っていた」

「蜥蜴」

純也は記憶にとどめた。

「ほかには」

「ない」

「本当に?」

「くどい」

「ありがとうございました」

純也は席を立った。

「お、おい」

角田の声が追いかけてくるが、用件が済めば長くいて落ち着く場所でも、長く会って興味深い男でもない。

「今日のことはお忘れになって頂いて結構ですよ。お互い、面識を誇れはしないですからね」

角田はそれ以上なにも言わなかった。

ただ応接室を出るまで純也の背には、隠しもしない、角田の怒りの感情がいつまでも注がれた。


「若造がぁ！」

純也が去った応接室で、角田は吼《ほ》えた。

ＫＯＢＩＸにつながると言っても本流ではない。

総理の息子といっても長男でもない。

どちらも傍流のくせに、よくも言った。

東大卒も国家公務員Ｉ種トップも、宝の持ち腐れともいうべき日陰の身の上で、

「この角田に、どの立場で上からものを言ったのだ！」

角田は、現行のＪファイルを受け取った一人目だ。

自ら息子を監視すべく、衆議院議員四期で国家公安委員長になった小日向和臣から、大臣という名の餌に釣られて、その職を引き継いだのは角田なのだ。

——全部を知る必要はない。その権利もないということだけは覚えておけ。

引き継ぎの時、和臣に見せられたファイルはなんページかが抜け落ちたものではあったが、そんなことはどうでもよかった。大臣の椅子が転がり込んできたのだ。

ちょうど、小日向純也があろうことか、国家公務員I種をトップで通過し、警察庁の門を叩いたときだった。

ファイルの上澄みを抽出し、〈Jファイル〉として代々警視庁の公安部長に引き継ぎ、飼い殺せと指示を出したのも、もちろん小日向和臣の許可は得たが、角田だった。

小日向純也という男は、それで未来への夢も希望もすべて絶たれたはずだった。

「たかが警視庁の警視の分際で。ふざけおって。図に乗りおって！」

角田は応接テーブルを力任せに蹴り飛ばした。コーヒーカップが音を立てて床に落ちた。

なにごとかと年配の秘書が応接室に顔を差し入れる。福岡以来の秘書だ。純也のことも角田同様には知る。

「おい。今、警視庁の公安部長は誰だ」

「ええ。たしか長島敏郎という男かと」

「昔のチヨダは、今なんと言った」

秘書は応接室に入り、ドアを閉めてコーヒーカップを拾った。

「オズ、かと」

「ふん。オズか。で、その裏理事官は」

「さて、そこまでは」

「調べろ。腹の据わり具合まで」

「わかりました」

長年連れ添った秘書だ。阿吽《あうん》の呼吸といえば言える。裏でも表でも、ひと言ふた言の話で済む。

「調べたら、長島とオズのそいつを秤《はかり》に掛けろ」

「どういった秤に」

「どちらがより、小日向純也に敵対的か。どちらがより、腹黒いか。どちらがより、権力になびくか」

「了解しました」

秘書はコーヒーカップを重ね、一礼して応接室を出て行った。

「今に見ていろ」

角田は吐き捨てるように言った。

「籠《かご》の鳥は、籠の中に押し戻してやる。今度は二度と外に出られない籠の中だ」

天井を見上げながら、角田は自分の言葉に酔ったように、脂ぎった顔に満面の笑みを浮かべた。

五

七月二十一日の月曜日は、要求された三億円のリミットにして、受け渡し当日だった。金の用意はすでに出来ていた。純也同様、別所にとっても、そのくらいの金を集めるのは造作もない。

そもそも、鳥居達三人がサードウインドの法人カードを持つのは、本来純也が受け取るはずの配当金を、全額別所が自由に動かせる裏金として、隠し口座に振り込んでいるからだ。サードウインド創業以来の累積からいえば、その裏金だけでも十億を優に超える。

前週末の金曜日に、犯人側からのアクションがあった。プリペイド携帯とレンタカーのキーが入ったキャリーバッグが、港区西麻布にあるサードウインド本社に届けられたのだ。受け取ったのは、出勤途中の若い女子社員だった。

本社ビルのエントランスに入ろうとしたところで、三十そこそこと思われるサングラスを掛けた男に声を掛けられたという。

——これ、さっき別所社長が置き忘れてったみたいで。すいませんけど急ぐんで、受付にでも届けといてください。

そう言って足早に立ち去ったらしい。

そんな物を受け取るなど危機意識に乏しいと言わざるをえないが、一般の日本人、特に入社したての若者なら致し方ない。平穏も不景気も、彼らにとっては永遠に続く日常なのだ。

この月曜朝八時、純也はひとり分室にいた。コーヒーメーカが音を立てた。いつもより早い登庁だったが、分室には誰もいない。

鳥居のことを考えて、純也はそのまま甲府に残すことにした。沢木美春が中国人と判明してから、いやな予感がしたからだ。

手口といい要求額といい、ふたりで立案実行まで出来そうな気もするが、中国人となると話は別だ。

不法滞在者や留学の名目で入ってきた中国人が起こし得る犯罪ではない。しかも、そこにセキュリティのバンドル・キーまで絡むとなると、大いに話はねじれ、別の様相を呈する。

歪《いびつ》な感じすらした。

歪はいずれ、ひび割れる。

飛び出すのはアナーキーな暴力かもしれない。

だから、特に鳥居は戻さなかった。

もともとこういった機動性を必要とする場面に鳥居は合わない。今年でもう五十五歳になるのだ。

本人はどんな指示を出しても了解してくれるだろう。だが、いつまでも出会った頃のまだと思っていると、心はそうでも、いつか身体は悲鳴を上げる。

矢崎さえ定年、退官になったのだ。判断を間違えたら場合によっては――。

(いや)

純也はひと笑いで不吉な思考を打ち消し、出来上がったコーヒーをカップに注いだ。

(愛美ちゃんを、泣かせちゃいけないからね)

そんな最悪の事態を起こさないのが、管理監督者、上司の務めだ。

いつのタイミングかでは言わなければならないが、

――メイさん、そろそろ内勤、どうだい?

と言ったら果たして、鳥居は受けるだろうか。怒るかもしれない。ふたつ返事で承諾することは有り得ない。

純也は、カップを手に窓際に寄った。

桜田通りに街路樹の緑が鮮やかだった。

鳥居からは、高橋に関する報告は今のところない。

高橋の自宅がある石和に拠点を構え、県庁三階の秘書課にいる以外のすべての時間を行確するとは聞いていた。

「高橋も、ただ知事の息子という立場に驕《おご》っただけならいいが」

純也の携帯、仮に①とした方から軽やかなメロディが流れた。犬塚に割り振った携帯だった。

コーヒーをひと口飲み、純也は思考を今に切り替えた。

脅迫されている別所本人が、三億にさほどのこだわりがないというのは気が楽だった。

純也もそこに重きは置いていない。別所の安全を確保することがまず第一義だ。

付随して、犯人側から今後につながるなにがしかの手がかりが得られれば上出来だろう。

別所の意向もあり、動かせる人員は限られている。直接の分室員二名だ。

こういう追跡捜査において二名では、出来ることの限界は、目と鼻の先にある。

——社長が動きました。

「了解。よろしく」

電話を切り、純也は猿丸に割り振った②の携帯からメールを打った。

〈スタート〉

人員は少なくとも、出来ることはする。

プリペイド携帯とレンタカーのキーはすぐに調べた。

携帯はやはり、人物を特定するには至らなかったが、レンタカーは付属のキーホルダーで判明した。

広尾病院近くのレンタカー屋だった。歩いて一キロと少しの場所だ。

別所が会社を出たら、犬塚がまず徒歩で尾行を開始する。レンタカー屋付近にはすでに別のレンタカー屋で借りた五百ccのバイクで猿丸が待機している。

不測の事態に備えるため、決めてあるのはそのくらいだ。あとは成り行き任せだが、猿丸も犬塚も一流の公安捜査員だ。自分の判断でいかようにも動く。

当然、命を最優先するため、別所に半径五百メートルをカバーするGPS付きの無線機を装着させることも忘れてはいない。念のため、キャリーバッグの中に発信器も仕込んでおいた。

だが、不測はすぐに起こった。①の携帯がふたたび鳴った。出ると、用件だけ早口に告げる犬塚の声が聞こえた。

――今、社長に連絡がありました。広尾の地下鉄の入り口です。乗ります。向かう先は秋葉原です。

それだけで切れた。

純也は②の携帯に掛けた。すぐに出たが、ヘッドセットにつないだ声は少し聞き取りづらかった。

「不測の始まり、だね。そっちに向かわず日比谷線で秋葉原に向かったようだ」

――でぇ。間に合うかな。とにかく向かいます。

間に合うかなと言いながら慌てはしない。犬塚も猿丸も、不測などいくつも乗り越えてきている。

四十分が過ぎた頃、①の携帯が鳴った。

——秋葉原です。地上に上がりました。昭和通りです。

わずかなタイミングの差で②が鳴った。

——なんとか間に合いましたかね。指示よろしく。

「日比谷線から上がった辺りにいる。ＪＲの昭和通り口——セリさん、ちょっと待って」

純也は話を中断した。①の携帯が鳴ったからだ。

——指示がありました。ＪＲに乗ります。中野です。御茶ノ水から快速です。

すぐに猿丸に伝えた。

——中野っすかぁ。いやこりゃあ。

猿丸は言葉を濁した。

諦めは絶対口にしないだろうが、純也にもわかっている。快速に乗り換えれば待ち時間を入れても三十分。バイクでは追い切れない。

「わかってるよ。でもセリさん、これで終わりじゃないかもしれない。諦めずいこう」

——へぇい、とくらぁ。

三十五分後、犬塚から今度はメールだった。

〔乗り換え。東西線で浦安〕

秋葉原で猿丸が千切られたことは、わかっているようだ。

「次は浦安だって。セリさん、今どこ？」

すぐさま純也は猿丸に連絡した。ヘルメットの中のヘッドセットはやけにうるさかった。走行中なのだろう。

――もう驚きゃしませんけどね。新宿越えた辺りっす。

「よろしく」

――わっかりやした。

それから無為な四十分あまりが過ぎた。直前に猿丸から一度連絡が入った。雑音ばかりで聞き取りづらかったが、今は葛西《かさい》橋通りで、もうすぐ荒川を渡ると言っていた。

窓辺に差し掛かる陽差しの中で、純也は青空を睨んだ。

「レンタカーはダミーだったかな」

警察が介入したとして、犯人はまさかふたりの捜査とは思わないだろう。捜査の目をレンタカーに向けさせれば、覆面車両が大量に動くと踏んだようだ。

本当にそんな捜査になっていたとしたら、不謹慎だが笑える。

朝イチの日比谷線で捜査の大半は千切られ、移動先の所轄が右往左往させられたことだろう。県警もだ。

　そのとき、①の携帯が鳴った。

「どう。シノさん。また移動？」

――いえ。今度は歩きです。県道十号を浦安橋に向かってます。

「わかった。動きが止まったなら、そろそろかもしれない。気をつけて」

　純也は話しながら、もう一方の手で猿丸を呼び出した。

「セリさん。葛西橋通りを真っ直ぐ。シノさん達は歩きで、逆方向から浦安橋に向かってる」

――おっ。ようやくですか。もう少しです。あと五分。

　通話を終えた純也は、しかし携帯の画面を見詰めて動かなかった。

　違和感があった。

「葛西橋通りから浦安橋。――橋が多い」

　純也はＰＣで浦安の地図を出した。浦安橋の下は旧江戸川が流れ、二キロと離れずＴＤＬと葛西臨海公園があり、東京湾がある。

　純也の目が光った。と同時に、両手は①と②の携帯をそれぞれに操っていた。

――はい。橋の上です。

――へい。橋が見えたっ。

スピーカーからそれぞれの声が聞こえた。

「セリさん。シノさん。船かもしれない。東京湾が近い」

――えっ。

これはほぼ同時だった。ただ犬塚はそれだけでなく、

――あっ。

と驚愕を口にした。

「シノさん、どうした」

――分室長、社長が今キャリーバッグを。

「投げたのかい。川に」

――はい。

――分室長、マル対確認。俺にも見えたっ！　くそっ。間に合わなかった！

猿丸が叫んだ。

――分室長、船です。クルーザが一艘《そう》キャリーバッグに寄っていきます。

珍しく犬塚も興奮気味だった。絶対も必至もなしだとは言っておいたが、やはり悔しいのだろう。

「シノさん。別所は？」

――えっ？　あ、無事です。五メートル先に立ってます。

「それならいい。それがなによりだ」

冷静さで感情を均《なら》してやる。これも上司の仕事だ。

——分室長。俺も現着しました。

ヘッドセットを外したのだろう。猿丸の携帯も鮮明に聞こえた。

誰からも声のない、暫時の時が流れた。

テーブルに置いた二台の携帯から川風や車の走行音が聞こえた。

クルーザのエンジン音も聞こえるような気がしたが、これはやはり、純也にもわだかまる慚愧《ざんき》が聞かせるものか。

（俺がこれじゃあ、ふたりはもっとか）

おそらく唇を嚙み、強い目で下りゆくクルーザを睨んでいることだろう。

——くそっ。間に合わなかった。

猿丸の声が聞こえた。

ふっと純也が微笑《ほほえ》みを浮かべる、そのときだった。


ドォォォォン。

決して川風や車のものではない音がした。携帯のスピーカーでも、純也には即座に理解された。

爆発だった。

――あっ。

――おおっ！

どちらがどちらでも構わない。

――シノさん、なんだいありゃ。

――わかるか。それよりセリ、こうなったら離脱だ。

――ちっ。それしかねえな。

――俺は社長を送り届ける。

――じゃあ、俺もいったんバイクごと離れるけど、クルーザの出所くれぇは当たり付けとく。

通話を意識しないふたりの声だったが、頼もしく純也は聞いた。

初動はそれで間違いない。

――分室長。聞いてましたか。

犬塚が問い掛けてきた。

「ああ。聞いてた。それでＯＫだ」

この電話、小日向につながってるんですかと、奥で別所の声がした。

そうですが、じゃあ歩きながら、と犬塚が応対した。

辺りが騒がしくなり始めていた。

――小日向、聞こえるか。

「ああ」

――済まないな。なんか大事に巻き込んでしまったかもしれない。

「気にするな。ここからが俺たちの本来の仕事さ。それより、ずいぶん振り回されて最後はこんな結果だが、お前は大丈夫か」

――金はまぁあれだが。身体はなんともない。ただただびっくりだ。

「あとのことはこちらに任せて、お前はすぐお前の日常に戻れ。もうお前はこの件の外だ」

――いいのか。

「いいも悪いも、それがお互いの領域だ。生きる場所だ」

――お前、凄い世界に生きているな。

「なに。こんなのは、序の口だよ」

窓の外に蒼天を眺め、純也ははにかんだような笑みを浮かべた。

六

この日の夕刻、純也は長島の待つ公安部長室を訪れた。

クルーザの爆破の直後、すぐさま純也は長島に連絡を入れた。事後処理を頼むためだ。

――お前が絡むといつもこうだな。

そんな一声はあったが、長島は迅速に、的確に、爆破の一件に対処してくれた。

江戸川の内で仕切られる千葉県警との管轄をいち早く警視庁側と断定し、即座に東京消防庁と海上保安庁に連携を依頼し、所轄も動かしたようだ。

爆破そのものについても鎮火を待って、その一時間後にはエンジントラブルに起因する燃料漏れが原因と公式発表を出し、焼死体で発見された者一名、身元確認を急ぐということでマスコミにもケリをつけた。

実際、男女と思《おぼ》しき二名分の遺体、ほぼ全損全焼に近い船体、そして、波間を漂う現金の一部は東京消防庁と海上保安庁によって速やかに回収された。

現金は少なくとも、八千万は回収出来たようだ。

「色々ありがとうございます」

純也は長島の前で素直に腰を折った。

「マスコミ対策まで、鮮やかなお手並みで」

ふん、と長島は紫檀のデスクの向こうでキャスタチェアを軋ませた。

「お前に評価されるようなことではない。特に公安は、現場も上もソウサが仕事だ」

考えるまでもなく、そうですねと純也は頷いた。

現場が捜査なら、上司の役目は捜査が迅速に円滑に進むように操作することだ。

特に公安なら。

「案件、ということだな」

「おそらく」

「わかっていることは？」

「この間お話ししたことに、爆破を足してすべてです」

「すべてとは、すべてか」

長島の問いに、純也ははにかんだような笑みを見せた。

「お話し出来ることのすべて、です」

「だろうな。お前なら」

長島は表情ひとつ変えずに頷いた。

「鋭いですね」

「一年を超えるからな。それで、これまで言ったことは全体の何パーセントだ」

「そうですね」

純也は少し考えた。

山梨県知事の息子、高橋秀成のこと、角田幸三の関わりは言っていない。関わりの濃淡からすれば話しても構わないが。

「二十パーセント」

言えば、さすがに長島は渋い顔をした。

「少ないな」

「案件に関する情報は、テストの答案のようなものです。答えられる数の多さではなく、配分点で総合評価が決まります」

「話していないことそのものは少ない、か。逆に言えば、雑魚《ざこ》情報ばかりを聞かされたとも言えるが」

さすがに長島は理解が早かった。

「ははっ。そう裏から取られると身も蓋もありませんが。ただ、雑魚情報の寄せ集めでも、そこに価値を認めてくださったと理解します」

と、純也の携帯が振動した。

「あ、ちょっと失礼」

長島に断って純也は携帯に出た。

――分室長。クルーザの所有者、わかりました。

猿丸だった。

爆破のあと、現場から離脱した猿丸はいったんJ分室に戻った。そういう指示を純也が出したからだ。そうして鎮火の頃には、分室にストックされていた太陽新聞社のダミーの名刺を持って、ふたたび現場付近に戻った。

太陽新聞は本来から言えば鳥居のスジだが、甲府の鳥居に断って名刺を持たせた。〈カフェ・天敬会事件〉の時に鳥居が使った肩書きは編集委員だが、いくつかストックはある。今回は単純に社会部の記者にした。

現場付近には、千葉の内房や三浦半島ほどではないが、いくつかのマリーナがあった。それを当たらせるためだ。

――ビンゴです。

まずそんな連絡があったのは、今から一時間ほど前だった。三カ所目で行き当たったらしい。

――YAHAGIモーターボートスクールってとこです。時間といい、見た感じの船体だけですが、同型をこっちで見せてもらいました。間違いないですね。

一度注視したものは正確に記憶して忘れない。これは公安捜査員なら必ず叩き込まれることだ。

猿丸が間違いないというなら、百パーセントの信頼で間違いない。

――YAHAGIはモーターボートスクールって言っても、大手メーカーの直営で結構でかいマリーナを持ってましてね。そこに今朝までつながれてました。

「船体番号は」

――バッチリです。

ただし、と猿丸は一度言葉を切った。

なにかをごそごそとやる雑音が入る。メモ帳でも出しているようだった。

――ここの契約クルーザじゃありません。一晩貸しの、ショートステイってやつでした。

「へえ。今はそんなシステムがあるんだ」

リーマンショック以降、また一段とクルーザの所有者は減った。年会費や使用料を下げるだけでは追いつかない。クルーザそのものの購入者が減ったからだ。YAHAGIモーターボートスクールもそれまではスクール一本だったところに、受講者の激減を受けてマリーナを作ったらしい。それが一晩二晩貸しもOKなショートステイコースだ。

――予約は電話一本で大丈夫らしいです。だから、特に身分証明書の提示もなにもありません。ゴルフ場と同じですね。唯一調べるのが、船体番号です。

「ふうん。ちょっと杜撰《ずさん》な気もするけど」

――来た船を前金でつないでやるだけです。特になんの責任もないですからね。船体そのものの盗難届さえ出ていなければ問題ないってことですね。手続きを複雑にして敬遠されるより、特にYAHAGIはメーカー直営ですから、金儲《かねもう》け優先なんでしょ。極端な話、偽名でもいいってことらしいですね。

「なるほど」

──今回俺ぁ、記者ってことで行きましたし、ちょっと現金もかましましたから、何人かは結構気安くここだけの話を教えてくれましたよ。今回の船の男も、署名は大野一郎《おおのいちろう》。書いた住所は銀座九丁目です。歌にもある水の上ってやつですね。間違いなく偽名です。

「へえ。あからさまだね」

あからさまな方が詮索されなくていいんでしょ、と猿丸は続けた。

──まぁ、たいがいが偽名らしいです。お忍びってやつですね。このご時世にクルーザを維持してる連中です。特にショートステイは、ふたりの場合は必ず金満男と綺麗なお姉ちゃん。それ以上の人数なら乱パかって笑ってましたよ。羨ましいッスね。分室長。

「まぁ、そうだねえ」

純也は顔を紫檀のデスクの向こうに向けた。

隼の目が、じっと純也を見詰めていた。

「羨ましがるのはまたにするとして、それで、本来のマリーナは」

──三浦半島の小さな漁港です。昔からあっちの方は、さびれる一方だった港の一部を漁業組合がマリーナにして契約者を募るっての、なんかで見たことがあります。

「三浦半島か。なら、契約者は神奈川？」

——そうです。今さっき、やっと辿り着きました。シノさんのスジですけど。

藍誠会《あいせい》横浜総合病院、理事長桂木徹《かつらぎとおる》、と猿丸は言った。

——横浜港近くにあるでっかい病院です。

「ああ、あれね」

純也も覚えはあった。

——もっとも、この桂木徹の方はホームページから引っ張っただけです。マリーナの契約は、どうやら法人らしいですね。クルーザそのものは間違いなく法人名義です。

「わかった。ありがとう」

純也は電話を切った。

「部下からだな。あの猿丸という男か」

会話の流れと口調でそう読んだらしい。

「おっ。よくおわかりで」

「一年を超えるのはお前だけではない。分室全体だ。本来、どこにもないはずのな」

「部長の覚えもめでたいと本人には伝えておきましょう」

「——それで喜ぶと思うか」

「いえ。まったく」

純也はそれから、かいつまんで今の話をした。

「そうか」

長島は言ってキャスタチェアを回した。高い椅子の背の中にその姿が隠れた。

「小日向。今のを加味して何パーセントだ」

「そうですね。十五パーセントくらいかと」

「――下がったな」

「知らないことが増えたという意味です」

「――まあ、正しいな」

長島の姿が机に戻った。

「藍誠会か。わかった。で、これからどうするつもりだ」

「取り敢えず、藍誠会には当たるつもりですが。あまりにあからさまですからねぇ」

純也は考える振りをした。することは幾通りかで決まっているが、話せることは大して増えていない。

「仲間割れ、敵対者の謀略。まだまだ動きを決めるほどにはなにも」

長島はふと、口元を緩めた。笑ったようだ。

長島対純也同様、純也対長島も一年を超える。

「決めない動きは、見えない人手も金も掛かるか。お前向きだな」

「ははっ。その辺が今回、うちの分室のアドバンテージかと」

「報告だけは怠るな」

「了解しました」

去り際、ふと思い出す。

「ああ。可能性は限りなく低いと思いますが、別所の警護に人員の配備をお願い出来ますか」

「別所？　ああ、サードウインドの社長か。お前の同級の」

「つまり、部長の後輩です」

「そうだな。後輩だ。お前を見ているとそんなことも忘れるが」

「私のことはさておき、別所は間違いなく後輩で、民間で頑張っている一般人です」

「わかっている」

手配しようという言葉に一礼を残し、純也は公安部長室を退出した。

第三章　オズ

一

翌火曜日、純也は国立の自宅から、M6で直接藍誠会横浜総合病院へ向かった。現地では電車で直行の犬塚と、ロビーで落ち合う手はずになっていた。

犬塚との約束の時間は、午前十時だ。

山下町にある藍誠会病院は、横浜港の国際客船ターミナルがある大桟橋と山下埠頭《ふとう》から、それぞれ中華街を挟んでほぼ等距離にある。駅でいえばJR根岸線の石川町で、車を考えれば、高速なら横浜公園ランプが近い。

京浜急行線立会川の駅が目の前という犬塚のマンションからなら、徒歩の分を考えても五十分もあれば着くだろうが、純也の自宅からだと面倒臭い。高速が使えず、府中街道を延々と走る。

余裕を見たつもりで待ち合わせの二時間前に出たが、十五分遅れた。

「ああ、ごめんごめん」

「いえ」

患者でごった返すロビーの一隅に、犬塚はうっそりと立っていた。濃紺のスーツに黒い革鞄《かわかばん》。黒縁の眼鏡を掛け、実に平凡にして凡庸な風情だった。背も少し、錯覚だろうが縮んで見えた。

特徴を消し、場に溶けること。これは公安捜査員にとって必須の技術だ。

逆に、純也にはそういう小細工は無理だった。なにをどうやっても目立つのだ。だから、かえって常に正々堂々とした立ち居振る舞いで、必要に応じて気配を消す。目の前の他人に通用するわけもないが、屋内の人混みや屋外では有効だ。

「それにしても、なかなか大きな病院だね。シノさんの方でいえば、品川のS大付属病院クラスじゃないかな」

「そうですね。まあ、科目でいえばこちらの方が少し少ないですし、向こうは付属病院がほかに三つ。こっちはふたつですけど、隣にずいぶん大きな看護学校が併設されてます。全体の規模でいえば、同クラスでしょうね」

犬塚の言葉通り、藍誠会はほかに名古屋と福岡に似たような総合病院を展開している。横浜総合病院はそれらを統合する、藍誠会の本部という位置づけの、十階建ての大きな病院だった。

「さっき電話で話した件は」

「通しておきました。今日は在院のようです」

犬塚は言いながら腕時計を見た。

「それでもいい時間ですね」

「申し訳ない」

純也は素直に頭を下げた。

十時少し前、遅れることの連絡とともに、純也は理事長である桂木へのアポイントを犬塚に頼んでおいたのだ。不意打ちだから不在でも構わない。その場合は、常勤の事務長あたりに話を聞くつもりでいた。

「いたとしても、どうせロビーでも応接室でも待たされるに決まってる。早めに受付に申し込んでおいてくれるかい。あと二十分もあれば到着すると思う」

その予想からも十分程度遅れた。これが純也が頭を下げた理由だ。

犬塚は先に立って、初診と事務に分かれた受付の事務の方に向かった。

「先ほど、理事長へのご面会をお願いしていたものですが」

「えっ。あ、警視庁の」

受付の女性は周りを慮《おもんぱか》ってか、警視庁という言葉のトーンは落としたが、目は何度か好奇心に光って背後の純也に向いた。

純也は出来るだけ意識して笑顔を作った。

視線の動きが止まり、なにも言わなくても受付の女性が笑顔で頭を下げた。この場合、頭を下げる行為は、咄嗟《とっさ》になにかしなければという動揺の産物だろう。

それで、ＯＫだった。

純也が自ら赴いたのは、犬塚のスケープゴートになるためだ。どうやっても目立つ純也と、目立たない犬塚の差は歴然だ。純也の印象を派手にすれば、犬塚は隠れる。

今後なにかあれば、藍誠会は犬塚に任せるつもりでいた。

そして、なにかある予感が大いにあった。

「こちらへ」

意識が自分に向いていると確認し、純也はそこからは先に立った。

案内されたのは、エスカレータで上がった三階だった。天吊りのフロア案内によれば、事務エリアとなっていた。上がってすぐの、真っ直ぐに伸びる通路の手前左角が第一応接室だった。

「お待ち下さい」

応接室は、本当に応接セットが置かれただけの殺風景な部屋だった。窓から差し入る夏の陽だけが彩りだ。病院という場所の特性か。音は極端に少なかった。それもあってか、適温に設定されているだろう空調が少し冷えすぎのような気がした。

すぐに別の女性によって茶が運ばれたが、桂木はなかなか来なかった。

「やっぱりね」

純也は隣に座る犬塚に笑い掛けた。結果、十分はそのまま放置された。

やがて、廊下に硬い靴音がした。静かな分、よく響いた。せかせかとして聞こえた。ノックもなく、ドアは開かれた。

「お待たせしました」

入ってきたのは、口髭を蓄えた小太りの男だった。身長は百七十あるかないか。フレームレス眼鏡を掛けているが、屈折の具合からいけば、度は入っていないかもしれない。ブルーライト軽減用のＰＣグラスか。

年齢は三十五歳になるとは、プロフィールで知っていた。六年前に父である前理事長が死去し、跡を継いだようだ。専門は小児科になっていた。

「いえ、こちらこそお忙しいところ」

純也が立ち、犬塚が立った。まず純也が証票を開いた。

「警視庁の犬塚です」

当然ダミーだ。純也の顔写真の下には、警部補犬塚健二と記されていた。確認の後、差し出す名刺もダミーだが、犬塚の本物の名刺と違うのは所属だけだ。捜一第二強行犯捜査第一係主任にした。

「同じく、斉藤《さいとう》です」

こちらも純也同様、犬塚の顔写真の下の記載は警部補斉藤誠《まこと》だ。

斉藤は捜一における純也の、警察学校の同期にしてスジだ。話は前日のうちに通してあったから、犬塚が差し出す名刺は本物の斉藤の物だった。

「ほう。珍しいですね」

桂木は純也、犬塚の順に名刺交換をし、着席を促し、テーブルの上に並べたふたりの名刺を眺めて言った。

「警部補さん、おふたりですか」

「管轄外です。それなりに責任がある者ということで命じられまして」

「神奈川県警に気を遣ってということですか。警視庁と仲が悪いという、あれは本当のようですね」

「さて」

純也は鷹揚に笑って受けた。

「それにしても、捜一の方ですか。ニュースでも事故ということでしたが。うちの事務局も、それで保険申請に動いてますが」

「それでも、人が死んでいることに間違いはありません。確認作業とお考え下さい」

「そういうものですか」

納得したのか、桂木はソファに深く背を預けた。

態度は鷹揚にも見えるが、尊大にも感じられる。その境目を純也は探った。

(なるほど)

肘掛けで、両手の指先がいちいち動いていた。

病院についてひと通りのレクチャーを受けた後、純也はいくつかを質問した。

だが、答えはすべて藪《やぶ》の中というやつだった。

「どなたがマリーナから船を」

「いや、それがなんとも。少なくともうちの医師・職員ではありません」

「船がマリーナから出たことはご存じでしたか」

「いや、それも」

「普段、船を主に利用されていたのは」

「誰も。船舶免許を持っている人間、実はこの病院にはひとりもいないんです」

「ひとりも、ですか」

「そう。父が持っていただけで」

クルーザを購入したのも、漁港のマリーナを契約したのも、主にクルーザを使用していたのも、すべて桂木の父、前理事長だという。

「お亡くなりになったのは、たしか六年前ですよね」

「そうです」

「使わないクルーザをずっと所有ですか。マリーナの会費も安くはないと思いますが」

「安くはありませんが、まあ、高くもありませんよ。法人契約ですから、私の懐が痛むわけではないし」

「まあ、わからないでもないですが」

「それに、使わないのも老朽化を早めるだけなので、医師や職員に免許を持ってる者はいませんが、広くその家族や友人関係にも使用は、父が亡くなって以降許可してるんです。もちろん、燃料代や当日の整備費は自腹ですが。そうしたら、年に三、四回は動いてたようです」

「貸し出しに関して規約は」

「いえ、特には。無用の長物といえば無用なので。貸し借りは事務局で聞いてください。でも、たぶん無駄ですが」

「無駄?」

「口頭で終わっていたはずです。年に三、四回のことですし、鍵一本のことですから」

「では、鍵の管理は」

「事務局の壁に大きなキーストックがありまして。その中に。ただ」

一瞬だけ、桂木は言い淀《よど》んだ。

「ただ、なんです」

「いえ。昨日爆発の連絡、消防庁でしたか、保安庁、どっちだったかな。とにかく一報をもらったあと確認させたんですが、鍵はあったんですよ」

「あった？」

「ええ。ただ、スペアキーがなくなってるんです。これは普段使わないし、マスターを紛失したこともないので、じゃらじゃらとつないだスペアの束の中にあるはずでした」

「それはどこに」

「事務長の机の、サイドチェストの中です。ちなみに鍵は掛かってないということでした。誰がいつ、どの鍵をなくして必要になるかわからないので。もちろん、保険のことがありますので、これは紛失届を出そうと思っています」

「なるほど、というしかないですね」

純也は天を仰いで嘆息した。要は、なにもわからないということだ。

お邪魔しましたというほかはなかった。

「理事長。また、なにかお聞きしたいことが出来ましたら、こちらの携帯でよろしいんですね」

純也の問いに、桂木は一瞬怪訝な顔をした。

「なにかって。まだなにかあるんでしょうか」

「いえ。あくまで、あったら。仮定の話です」

桂木は頷いた。

「つながらなくとも、伝言さえ残してもらえれば、折り返しまで一時間空くことはないと思います。私は小児科医ですから。オペもしませんので」

ありがとうございましたと言って、純也と犬塚は応接室を出た。

夏の陽差しを浴びつつ、駐車場のM6に辿り着くまではともに無言だ。

「どう思う。シノさん」

車内に入り、エンジンを掛けて純也は口を開いた。

「そうですね」

院内の受付を通ってからは、斉藤と名乗ったとき以来の犬塚の声だった。少しかすれていた。

咳払いをひとつ。

「グレー、でしょうか。ただし、濃いグレー。説明の段取りが良すぎる気がします。態度も落ち着き払っているようで、鬢《びん》には少し汗も見えました。あの空調の中で」

「そう。いい観察眼だ。それに三十五歳にしてあの髭、似合ってなかったね。素通しの眼鏡も」

「えっ。そうですか」

「ははっ。こっちは印象の問題だけど。ことさらに威厳を保ちたいのか、外界と自分を切り離したいのか。――なにかは出てきそうな気がする。ここ、頼んでいいかな」

純也は言いながらM6をスタートさせた。

「了解です」

「場合によっては、潜ってもらうことになるかもね」

そのとき、純也の携帯が音を立てた。車内通話にする。長島だった。

「部長からなんて、珍しいですね」

――後始末をお前に頼まれた瞬間から、関わっているからな。貸しは増える一方だ。奢ってもらうときを楽しみにするなら、この電話で豪華な物の一品追加だ。

「了解です」

沢木美春という女は、あの女としては存在しない。つまり、男女ともに身元不明。検死の結果、死因は爆発によるもので間違いない。不審なことはなにもなし。付記があるとすれば、焼け残った女の脇の下に小さな蜥蜴のタトゥー。男の右掌《みぎてのひら》に同種のもの。

――今わかっていることはこれだけだ。ああ、ふたりの歯列のデータはどうする。

「あ、一応頂きます」

――送らせる。

内容はそれだけだった。

「タトゥー、ですか」

犬塚が呟いた。

「そうらしいね」

純也はうなずき、おもむろにタッチパネルに手を伸ばした。

雑然とした音が車内に溢れた。

――はいよ。昇龍。

訛りはあるが、元気のいい日本語が聞こえた。掛けたのは姜成沢に指示された店だった。

「西村さんに連絡を頂きたいんですが」

――はいよ。わかったよ。じゃ。

切ろうとする。

「あっと、私は」

慌てて純也は名乗ろうとした。

――大丈夫大丈夫。わかってる。

「あ、そうなんですか」

――小日向さんね。ははっ。あの人に掛けてくるの、あんたしかいないって言われてるね。

じゃあね。もう昼時ね。私、忙しいよ。

一方的に電話は切れた。

犬塚がふっと笑う。

「小日向純也も、昼時には勝てませんね」

「そうだね。――どんな店か、今度みんなでのぞきに行こうか」

「いいですね」

この日、西村こと姜成沢からの連絡はなかった。

二

また、月の綺麗な晩だった。蟬の鳴き声はやや大人しかったが、草いきれは前回よりも濃い。森に入ると、少し狭霧《さぎり》も出ているようだった。

爺夫は右手にボストンバッグを提げ、シャッタの脇にあるアルミ製のスイングドアを押し開けた。

蝶番《ちょうつがい》が耳障りな音を立てた。

霧を吸ったものかもしれないが、その音は爺夫の奥底を波立てた。赤ん坊の悲鳴に聞こえた。

それは、爺夫が一生掛けても克服出来ない類の音だった。

ウッドチップを踏みつつ倉庫中央のスペースに出れば、いくつかのパイプ椅子が出されていた。

重なるように配置された貨車の周りに、すでに何人かが座っていた。

「全員、そろってるか」

声を掛けると、パイプ椅子から六つの影が立ち上がった。

乗り上げる形の貨車のてっぺんにも片手を上げる影がある。

「そろってるな」

爺夫は空いているパイプ椅子に進んだ。貨車の正面だ。一夫から九夫に爺夫を足した〈ブラックチェイン〉の合計は、八人で正しい。三姫と六夫が、もうこの世にいないからだ。

三姫を調べさせた結果、どうやら六夫をたらし込み、仲間を抜けようとしていることが判明した。

三姫は、北の連中が組織する〈カフェ〉に潜り込ませた。がちがちの共産主義に染まって帰るかと思いきや、愛人方の日本人らに染まって自由主義に傾倒していた。セキュリティ崩しとして請け負っていたサードウインドへの接触に成功するまでは良かったが、それを勝手に三億の金に置き換えた。

その金を元手に東南アジアに渡り、どうやらシンガポールのシンジケートとつながりを持ち、自分の組織を作ろうとしていたようだ。

「見事に花火、打ち上がったな」

だから吹き飛ばしてやった。

三姫が独断で〈カフェ・天敬会〉から仕入れてきたＣ４で。

いや、そんなものを高い金でと、最初に爺夫が三姫をなじったのが、反逆の発端か。

「五夫、八夫、九夫。ご苦労さん」

パイプ椅子の影がふたつ、頭を下げた。最後に貨車の上だ。

取り敢えず、高いところにいるのが九夫だった。

爺夫は椅子にボストンバッグを置き、中から帯封の束を六つ取り出した。

「ほらよ。分配の前に、これは花火の打ち上げ代だ」

頭を下げたパイプ椅子の影、五夫と八夫の前に二百万ずつ放る。見上げて、九夫には束ふたつを振ってみせた。

すぐさま九夫は、反動もなしに貨車の上から飛び降りてきた。四メートルはあるだろう。身軽なことだ。

「へっへっ。頂きます。でも花火の件では、クルーザも情報も金も、もったいなかったですね」

五夫が金を拾いながら言った。冷ややかな視線を送るが、薄明かりの中ではわからないだろう。

「どうでもいい。クルーザはこの数年使ってないしな。日本も沿岸の警戒が厳しくなったし、そんなもので外洋に出なくとも、今は各地が勝手に開いてくれた港に爆買いの船が来る。商品はそのどさくさに紛れさせた方がはるかに安全だ」

「ああ。それは間違いないですけど」

「どちらかといえば、証拠隠滅も兼ねて、あのふたりがクルーザを利用してくれたのは一石二鳥だったな。裏切り者も始末出来た。あんな中古の船、売りさばいたところで二束三文だし、俺らのなにが残っているかわからない。これであのふたりも、俺たちの髪の毛の切れ端すらも残らない」

「なるほど。それでC４ですか」

言ったのは、三人の中で最後に金に手を伸ばしながらの八夫だった。

「そうだ。病院にはリスクだろうがな。いざとなったらそれも切ればいい。あれは、苦労に苦労を重ねて生きてきた我々とは違う。日本人だ」

このことに関し、一夫から九夫まで、異論を口にする者はいなかった。

「爺夫。じゃあ、情報と金だけですね。もったいなかったのは」

また五夫が言った。

「情報は正式にキャンセルだ。惜しくもない」

思わず口調が荒くなり、爺夫は内心で自分を諌《いさ》めた。五夫は身体は重いが頭の回転が速く、ただし、口は軽い。思ったことをすぐ口にする。

爺夫は大きく息をついた。

これまでは減ったら減った分、ナンバーは繰り上げになり、新たな下っ端のナンバーが補充された。

しかし、徐才明の失脚により〈ブラックチェイン〉は自由を得たが、これからはもうナンバーの補充はない。現状の都合八人が〈ブラックチェイン〉のすべてであり、なにかあれば減るだけだ。

「そうだな、五夫。まあ、金はもったいなかったかな」

「へへっ。そうっすよね」

「だが、ほらよ」

爺夫はボストンバッグを貨車の前に投げた。

「ひとり五百万。持っていけ。この間、俺が本国に運んだ商品の分だ」

誰かが口笛を吹いた。おそらく七姫だったろう。

「五夫。どうだ。クルーザの三億を、どこかで見張っているかもしれない日本の警察と張り合う。そんなリスクを冒しても、八人で割れば四千万にも満たない。今まで同様の仲介だけでも、一回でこれだけになる。わざわざ火中の栗に手を出すこともない」

「へっへっ。五百万ですか。これだけもらえるんなら、そりゃそうだ。すぐにクルーザの分なんか超えますもんね」

五夫がボストンバッグを逆さに振り、六人がコンクリートの上に群がった。一夫だけが六人の後ろに立っていた。手を出していいか迷っているようだ。

「一夫。拾え。いいんだ。束の間のお大尽気分と、この前言ったよな。次の軍部将官は寛大な方だった。了承済みなんだ」

一夫は爺夫に向かって恭しく頭を下げた。下げて、コンクリートの床にしゃがみ込んだ。

（ああ。お堅く小心者だが、一夫とはもうずいぶん長い付き合いになるな）

爺夫は薄暗さに投影するようにこれまでのナンバー達を思い出し、自分の過去を思い返した。


爺夫が生まれたのは、一九七八年の夏だったらしい。場所は化隆《かりゅう》県の貧しい集落だったようだ。とある夫婦の次男として生を受けたと、後に聞かされた。

この翌年、中国ではいわゆる一人っ子政策が始まる。

すでに生まれていた爺夫は、一人っ子政策でやむなくという前に、貧しさによって捨てられた。正確にはわずかな金で売られたようだ。

爺夫は生まれ落ちた瞬間から、〈黒孩子《ヘイハイツ》（闇っ子）〉と呼ばれる無戸籍の子供だった。買ったのは、当時吉林《きつりん》省で政治将校として頭角を現し始めていた、軍区政治部幹部の徐才明のグループだった。主に政治部群工部の、野心もあらわな者達によって構成されていたらしい。

そもそも中国には、農村部などで売買婚の風習がある。女性や子供の誘拐、人身売買が、言い方は悪いが盛んだった。今現在でも、臓器売買の闇マーケットが世界で最も大きいのは中国だ。

一人っ子政策は、商品である子供を買い叩けるチャンスだった。徐才明はそこに目をつけたのだ。中には、タダでもいいから密かに引き取ってくれという親たちもいたようだ。

金持ちなら旅行と称して米国へ渡り、中国人の出産を当て込んで作られた〈街〉で第二子以降を産み、ヘルパーに育てさせ、遠距離ではあっても家族を形成することは可能だったが、貧民にそれは当然無理だった。

爺夫は生まれてすぐ、徐才明のグループに売られた。

年齢にも拠《よ》るが、売られた子供の利用法はたいがい、

一、物乞い
二、肉体労働
三、強盗、窃盗の手先

四、売春・児童ポルノ
五、性奴隷
六、臓器売買
七、子供がいない家庭に売る
に大別される。赤ん坊は特に六か七のどちらかだ。それなりの年齢になるまで育てられるというケースは、ないわけではないがあまり多くない。

爺夫は一人っ子政策にかかわらず売られたが、一人っ子政策によって生きながらえた。徐才明がまだ四十前の若き将校で、グループに資本がそれほどなかったのも、爺夫の運と言えば運だった。

一人っ子政策は人身売買の需要と供給のバランスを崩し、特に赤ん坊の価値を下げた。乏しい資金でも、多くの赤ん坊を買い叩くことが出来た。ただし、赤ん坊を解体して臓器を取り出しマーケットに流すネットワークは金が掛かり、そのネットワークを秘匿するためにも莫大な金が必要となる。

徐才明は臓器売買には手を出さず、まず、後に商品とすべく大量の赤ん坊を買い集めた。その中のひとりが爺夫だった。

爺夫が育ったのは、遼寧省《りょうねい》瀋陽《しんよう》の深い森の中だった。よく雪が降る寒いところだったことは覚えている。そして、粗末な小屋を連ねただけの敷地の外周には、柵が設けられていた。まるで子供の牧場だった。

爺夫はそこで三十人あまりの黒孩子とともにギリギリの生活を送った。与えられる食料は最低限であり、病や怪我は自力で治すしかなかった。

三歳を過ぎると、半分がいなくなった。目的はわからないが、売れたということだった。爺夫が残ったのは、単純に二分の一のクジに漏れただけのことだ。

資金を得て、徐才明はまた赤ん坊を買った。

森の中は以前に倍する五十人近くの黒孩子が住む場所になった。爺夫の耳には、夜も昼もなく赤ん坊の泣き声がこびりついた。

だが、爺夫が四歳を過ぎる頃には、いったんこの赤ん坊の泣き声のほとんどは止んだ。売られていったからだ。

そのときは子供がいない家庭に売られたものかと羨ましくもあったが、後に聞けば、それは二、三人だけであとはすべて臓器として解体されたようだ。

爺夫が買われて四年の間に、徐才明はそんなネットワークと資金を得るまでになっていた。

その金でまた、黒孩子牧場に赤ん坊の泣き声が溢れた。以降はこの繰り返しだった。

ただ特筆すべきは、やがて牧場に解体処理工場が併設されたことだった。

徐才明がこれまで得た金をばらまき、本格的に地位と名誉の階段を上り始めた頃だったらしい。そうなると、黒社会のシンジケートとも密接にして友好的な関係が始まったようで、牧場は一気に拡大した。

爺夫ら初期メンバーは、そのまま牧場で飼われ続けた。毎年毎年の仕入れからも何人かが無作為にチョイスされて残された。爺夫が八歳になるころには、徐のグループから男が代わる代わるにやってきて、生き残ることを許された黒孩子に教育を始めた。学問や運動だけでなく、中国という国への忠誠、徐才明に対する忠誠も徹底的にだ。

黒社会にも一目置かれるようになった徐才明が、ただ飯食らいたちを使う、新たななにかを思いついたようだった。

爺夫は学問も運動もメンバーの中では一番出来た。駄目な者は年齢によらず、すぐに売られていった。物乞いか窃盗団の手先か、性奴隷かは知らない。

爺夫をはじめとして、牧場が拡大するまでに飼われてきたメンバーで、最後まで残った者は十人だった。

これが、〈ブラックチェイン〉の初期メンバーとなった。

爺夫から九夫までの序列が定められ、一年間日本語と日本的習慣を叩き込まれたあと、貨物に紛れて日本へ送り込まれた。

最年長の爺夫が、十七歳のときだった。

黒孩子は無戸籍だ。当然、国籍もない。無理に消したわけでもなく、はじめからこの世に存在しない者は、国外において運用するには最適合者だったろう。なにかあって捕まっても、大本に辿り着くことは決してない。なぜなら、最初から生者としての証明すらないのだ。

爺夫達は徐才明に富と武功を集めるため、近在の先進国、日本に送り込まれた窃盗団であり、スパイだった。

高値で取引される日本人女性の拉致・誘拐をはじめとする人身売買の仲介、日本の機密情報の奪取、日本人富裕者の動産・不動産の略取。

その実行者が〈ブラックチェイン〉、黒孩子十連の鎖だった。

依頼があれば日本の警察やヤクザ、日本に潜入している各国のスパイやマフィアと渡り合い、出し抜き、本国に商品を送るのだ。抗争になって死んだ者も出た。失敗して消された者もいた。

欠員が出来ると、そいつから下の序列が繰り上がり、新たに若い黒孩子がやってきた。たとえば、三姫も最初は九姫だった。

爺夫達は日本の闇の中に生きた。

逃げようと言う気は起こらなかった。国と徐才明への忠誠を叩き込まれているのもあるが、これまでは金銭的にも吸い上げられるだけで余裕はなく、なにより、交代で来日する徐才明の腹心らに常に見張られていた。

その目を掻い潜って逃げても、本国で力を得て上将、国家中央軍事委員会副主席、制服組のトップまで上り詰めた徐才明を本気にさせるだけだ。

そうなっては、世界に逃げる場などどこにもない。

そうして、二十年近くが過ぎた。今では、〈ブラックチェイン〉の初期メンバーで生き残っているのは爺夫だけだ。

中国国内の政情変化により、〈ブラックチェイン〉は解き放たれる隙《すき》を得た。

前年、香港で百億香港ドルを資金洗浄しようとした徐才明の関係者が、香港金融管理局に摘発・収監された。このことに端を発し、この三月、徐才明は検察に拘束されたのだ。末期の膀胱癌《ぼうこうがん》も患っているという。

徐才明は、もう復活も命もないだろう。

商品の女を運びながら北京の様子も窺《うかが》ってきたが、中国国家主席の反腐敗の号令は徹底していた。

徐のグループはその末端に至るまでが見事に壊滅だった。

瀋陽の森などは、大半が焼き払われていた。

爺夫はそこで、真の解放感を感じた。

焼け野原の真ん中に立ち、笑った。

笑うと涙が止まらなかった。

〈ブラックチェイン〉は十連結の黒孩子だと教えられていた。

自分でもそう思っていた。

しかし違った。

爺夫にとって〈ブラックチェイン〉は中国から延びる、徐才明という名の鎖だった。

少なくとも爺夫を縛り付ける鎖は、もうない。


「爺夫」

一夫の声で我に返った。

一夫が、空のボストンバッグを差し出した。七人が薄暗がりの中、横一列に並んでいた。それぞれの手に、五百万以上の札束が握られている。

「行き渡ったようだな。足りない奴はいるか」

誰も、手も声も上げなかった。

「そうか。ならさて、仕事の話といこうか」

「おっ。仕事。また金が増えるんですね」

五夫が嬉しそうだった。

いちいち癇《かん》に障《さわ》る男だが、それでもあの牧場で生き延びてきたのだ。

黒孩子というだけではない。

牧場出身者は家族のようなものだ。

たいがいのことには、目を瞑《つむ》ってやろうとは思う。

自分という、新たな鎖を引き千切ろうとしなければ。

「そういうことだ。明後日、福岡に送り出しのフェリーが入る。一夫は今やってることをそのまま続けろ。二夫と四夫と五夫は工場の女を連れて先に福岡に入れ。俺は乗船の関係を整える」

「わかりました」

二夫が答えた。

「じゃあ行く前に、味見、いいっすか」

五夫が舌なめずりした。

「好きにしろ。だがいいか。慎重にな。金にも女にも、浮かれるな」

三人がそれぞれに頷いた。

「七姫と八夫と九夫はひとまず空きだ。無駄遣いするなよ」

「了解です」

九夫が答えた。

密入国してまだ一年だが、九夫はどこか軽い。七姫や八夫にもその傾向は強い。

自分たちの頃より、牧場は次第に緩くなっていたのかもしれない。

「なら解散だ。仕事も遊びもまぁ、しっかりな」

立ち上がり、爺夫は先に倉庫を出た。

いつの間にか、霧が晴れていた。

「おもしろおかしく、生きてやる」

いずれ徐才明のルートを辿り、中国から当局の手が伸びるかもしれない。

そのときはそのときだ。死は怖くない。生も怖くない。

赤ん坊の絶叫ばかりを聞いてきた。

いつ売られるかわからない恐怖だけを感じてきた。

〈ブラックチェイン〉となってからも、ひとり死んではひとり補充されて若返り、最近では自分だけ浮き上がる焦燥感もあった。

壊れるのには十分だ。壊れている自覚もある。

だから、

「おもしろおかしく、生きてやる」

爺夫はもう一度、月に囁《ささや》いた。

一年か二年、稼げるだけ稼いだら、〈ブラックチェイン〉は解散だ。儲けが足りなければ、もう二人か三人殺してもいい。そうして、死の直前までおもしろおかしく生きてやる。

いや、おもしろおかしく生きて、なにが悪い。

無戸籍無国籍の黒孩子なのだ。

どうせ最後は、のたれ死にだ。

三

翌二十三日の朝は雲ひとつない快晴だった。

「うん。いい天気だ」

自室のカーテンを開け、気持ちのいい朝陽とそよ風を呼び込みつつ、純也は大きく伸びをした。

前夜になにもなければ、たいてい純也は日の出とともに一度目覚める。これは身体に染みついた戦場の習いだが、人としての基本でもあるだろう。

今の日本で働く上で、日没とともに眠ることはさすがに無理だが、太陽とともに起き、太陽とともに眠る。

人が生きる基本が普段の生活から失われて久しいが、戦場にはあった。

ただし、生きる基本ではなく、生き残る、生き延びるための基本としてだ。

「あら、早いわね」

階下のテラスから、祖母である芦名春子の声が掛かった。テーブルに白いレースのクロスを掛けようとしているようだった。

純也が住む国立の家は亡くなった母方の祖父、ファジル・カマルが建てたものだ。祖父が亡くなってから春子が建て替えて小さくしたが、三百坪の敷地に建つ家は５ＬＤＫだった。

「今朝は気持ちがいいわ。だから朝食はテラスね」

祖父とふたりで作り上げた日盛《にっせい》貿易の今年の株主総会でも、だいぶ鋭いことを言って現役員達を慌てさせたらしい。なにを言ったのかは、絡むと面倒なことになりそうだから聞かない。

〈いずれあなたが引き継ぐ株よ。たまには総会、一緒に行きましょ〉

とか、

〈ねぇ。そろそろ警察辞めて、社長やっちゃえば〉

などと言われたりもするからだ。

そんなことを口にするくらいだから、先に対して多少の不安はなくもないようだが、とにかくまだまだ春子は矍鑠《かくしゃく》としている。

輝くような銀髪で春子は笑った。

「もうすぐ並べるわよ。顔を洗って降りてらっしゃい。あ、ちゃんと着替えてね」

「はいよ」

苦笑混じりに純也は窓辺を離れた。

三十を超えても、言われることは変わらない。祖母と孫のふたり暮らしもずいぶん長くなる。関係性は変わることなく、新たに人間を足し引きして家中の雰囲気が変わるということもない。春子にとって純也は、いつまでたっても頑是《がんぜ》無《な》い孫のままなのだ。

言われた通りに顔を洗い、出勤用のひと揃えに着替えて降りる。テラスでは、テーブルに掛けられたクロスの裾が泳いでいた。

載せられているのは納豆の入ったボウルと鯵《あじ》の開き、それにキュウリの塩揉みだろう。和食のようだった。

たしかに、最近の春子は和食党だ。

〈ファジルが生きてる間に、一生分頂いたわ。だからお肉はたまにでいいし、少しでいいの〉

ここ何年かはそんなことを言う。とはいえ、菜食主義というわけでもないから魚はよく食べる。

並べられた和食を見て、少々嫌な予感がした。

「ねぇ、婆《ばあ》ちゃん。まさか、あれだよね」

テラスからリビングに顔を差し入れ、キッチンの春子に向けて問い掛けようとした。

純也の携帯が鳴ったのは、そんなときだった。

知らない番号だったが、掛かってくるとしたら、ひとりだけは身に覚えがあった。

「はい」

テラスから芝生の庭に降りながら、純也は電話に出た。

――おや。出ないかと思っていたが。若いのに感心だ。

西村こと、姜成沢だった。

――日本では、早起きは三文の得と言うんだったかな。もっとも、君が三文にどれほどの魅力を覚えるかはしらんが。

「そうだね。一円を笑う者は一円に泣くとも言うけど、一円未満はどうなんだろう。三文だと切り捨てかな」

――ふっふっ。染まっているね。四捨五入は、悪《あ》しき大衆迎合主義の典型だ。

「なるほど。まあ、そうやってなんでも主義主張に大別して、排除したがるのはそっちの悪い癖だけどね」

――悲しいかな。君と私は常に平行線だ。ああ、そういえば、早速の入金有り難う。確認した。昇龍の同胞も喜んでいる。

「それはよかった。じゃあ、口座は開けたと言うことで、正式なビジネスを始めてもらえるということかな」

──もちろん。ああ、商品棚に載せられないものも当然ある。一から十まですべてを教えろというのもなしだ。金は欲しいが、私は下賤なただの情報屋に成り下がる気はない。これらを理解してくれるなら、出来るだけご期待には添うよう心掛けよう。

姜成沢の声は、やけに慇懃《いんぎん》無礼に聞こえた。余裕があるようだ。

本当に、姜はこの件に関わっていないのかもしれない。

──なにが聞きたい。

「沢木美春という中国人女性について」

──ほう。早いな。中国人ということにもう行き着いたか。しまった。前回そこまで売っておけばよかった。

口ではそう言うが、まるで悔しそうには聞こえない。

「情報、まだほかにもあるんだろ」

──ある。

「いくらだい」

──五百万。

いきなり前回から五倍に跳ね上がった。だが、情報の売り買いとしては、純也にとって想定のうちだ。

「わかった。で」

——黒蜥蜴のタトゥー。わかっているか。

「ああ」

　女の脇の下、男の掌、と純也は続けた。

——そう。あれはとあるグループの証だ。全員がどこかしらに黒蜥蜴のタトゥーをしている。

「グループ？　中国人のグループということか？」

——正確には違う、と言いたいところだが、そうだといって間違いはない。

「ややこしいね。そのグループは、名称とかは」

——ある。

「なんていうのかな」

　姜成沢はわずかに間を取った。会話が切り替わるのだろう。

——一千万。

　あっさりと姜は言った。

「ふうん。小出しにしてくるね。しかも今度は倍か」

——名前は大事だ。おそらくそれを言っただけで、付随して君にはいくつものことがわかる。だから、この金額は情報に見合っている。

「わかった。払おう」

——ブラックチェイン。

「えっ。ブラックチェイン。——おっ」

聞いたことがあった。すぐにわかった。それは、警察庁の警備局時代にビッグデータで見たことのある名前だった。

「たしか、チャイナ・シンジケートにつながる」

かどうかまで、データに詳細な説明はなかった。すれ違い通信のように、触れるかどうかで消えたようだ。それでも、正体のはっきりしないいくつかの物証だけは残ったはずだ。

黒星《ヘイシン》一丁と、照会者リストにない指紋と、偽造された免許証の入った財布。

触れた部署と氏名の記載もなかったが、警備局のキャリアである純也は別の閉じたネットワークで一段深くを覗いた覚えがあった。

たしかすれ違ったのはオズの前身、当時のゼロだった。

——そう。私もその昔、何度かバッティングしたことがある。同じ共産国でも、向こうは私たち以上に阿漕《あこぎ》だ。むごたらしいと言ってもいい。

「ははっ。軽く自分たちも阿漕だとは認めるわけだね」

——大義の下に、滅私というやつだ。私は血も涙もあるつもりだ。

「黒い血と、赤い涙かい」

——ふっふっ。なんとでも言えばいい。私には、君も大して変わらなく見えるが。

「大して変わらないというのが、実は一番遠いんだけどね」

——そうかもな。さて、いい取引が出来た。振り込みをよろしく。

「今日、これからすぐに振り込んでおくよ」

——それはそれは。さすがに、金とはあるところにはあるものだ。連絡しておこう。また昇龍の同胞が喜ぶ。ああ、私とは縁もゆかりもない店だが、なかなか美味いものを出す。気兼ねすることなく使ってやるといい。きっと料理の一品や二品は、サービスしてくれるだろう。

「もともとそのつもりだよ。楽しみにしておこう」

——サービスといえば、ならば私も、またおまけを付けようか。

「へぇ。気前がいいね。お礼を言った方がいいのかな」

——なに、気にするな。おまけと言いながら、私にとっては保険も兼ねる。

それから二、三言の会話を交わし、純也は電話を切った。

「〈ブラックチェイン〉か」

言葉の響きをたしかめると、目の端を黒いものがよぎった。朝食前だったことを思い出す。

背後に、キャスタの音がした。

「純ちゃん、なにしてるの。出来たわよ」

ワゴンに白米と味噌汁《みそしる》を載せ、春子がテラスに出てくるところだった。

「ええと、婆ちゃん。気持ちがいいからテラスって、なにが気持ちいいの」

「えっ。なにって」

テーブルに味噌汁を載せながら春子が答える。

「お陽様でしょ。柔らかな風。うん、そうね、特に風が気持ちいいのね。好きだわあ」

「なるほどね」

純也は頭を掻いて、辺りを見回した。

芝生の鮮やかな緑の上に、無数の黒いドットが点在していた。

「今度から、パック入りのがいいんじゃない？　蓋開けるやつ」

「えっ。なにが？――あらあら」

すぐにわかったようだ。

風が少し強まり、庭からドットが舞い上がる。

(チェインじゃないけど、ブラックだね。ブラックドットだ)

春子が焼き海苔《のり》を追い掛け、庭に降りてくる。

「ちょっと純ちゃん。なにしてるの。手伝って」

「はいはい」

苦笑混じりに、純也はさわやかな朝の庭を駆け回った。

四

翌朝、純也は久し振りに定時に登庁した。さすがに朝イチ、八時台のロビーは静かなものだ。

受付では菅生奈々が受付台周りの掃除と整頓、大橋恵子がアイビーゼラニウムを花瓶に活けていた。

「あら。今日はお早いんですね」

花の向こうから恵子が顔を上げた。

ゼラニウムに匹敵する、咲くような笑顔だった。

純也への伝言もなく、本人の遅刻もなければ機嫌は上々ということか。

「うん。今日は一番で部長に呼ばれているからね。僕は十時か十一時で頼んだんだけど」

「でも、それが普通ですから」

「ははっ。昔からその普通が、どうも苦手でね」

「まぁ」

恵子は目を丸くした。

「それって、ただの臍《へそ》曲がりなんじゃありません？」

「どうだろ。僕としては普通に暮らしたかったはずなんだけど。周りがね。——いや、周りのせいにしちゃいけないのかな。やっぱり望んだのかもしれない」

「よくわかりませんけど」

「それでいいよ。遠い遠い、別次元の話さ。じゃ」

そんな話をして受付を離れる。

部長に告げられた時間まで残り五分を切っていた。

年度の四半期を終え、各所から上がってくる報告、また部長級以上の会議で、このところ長島は忙しいようだ。

警視庁も所轄からホンシャと呼ばれるように、しょせんは人と金が動く職場だ。民間企業となにも変わらない。

「失礼します。——おや」

部長室に入ると、先客がいた。

「またお前か。動けないはずのお前とよく会うのは、あまりいい傾向ではないな」

朝イチならスケジュール確認もあり、当然いてもおかしくないが、手代木参事官が部長席の前に立っていた。

「おはようございます。朝からいきなりそれですか。まあ、いい傾向か悪い兆候かわかりませんが、僕が朝から顔を出すってことで、世は平穏、暇なんだと思って頂ければ助かりますが」

「暇、か」

手代木は冷ややかな目をした。

「ええ。ですから今も、部長によからぬ遊びのお誘いを掛けに来たわけで」

「それはそれで、給料泥棒のそしりは免れないな」

「ははっ。ああ言えばこう言うの問答では、話が先に進みません。お忙しい部長のスケジュールを縫って、朝イチになんとか時間を作ってもらったはずですが」

「で、そのよからぬ遊びとはなんなのだ」

手代木は執拗だった。

「よからぬ遊びと聞いて、そのままには出来んな」

「これは、言葉を間違えましたか。日本語はやっぱり難しい」

純也は苦笑いで、手代木の後ろの長島を見た。長島は手代木の背を見上げ、小さく両手を広げた。

「このままでは参事官も動かないだろう。報告は即、と言ったのは私だ。いいぞ、小日向。話はなんだ。ああ、かいつまんでな」

差し障りのない範囲、ということだろうが、忠告を受けるまでもない。公安内部とはいえ、広げられる話でもない。

「〈ブラックチェイン〉。この名称をご存じですか」

「〈ブラックチェイン〉」

なぜか、復唱したのは手代木だった。

「お前がなぜ、その名前を知っている」

「はい。その昔、警備局の頃に報告を見たことがありまして。たしか当時、ゼロが動いたようですが」

手代木は天を仰ぐようにして、大きく息をついた。

「そうか。そうだったな。幽霊分室の長でも、お前はキャリアの、しかもトップだったな」

「トップかどうかは余人が測る結果ですので」

「なにをしようというのだ」

「いえ。特には。ただちょっと警察庁の、今はなんというんですかね。とにかくゼロの後継に触ってみようかと、そのお伺いです」

「目的はなんだ」

「目的も何も、ただそんな名前を思い出したものですから。暇な部署の長の、単なる興味です」

「お前がそれだけで動こうとする男には、私には見えないが」

純也はただ笑って受けた。

手代木はしばらく、そんな純也を睨むように見た。

純也は微動だにしなかった。

やがて、手代木は長島のほうに身体を向けた。

「部長。ちょうどいいので、今ご報告の件、小日向の分室廻しにします。よろしいですね」

長島は一瞬眉間に皺を寄せたが、すぐに解いた。

「いいですよ。というより参事官、もうあなたはそう決めているのでしょう」

年次が上の手代木に、長島は敬語だ。普段のことには気も遣うのだろう。

「では、そのように先方には。すぐに連絡します」

一礼を残し、純也にはなにがなんだかわからないうちに手代木は出て行った。

その後、部屋の中を動かしたのは、長島の諦めを含んだため息だった。

「どうにも、お前とは水と油だな。お前が水で、向こうが油だ」

「そのようですね。まあ、混ざるのが常にいいこととも思えません。私は私なりに、参事官との会話は楽しんでいるつもりですが」

「それが、火に油を注いでいるようにしか見えないのは、なぜかな」

「さて。印象は人それぞれです。私の関知するところではありません」

長島は特には答えず、壁の時計を見た。

純也はこれまでのことを簡潔に伝えた。

この辺は呼吸だ。手代木のせいで純也に割り当てられた時間は、もうあまりないだろう。

「それで、オズに触るのか」

「場合によっては。それと、〈ブラックチェイン〉がチャイナ・シンジケート絡みと知った以上、今のうちにシグの携帯許可を頂いておこうかと。また、後出しジャンケンで」

長島の目が光った。

シグとはシグ・ザウエルP239JP、制式拳銃のことだ。

「そういう事態、また起こるのか」

「起こってからでは遅いですから」

「それで、シグを携帯し、警棒を仕込み、そしてあのレベル3のボディアーマーか」

それは〈シュポ・マークスマン事件〉の際、7・62ミリNATO弾から長島の命を守った防弾ベストのことだ。

「いやぁ、どうでしょう。真夏にはそんなものを着込む方が、命が危なかったりしますから」

長島は椅子に深く沈み、わかったとだけ言った。

「ところで部長、先ほど参事官が言われた、ご報告の件とはなんですか」

「ああ、そうだったな」

長島は椅子を軋ませ、デスクの上に手を置いた。

「実はな、中国大使館から連絡があった」

「中国大使館？　ほう」

「どこにでもエスはいるようだ。ここの公安部長になってからそれは特に顕著だ。刑事部ではここまではなかった。千葉でもな」

長島は一貫して刑事畑を歩き、前職は千葉県警の本部長だった。

〈ブラックチェイン〉のことで、警視庁に人を派遣したいと言ってきたらしい。

「大使館勤務のな、駐在武官だそうだ。公安部の、武警の少尉と聞いている」

「武警ですか。へえ」

中華人民共和国公安部は国務院に属し、人民警察と人民武装警察部隊に大別される。その人民武装警察部隊が、略称、武警だった。

一九八三年に、人民解放軍の近代化に伴う人員の削減で受け皿として誕生した組織だ。中国国内の重要施設や要人の警護を主業務とし、テロ対策特殊部隊もあり、敵偵局という、まさに日本の公安警察に相当する部署も非公式だが存在する。

武警少尉は人民解放軍に準じる階級体系で、日本の警察機構にそのまま当てはめられるものではないが、おおざっぱに言えば純也の警視と同程度といえるだろう。年齢にもよるが、エリート、キャリアではある。

「それだけで〈ブラックチェイン〉が中国に関係した組織と認めたようなものだが、日本国内を掻き回されるのは、こちらとしては当然本意ではない。そこで、参事官がどうしたものかと相談に来たところだった。ベストタイミングだったな。参事官にとって、お前の到来は」

「厄介物を押しつけるには、ですか」

「まあそう言うな。押しつけられても、お前ならなんとでもするのではないか？　参事官のお前への当たりも、当面は柔らかくなると思うが」

「ま、ご命令とあれば。宮仕えの身ですから」

「上手く頼む。ああ、そのための労賃といってはなんだが、教えておいてやろう。科捜研から爆発物の分析結果が届いている。Ｃの４型でセムテックスＨに酷似しているそうだ。爆発物マーカーはない。これは、あれだ」

長島は一瞬、言いよどんだ。

「わかってます。夕佳のときに使われた物と、同じ配合ということですよね」

「――ほう。わかっていたか」

「聞きましたから。姜成沢に」

そのことが前日の、姜成沢が電話の最後に告げたおまけだった。

――あの女がどこかの組織だとは早いうちにわかった。〈ブラックチェイン〉だと判明したのは、四年くらい前か。わからない振りをして、こちらとしては日本の資本主義を叩き込むつもりで泥臭い議員をあてがってみた。実に見事に染まってくれたようだ。

「なるほど。まさかそれ、おまけじゃないよね。保険にもつながりそうもない」

――そう。ここからだ。で、あの女は君達が印西の山を焼き払ってくれたあと、話を持ちかけてきた。メンバーの女は監視していると最初に言ったが、当然それは嘘でね。全員を常時監視出来るわけもない。

「そうだろうね」

――何人かだけだ。あの女は筆頭だったが。

「へえ。ひとりじゃないんだ。まあ、胡散臭《うさんくさ》いとこには胡散臭い人間が集まるということだね」

――おっと。口が滑った。これは、いずれまた情報料が取れるかもしれない、別の話だった。

「沢木美春が持ちかけてきた話が、おまけにして保険か」

――そう。こちらが資金に困っていたのは、これだけは本当だ。だから売ったのだよ。彼女に、正確には〈ブラックチェイン〉に。ささやかに残っていたＣ４をね。

「Ｃ４。――もしかしてクルーザの爆破」

——私ではないから、使われたのかどうかはわからない。ほかの爆薬かもしれない。

「だからおまけなのか」

——そう。とにかく、一般人に被害が及ばなくてよかった。

「ははっ。よく言うね」

——ある意味本気だ。私が仕掛けた事々《ことごと》ではなく、累が及ぶ類《たぐい》の話はゴメンだからな。

そんな話だった。

「それで、シグの持ち出しにも話がつながるのか」

「そうなります」

「わかった」

別室から金田警部補の、部長そろそろお時間ですがという声が掛かった。

真っ直ぐに強い目を当て、長島は立ち上がった。

「これから会議だ」

タイムリミットのようだった。

「では、諸々《もろもろ》、始めさせて頂きます」

長島はふと笑った。

「どうせもう、あれこれやっているのだろうが」

「さて」

純也は一礼し、まず自分から先に退室した。

そのまま十四階のフロアを移動し、純也は最奥のJ分室に入った。コーヒーのいい香りがした。

「おっと。おはようございます」

ドーナツテーブルの向こう側が定席の、鳥居が一番最初に立ち上がった。

「おはようございます」

次いで、こちら側の犬塚が立つ。

右壁、コーヒーメーカに近い猿丸は椅子に寄り掛かり、タオルを上向けた顔に掛けたまま動かない。寝ているということはないが、取り敢えずいつもの二日酔いのポーズだろう。うめき声のような挨拶だけは聞こえた。

純也は前日、姜成沢との電話のあと、甲府の鳥居に連絡を入れていったん戻るように指示した。

鳥居は特に拳銃に嫌悪感を持つが、得体の知れない〈ブラックチェイン〉やら、チャイナ・シンジケートというワードが出てきた。いったん仕切り直し、少なくとも全員に拳銃の携帯をさせたかった。

特に最年長であり、最年少の子を持つ、鳥居には。

「今日の掃除は」

「なにもありませんでした。このところ、静かなものです」

これは分室の朝の決まり事の、盗聴器類の撤去のことだ。

飼い殺しが定めの純也は、あからさまな無視もされる反面、常に調査対象として監視の目が忍び寄る。

同じ公安だけでなく、父の意を受けた内調も、ときには動向を観察に来る。

J分室に盗聴器を仕掛けることは、定石といえば定石だ。

静かな忙しさで、常にJ分室の朝は始まる。

「そう。じゃ、セリさんもあまり動きたくないだろうから、ここでかいつまんで話をしよう」

「了解です」

犬塚が立って純也のコーヒーを淹れはじめた。

その間に純也は横浜のことをはじめ、姜成沢の電話、直前の部長室でのことを端的に話した。

当然、オブラートに包む部分もある。

超高性能収音マイクなら、針の音を十四階のエレベータホールからでも拾うからだ。

「へえ。あのC４でしたか」

　猿丸がタオルを外し、ごそごそと起き上がった。

　これは今、堂々と話した内容だ。狙いを持つ者がその気になって科捜研に近づけば、簡単に取れる情報だからだ。

「そう。――ああ、ありがとう」

　犬塚が純也の前にコーヒーを置く。

「そして、厄介者が来ると」

「それはどうかな。ここは慢性的に人手不足だ。案外、助かるかもしれないよ」

　純也はコーヒーカップを取り上げた。立ち上る香りは、柔らかくも香ばしく、際だっていた。

　お気に入りだ。

「さて」

　コーヒーを飲みつつ、純也は手近なメモ用紙を引き寄せ、なにかを書いてテーブルに出した。

　分室ではよくあることだ。

　秘匿のワードは、書いて覚えて、破棄するに限る。

「これ、知ってるかい」

メモ用紙には①〈ブラックチェイン〉、②〈シグ携帯〉とだけ書いた。

〈ブラックチェイン〉については、いくら外事特別捜査隊のエリートだったとしても、三人ともに覚えはないようだった。さすがにゼロが触って逃がした相手ということだ。

シグについては、おそらく鳥居が一番渋い顔をした。

「じゃあ、①については追々、それぞれに教えよう。もっとも、僕も多くを知るわけではないけど」

「なら、こっちはこっちで、スジに当たってみましょうか」

猿丸が言った。少し復活したようだ。

「そうだね。まあ、適当に。この言葉自体、あまり広めたくはない」

「了解です」

「メイさん」

純也は鳥居に顔を向けた。

「昨日はばたつかせて悪かったね」

「いえ。本当にまったく、動きはなにもなかったんで。少々退屈し始めてましたから」

「それでも、今のところは、かもしれない。②は大事だよ」

一拍置き、目を動かし、そうですねと鳥居は言った。

その日の動きが、純也は少し気になった。

「なにかあるのかい」

聞いてみた。

「いえ。特にってほどは、なにも」

「ただ、触るものがある、と」

鳥居は頷いた。

「墓参りなんですが」

「墓参り？」

「へえ。自宅からそんなに遠くない笛吹川沿いの寺にね、代々の墓があるんです。そこに二回、行ったんですわ。ひとりで」

ひと言ひと言考えながら、訥々と鳥居は口にした。

「それで」

「ずいぶん長いこと、墓前にたたずんでました。そのときの横顔が、どうにも気になりましてね。あとで墓に寄ってみたんですが、塔婆で確認する限りじゃ、どっちも、特に誰の命日でもねぇんです。しかも行ったのは、私らが県庁に顔を出した次の日と、一昨日。考えりゃＣ４が使われた次の日ってことになります」

「なるほどね」

純也はしばし考え、覚えておこうとだけ言った。

「ほかに、なにかあるかい」

純也の問いに、口を開いたのは犬塚だった。

「預けられた件ですが、こちらも今のところ目立った動きはありません。なので、潜る算段を始めようかと思いますが」

「任せるよ。ただし、シノさんも②は忘れないように。命は」

言いかけたところで、純也の携帯が鳴った。

「へぇ」

番号をたしかめ、純也は口元に笑みを寄せた。

「出た」

小声で言ったのは猿丸だ。

「おう。分室長の顔がまたやけに楽しげってこたぁ、面倒臭《くせ》ぇ相手ってことだぜ」

鳥居が受けた。

特に取り合わず聞き流すが、言い得て妙、その通りだ。

液晶に映る相手の名は、氏家利道《うじいえとしみち》警視正、オズの裏理事官だった。

五

――すぐに来い。

氏家の用件はそれだった。

純也はすぐ、中央合同庁舎二号館に向かった。合同庁舎二号館と警視庁本庁舎は地下でつながっている。

合同庁舎を二十階に上がれば、警察庁長官官房や会計課、そして、警備局が入っているフロアだ。電話を受けてから、十分はかからなかった。

古巣ではあるが、警察庁は訪れるたびに知った顔が入れ替わる。それだけ異動が激しいのだ。部署が異動になるだけでなく、警視庁や各県警への異動もしょっちゅうで、その過程で本当にいなくなる者もいる。

キャリアの闘争は、そんなものだ。

上がると、取り敢えず、おうと呼び掛ける男がいた。

警備企画課長の福島《ふくしま》だ。

頭は下げるが、近寄ることはしない。福島は公安部長の長島より二年次上で、カミソリの切れ味を隠した厄介な人物だ。捕まると話が長くなるかもしれない。

すぐに来い、と氏家は言った。性格からして、下手をすれば時間を見ている。

純也は、福島の前は止まらず過ぎた。

「失礼します」

氏家理事官の執務室のドアを開けたところで、ちょうど十分くらいだっただろうか。

氏家はデスクの向こうから、感情の動かない視線をひた当てるだけでなにも言わなかった。

ひとまずセーフのようだ。

それにしても――。

(まったく、今日はよくぶつかる日だ。しかも似てるときてる。厄日かな)

純也は内心で嘆息した。

氏家の執務室には先客がいた。しかも、公安部長室で会ったばかりの手代木参事官によく似た男だった。

上背《うわぜい》は違う。こちらのほうが十センチ近く高いだろう。体格もいい。四角い顔は似たようなものだが、こちらのほうが少し長いか。髪は角刈りに近く刈り込んでいる。年も十以上若いのは間違いない。よく見れば手代木を思わせるところは大してない。

しかも、男は明らかに日本人ではなかった。

中国人、と即座に看破したのは純也ならではだろう。

（ああ。なるほど）

純也はすぐに納得した。

一瞬でも男に手代木を想起したのは、その立ち姿だ。きちんと背を伸ばし、胸を張り、黙って高所から見下ろすように見る、その風情だ。

この男も原理原則、長島がいうところの、杓子定規は間違いのないところだろう。

「来たか」

氏家は席を立ち、応接席に向かった。おそらく純也のためではない。先客のためだろう。

〔貴方《あなた》も座ればいい。私は、今来た方を先に済ませる〕

綺麗な北京語だった。

さすがに裏理事官ともなると、そんな言葉も操るようだ。

氏家は純也を見た。

「お前も、北京語はいけるな」

「はい」

やはり男は中国人で間違いないようだった。

この間に、男も応接席へ動いていた。

歩調だけでもわかる。なかなか鍛えられているようだ。

男はなにも言わず、純也に一瞥を与えるだけで、背中向きにソファに腰を下ろした。そうなると、もう木像も同様だった。動かない。
〔小日向、彼は劉 永哲《りゅうえいてつ》。国家安全部第九局から派遣されてきた、二級警督だ。それだけは教えておこう〕
〔はあ。国家安全部ですか〕
中国国家安全部は一九八三年、共産党中央調査部をメインに、党統戦部、公安部政治保衛局など関係部署を統合して生まれた、公安部同様国務院に所属する政府情報機関だ。
その第九局といえば、対内部反動組織や外国組織の監視、告発、逮捕が主な職務だと純也は認識していた。
階級については独特で、一概には警視庁のそれと比べられないが、二級警督は間違いなく純也より上、氏家と同じ警視正に相当するだろうか。
〔黒鎖《ヘイチャン》について知りたがっていると聞いた〕
氏家は自分もソファに座った。純也に着席の許可は出なかった。
が、それならそれで構わない。特に、長居したい場所でもない。
〔さすがにオズの裏理事官だ。早いですね。手代木参事官ですか〕
〔別にどちらがどちらのエスというわけではない。昔、あの人がこちらにいたとき、私の上司だったことがある。関係といえばそれくらいだが、私はあの人の原理原則主義が嫌いではない。出世には向かないだろうが、ルールに則《のっと》って眉ひとつ動かすことなく、切るべ

きを切ることが出来るのは、今の時代、組織に欠けつつある得難い能力だ〕
　足を組み、氏家は目を細めた。
〔お前のように、切るに切れない相手というのは厄介だ。手代木さんの主義にも、私の行動規範にもそぐわない。そして、近々来るという武警の男もな。大使館から強引に押しつけられたと憤慨していた〕
〔ああ。男なんですか。それは初めて聞きました〕
　特になにを期待したわけではないが、男所帯の小さな分室にまた男が出入りすることは、想像するになかなかむさ苦しい。
〔こちらとしても、そんな男がチョロチョロするのは迷惑な話だ〕
〔なるほど。私を呼んだのはその辺りですか。黒鎖《ヘイチャン》について、オズが動くと〕
〔詮索は無用だ。お前が多くを知る必要はない〕
　一九八三年の国家安全部設立後、公安部の敵偵局は形ばかりにも安全部に移管されたが、公安部はその機能を維持し、やがて移管以前にも勝る諜報機関に育てた。当然、それぞれの任務は重複する。
　このことに端を発し、国家安全部と国家公安部は仲が悪く、しばしば成果を競って諍《いさか》いになることもあった。
　なぜだかは知らないし知りたくもないが、氏家は劉と手を組んだ。おそらく、ブラックチェインのことでだ。黒い鎖を巡ってオズと中国国家安全部対J分室と国家公安部の図式になる。

それでおそらく、氏家は釘を刺すために純也を呼んだのだ。

〔動くな。動かすな。こちらから伝えることはそれだけだ〕

純也は口の端を吊り上げた。

〔動くも動かないも、うちは幻のような部署ですから。オズ以上に〕

氏家は目の光を強くした。

さすがにオズを束ねる裏理事官はただのキャリアではつとまらない。頭脳も明晰にして、相当に鍛えている。

そう思えば、劉永哲という男も同類に思えた。

〔命令が聞けないということか〕

〔さて、お気になさるようなことはないでしょう、とだけ申し上げているつもりですが。それとも正式な命令書でもお書きになってみますか？　幻に対して。きっと通りませんよ。ははっ。その程度の部署です〕

〔言葉通りに受け取るわけにはいかない。〈シュポ〉の前例もある〕

〔あのときは、たしか邪魔をするなとおっしゃいました。あれ、私はなにかオズの邪魔をしたでしょうか。身に覚えはまったくありませんが〕

〔――名古屋では、世話になったようだな〕
〔私の部下に手を出しましたから〕
〔長島部長の退院の日も〕
〔あれは邪魔ではなく、人助け。オズ助けとも言いますが。違いましたか〕
氏家の目がさらにもう一段、光を強めた。
〔本気で潰させてもらうことになるが、いいのか〕
低く感情のない声が、虚数領域に入ったように聞こえた。
だが、純也が動じることもない。
そもそも虚無と無明は、純也の住む世界だ。
「ご自由に」
日本語に戻し、一礼を残して純也は氏家の執務室をあとにした。
さらに追いかけてくる、氏家の声はなかった。

〔あれは誰だ〕
純也が去った執務室で、劉が口を開いた。氏家以上に感情の聞こえない声だった。
濃淡がわからない、とでも言うべきか。

それだけで、国家安全部というところの質がわかるというものだ。

〔貴方には関係がない〕

手を組んだもの同士の会話のはずだが、氏家と劉はテーブルを挟み、印象はなぜか、一触即発の雰囲気だ。

公安中の公安ともなると、通常の会話にさえ隙を見せないのかもしれない。

〔関係がないわけがない。あの男は黒鎖《ヘイチャン》を口にした〕

〔ああ。言い方を間違えたようだ。言い直そう〕

氏家はソファから立ち上がった。

〔君が知らなければならないような男ではなく、関わらなければならないような男ではない、ということです〕

劉が座ったまま、動じることなく見上げた。

〔これは、私の問題だ。キャリアとしての序列は、それこそ原理原則の根幹。積み上げを無視する跳ねっ返りは、手足を折るに限る〕

〔必要なのか。いや、大丈夫なのか。余計なことにエネルギーを浪費することは、迷惑だが〕

〔貴方は貴方の任務で動けばいい〕

窓辺に動き、氏家は腕を組んだ。

〔オズはどこにでもいる。何人でもいる。貴方の動きを介助する者と、あの男に当たる者は別系統だ〕
〔そうか。それならいい〕
劉もソファから立った。
窓辺の氏家に並ぶ。
〔私はぐずぐずとするのは嫌いだ。時間もない。日本の公安の力、見せてもらおう〕
〔偉そうに言わないでほしい。それより、貴方の方こそ大丈夫なのかな〕
〔なにがだ〕
〔国家公安部の武警と張り合うことになるのでは。我々のことをどうこう言う前に、貴方こそ武警より優秀なのかな〕
ふん、と劉は鼻先で受けた。
〔そいつの調べはついている。陳善文《ちんぜんぶん》と言ったか。捜査とは名ばかりで、結局は〈ブラックチェイン〉とつながろうとする輩《やから》の手先だ〕
〔ほう。すでに名前もわかっていると〕
〔たまたま日本に、駐在武官としていたというだけで白羽の矢が立った武警など、取るに足らない。雑魚だ〕
〔雑魚、か。ふっふっ。大した自信だ〕

〔自信ではなく、虚心で言っているつもりだ。だから私は、簡単に笑わない。――氏家。オズとやらも、雑魚でないことを祈る。これも、虚心だ〕

そう言い放つ劉に、氏家は顔を向けた。

劉は真っ直ぐ前を向いたまま、氏家を気にした様子もなかった。

六

純也はそのまま、分室に戻った。

待っていたのは、分室員三人の興味津々の目だ。

「ま、それなりに収穫はあったよ」

「へぇ。どんなです」

猿丸がドーナッテーブルに肘を突いて身を乗り出す。

二日酔いは、もうすっかり抜けたようだった。

「劉永哲」

純也は氏家の執務室でのことを細大漏らさず語った。

この辺は、声を潜めることも注意を払うこともしない。そもそも氏家率いるオズは、ここ最近では分室に盗聴器を仕掛ける一番のお得意様だ。

「けっ。国家安全部だの国家公安部だの、なにがなにやらゴチャゴチャだ。面倒臭ぇ」

そう言いながら鳥居が頭を掻いた。

「氏家理事官には、その辺のことで釘は刺された。潰すとも脅されたよ」

「まぁ、流れと分室長の人格から言えば、売り言葉に買い言葉として、そんなことは言われるでしょうねぇ」

犬塚は冷静に言った。

「ははっ。そんなつもりは、――まぁ、あるかな。言質《げんち》っていうくらいだからね。何事も、言われるんじゃなくて言わせるべきだ。これは静かにして、最大の攻撃だよ」

「なんですね、そりゃ」

鳥居が首を傾げた。

「潰す、と言われた。言わせたことによって、なら潰そうとしてくることが明らかになった。これは逆の言質だ。言ったことにより、向こうも動かざるを得ない。動くか動かないかわからないもの、あるいは途中から急に動き出すものに回す労力はうちにはないからね。可能性が高いものは、初めから動かしてしまった方がわかりやすく、簡単だ」

「なるほど。で、動く、いや、動かすことにしちまったわけですね」

鳥居は納得顔で腕を組んだ。

「そういうことだね。だから」

純也は、メモ用紙になにかを書いてテーブルに置いた。

〈オズ要員の人員確認。懐柔・運用〉

「無理することなく、引き続きやっていこう。これまででもう五十パーセントは超えていると思うけど。広く、多ければ尚《なお》いいからね」

純也の言葉に、三人はそれぞれに頷いた。

〈シュポ・マークスマン事件〉以降、J分室には特に大きな動きはなかった。

ただしこれは、外見上は、だ。

半年以上掛け、純也を始めとした全員がやってきたことは、密かにオズを丸裸にすることだった。

氏家利道についても、細大漏らさず調べ上げている。

氏家の出身は滋賀県で、生家はその昔は鯖《さば》街道で商いをなし、豪商といって過言ではない分限者《ぶげん》だったようだ。鳥羽・伏見の戦い以降は没落したらしいが、それでも近在にいくつかの山野を持つ土地持ちには間違いなかった。

兄弟姉妹はなく、遅くに授かった子のようで、父親はすでに他界している。死んだのは、氏家が高校二年のときだったようだ。

女手ひとつ、というか、その後は財産として残った山野を売りつつ、生活に困ることはなかったようだ。

母親は京都の由緒正しい家柄の、いわゆるお嬢様だったようで、働くという行為とは一切無縁の女性だった。十年前からつい最近まで、滋賀で最高級のケア付きコンドミニアムに住み、亡くなったようだ。それでもまだ、手持ちの山野はずいぶん残ったらしい。

氏家本人は現役ストレートで京都大学に進み、合気道部の主将としてならし、卒業時の国家公務員I種一次を五番で通過し、警察庁に入庁した。

氏家自身も、その母の家柄に連なるところから嫁をもらい、一男一女を儲けて現在は大塚の官舎に住んでいる。

公安部長の長島とは、ご近所ということになる。

その他のオズに関しては、純也は五十パーセントと言ったが、これは分室員三人の地道な作業の賜物だった。

〈シュポ・マークスマン事件〉の時に判明した男達を、あるものは懐柔し、あるものは脅し、そこからゆっくり、それこそ砂地に一滴の水を垂らし続けるようにして広げていったものだ。

純也の自宅に各種の機材を仕掛けた葛西署の福永《ふくなが》健一《けんいち》、平野《ひらの》雄大《たけひろ》。

長島を狙ったシュポ、昌洸男《チャンクァンナム》を預けた警視庁公安部二課と三課の青ネクタイとストライプ。

名古屋の栄《さかえ》で猿丸を襲った作業員達。

その後、犬塚の行確によって判明した男達。

それらだけでも十人ではきかないが、そこから人格や思想を判断し、接触し、ひとりふたりとスジに獲得していったのだ。

加えて、彼らが行動をともにしたことがあるオズ要員を徹底的に調べ上げ、最初の連中と同様のふるいに掛け、スジからスジをつなげる。

半年に及ぶ成果として、J分室は全国のオズに、三十以上のスジを獲得していた。

基本的に、まず全員が捜査費用の捻出に汲々《きゅうきゅう》としていた。秘匿のオズだからといって、湯水のごとく使えるわけではないのだ。潜入捜査員の中には俸給すべてを捜査費用に廻し、潜入先で働きながらギリギリの生活費を捻出している者もいた。

そうまでするのは、国家公安に殉ずる気概の、赤心《せきしん》があるからだ。

〈そういう人達こそ、幸せにならなければね。家族ごと〉

純也はそう言って、費用を約束してやった。

金銭で幸せがすべて買えるとは思わないが、一部は買える。少なくとも、朝昼晩の飯は毎日食える。

これは、大事なことだった。

「優先順位は？」

聞いたのは犬塚だった。

「こっちはまあ」

　純也はメモ用紙をペン先で叩いた。

「固める部分は速攻で。そのほかは意識しておくくらいでちょうどいいだろう。下手に急ぐと割れるかもしれない。繊細なガラス細工だよ。人の心は」

　言いながら、純也はメモ用紙に書き足した。

「ただくれぐれも、こっちは忘れないように」

　メモには〈ＳＩＧ〉と書かれていた。

「じゃ、今日は打ち合わせも兼ねて、呑もうか」

　猿丸が口笛を吹いた。

「鰻《うなぎ》がいいっすね」

「まあ、それもあるけど、枝豆も焼き鳥もあるところ、だね」

「えっ。なんだ。ガード下ですか」

　たまにＪ分室で使う、有楽町の駅にほど近い居酒屋ということだ。

　猿丸が大げさに肩を落とす。

　馬鹿野郎、と声を掛けたのは鳥居だった。

「偉そうな鰻屋は肩が凝るだろうが。気安く、おう姉ちゃんおかわりっ、てなこと言えねえんだぞ」

「言わなきゃいいじゃねぇすか」

「なんだと」

「メイさんこそ、もっと優しくとかスマートにって心掛けりゃ、居酒屋も高級料亭も同じだって覚えた方がいいっすよ」

「セリ、言うじゃねぇか」

「もっとも、言ってもわかんないでしょうけどね」

そんなやりとりを聞きながら、純也は劉永哲という男を思い出していた。

鉄の男。

鉄は鉄で間違いないだろうが、それ以上に硬いなにか。

冷たい熱。非情の有情。

気のせいだろうか。

「あっ。痛てっ」

猿丸と鳥居のやりとりはいつもの最終局面、鳥居の拳《こぶし》に移っているようだった。

七

J分室の御用達と言っていい居酒屋は、木曜日ということもあってか、特に混んではいなかった。

もっとも、小上がりを利用する分室員総出の時には、仕込みの頃に電話を入れておく。適宜呑み、食い、駄話に必要な情報を挟むのがJ分室のやり方だ。小上がりの襖《ふすま》も開けておく。

木を隠すには森と言うが、森の中に馴染まない木はかえって目立つからだ。

「じゃ、すいませんけど、お先に」

「なんだよ。ずいぶん早《は》ぇな」

先に立つ猿丸に鳥居が酔眼を向けたのは、たしかにまだ九時前のことだった。猿丸はちびちびとビールを三杯。呑んだのもそのくらいだろう。

「先約があるもんでね」

「は？　どんな先約だか」

「へっへっ。そんな先約ですよ」

すでにモードに入ったような、ニヒルを気取る笑みを浮かべ、猿丸は早々に退散した。

純也達三人が居酒屋を出たのは、それからおよそ一時間半ほど後だった。

鳥居が久し振りに、だいぶ怪しかった。

なにもないと言いながら、行確作業は切れることない注意力を必要とする。甲府の疲れが溜まっているのかもしれない、と純也は思った。

叩き上げの公安捜査員も、いつまでも鋼ではないと改めて認識する。

「じゃ、シノさん。頼むよ」

「了解です。なんか、メイさんに肩貸すなんて久し振りです。懐かしい気もしますね」

「へぇ。そうなんだ。いつ以来だい」

「たぶん、分室長を追いかけて失敗して、本流から外れた頃以来、ですかね。メイさんもなにかで、私も啓太《けいた》を救ってもらった頃。その前辺りです」

「はっはっ。ずいぶん古い思い出だ。十年以上前だよ」

じゃあと手を上げ、純也は犬塚と鳥居と別れた。

それからひとり銀座へぶらつき、一軒の店に入った。十一時過ぎだった。

といって、クラブやキャバクラの類ではない。隠れ家的なカウンター・バーだ。厳めしい顔のマスターがひとりでやっている。

隠れ家を求めてやってくる客は、隠れ家だと信じてかえってオープンになる。そんな話の中からマスターがチョイスする話が、純也にとっては貴重だった。

マスターは、純也にとって細いスジだった。たまに顔を出すときに、言われるままにボトルを一本入れてやる。純也が呑むのは口開けの一、二杯だけだ。残りはマスターが呑むのか、ほかの客に転売するのかは知らない。

この日は特段、なんの情報もなかった。時間を掛け、舐めるようにモルトのシングルを一杯呑んだ。

純也が店を出たとき、時刻は午前零時を大きく回っていた。銀座に黒服と、見送りに出るきらびやかなドレスが目立つようになる時刻だ。

新橋方向へ歩き、第一ホテルアネックスの辺りでタクシーを拾う。

あと三十分、たいがいの終電がなくなると、流しのタクシーもなかなか拾えなくなる。

「国立駅の北口方面に」

分室で呑もうかと言ったときから、Ｍ６での帰宅は諦めていた。

「じゃ、高速行きますね」

お願いしますと告げ、シートに深く座り、目を閉じた。

少し寝たかもしれない。

国立府中インターを降りたのはなんとなくわかった。が、はっきりと起きたのは、仕事柄すぐわかるサイレンが直近に聞こえたときだった。

純也の乗るタクシーの前方に回り込み、ハザードでこちらの停車を促す、一台の覆面車両があった。

「お客さん、すいません。なんにも違反してないはずなんですけど」

「いや、こちらこそ」

首を傾げるドライバーに、純也はおかしなことを言った。

いや、純也にはわかっていた。

覆面車両の狙いはタクシーの違反ではなく、小日向純也という男であることが。

居酒屋の時、カウンターでひとり呑みつつ、意識が料理にも酒にも向かっていない男がひとりいた。先に出て行った。

純也達が店を出て以降、気配は純也についてきた。

バーを出ると、ひとつがふたつに分かれたような、微細な意識があった。

なにかを仕掛けてくる、と純也は踏んでいた。そのアクションが今だった。

オズ、で間違いはないだろう。

覆面車両から三人の男が降りてきた。

ひとりがタクシーの運転席に向かい、窓ガラス越しに警察手帳を見せた。

本物か偽物か。

おそらく本物だろうと純也は推測した。所属が書いてあるわけでもない。階級と姓名と顔写真があるだけだ。

この場合、わざわざ偽物をちらつかせることに意味はない。

その間に、残るふたりが後部座席のドアの両側に陣取った。

音もなく、もう一台が背後につき、ふたり降りてくる。

「なんですかね」

窓を降ろしながら尋ねようとするドライバーの声に、後ろを開けろという男の有無を言わせぬ声が重なった。

ドライバーが後部の自動ドアを開けると、暗い目をした男がドアを押さえた。

「降りろ」

錆びた声が車内に進入してきた。

ドライバーに見えない位置で男がちらつかせるのは、サイレンサー付きのベレッタM92バーテックだった。SITに配備されている。

「お、お客さん」

ドライバーが怯えたような目を後部座席に向けてきた。

「ああ。ゴメン、ここで降りるよ」

二万円を渡し、お釣りは要らないよと言って純也はタクシーを降りた。

すぐにタクシーは急発進で去った。

純也は、辺りを見回した。見知った場所だった。

インターから来て東八《とうはち》を過ぎた辺り。

黒鐘公園の入り口にある、武蔵台少年野球場の辺りだった。帰路としては、もっとも人通りも明かりも少ないところだ。

前にふたり、左右にひとりずつ、そして、後ろにベレッタを握った男に囲まれ、純也は少年野球場の外周に連れ込まれた。

街灯は点在するばかりで仄暗《ほのぐら》く、時間的に人はいない。

防犯カメラはあったが、純也としては笑えるばかりだ。

警察同士の揉め事には、あまり意味がない。

ときおり往来する車はある。赤信号で停車する車もあったが、純也達の姿を気にとめる者はいないだろう。

府中街道から五十メートルほど入ったところで、前のふたりが立ち止まった。純也も一拍遅れに足を止めた。

この一拍遅れには意味があるが、オズの総勢五人にはわからないだろう。

数を集め集団を形成すると、よほどの克己《こっき》がなければ人は驕《おご》るものだ。

「潰せと指示を受けている」

前のふたりが振り向き、左に立つ男が言った。地を這《は》うような声だった。

「あれ、なんでかな。動いたら潰すとは言われたけど、まだ今日の今日でなにもしていないと思うけど」

誰もなにも言わなかった。ただ黒々と立っている。

それにしても、左右の男に少しばかりの緩みが見られた。侮り、と純也は踏んだ。

「潰せと指示を受けている」

左の男がもう一度繰り返した、そのときだった。

街道の交差点で信号待ちをしていた一台のバイクが、過ぎ去ることなく進入止めのポールに車体を摺りながら、猛スピードで野球場の外周に入ってきた。

一瞬、オズ五人の意識がベクトルをそろえてそちらに動いた。

純也は見逃さなかった。

振り向きざまに手を伸ばし、背後の男が構えるベレッタを上から押さえた。そのまま力任せにひねる。

かすかに伝わる衝撃は、引き金に掛けた男の人差し指が折れるものだったろう。

男はタクシーの脇ですでに、銃を構えたのなら撃つべきだった。撃たないのなら見せるべきではない。

また、後の祭りだが、撃たなかったとしても見せたのなら、最悪、離れるべきだった。

銃とはそういう武器なのだ。

純也が前のふたりから、一拍遅れに止まった理由がここにあった。

驕りのある集団の中で、純也という自由人はこの一拍で、背後にすぐ手が届く位置にずれたのだ。

純也は止まることなく、奪い取った逆さのストレートグリップを、そのまま胸を開くように強く振り出した。

「ぐぁっ」

苦鳴を上げたのは現在、純也の右側に立つ男だった。

銃は間違いなく、男の頬骨を陥没させたはずだ。

前輪を上げ、うりゃっ、と純也の脇をかすめるように、前方のふたりに突っ込んでいったのは猿丸だった。

飛び退《の》いてバラバラになるふたりは猿丸に預け、純也は右側の男を倒した反動を利し、身体を沈めながら逆回転して左の男の両足を払った。

虚を突かれたにもかかわらず、後頭部をガードしたのは鍛えられた体幹だろうが、それ以上はなにも出来ない。純也がさせない。

立ち上がった純也は、頭を抱え込むようにした男のガードの隙間を狙い、短い呼気を吐きつつ右足のつま先を蹴り入れた。

無様な花が開くように両腕をだらしなく開き、男は地面でそれ以上動かなかった。

前方に、バイクを降りた猿丸が立っていた。残るオズを純也と挟む格好だ。

屈辱の感情を、もはや辺りはばかることなく放散させながらひとりが純也に、ひとりが猿丸に走った。

リーダーらしき男が猿丸のほうだ。動きは一番、滑らかに思えた。

「セリさん、気をつけて」

話す間にも、ボクシングスタイルから繰り出されるストレートが純也を襲った。

バックステップでかわし、躊躇《ちゅうちょ》なく前に出る。

間近に迫る男の顔に驚愕が見て取れた。

笑い掛けてやる。

それだけで、男の身体がわずかに強張った。

底が知れぬもの、得体が知れぬものは怖いのだ。

左から振る純也のフリッカージみた拳が男の脇腹に突き刺さり、前に泳ぎ出てくる顎に膝を突き上げれば、悶絶の表情を天に向けて男は倒れた。

最後まで確認することなく、すぐに純也は猿丸に向かった。

が、――。

走る必要はなかった。

ちょうど猿丸が男を背負ったところだった。綺麗に入ったようで、男の身体は見事に猿丸の背に乗っていた。

「よっ！」

下はアスファルトだ。畳ではない。最後の引き手の加減で、一本背負いは必殺の技となる。

「がはっ」

背中から勢いよく落ちた男は、肺の中から空気を絞られるほどの衝撃だったようだ。意識はあるようだが、動くことは出来なかった。

「ちっ。手こずらせやがって」

猿丸が荒い息をつく。一杯一杯だったのは明らかだ。

猿丸が弱いわけではないことは、純也がよく知っている。

猿丸が居酒屋から早々に引き上げたのは、女友達と会うためではない。カウンターにおそらくオズを確認した純也が、万が一を想定してバイク班に振り当てたからだ。

ただこの場合の万が一は、純也に対してではない。鳥居や犬塚に行確が付いたときの話のつもりではあった。

「へへっ。危なかったっすね」

額の汗を拭きながら猿丸が寄ってきた。

純也は、周りを見回してから笑いかけた。

「この様子で危なかったって言われてもね」

「でも銃持ってるってなぁ、なんですかね」

「本気ってことなんだろうね。裏理事官は」

純也は言いながら、ベレッタからマガジンを抜き、装填済みの初弾を排出した。

空のベレッタをリーダーと思《おぼ》しき男の脇に投げ、マガジンと銃弾はリーダーから一番遠い、もともとベレッタを構えていた男のポケットに入れた。

次いで純也は、その男を皮切りに地面の四人を順に周り、なにかを抜き取った。

「なにしてるんです」

呼吸の静まった猿丸が聞いてくる。

「ん？ 戦利品」

純也が手に持って猿丸にちらつかせたのは、五人の警察手帳だった。

「ああ」

猿丸もにやつきながら納得の表情だ。

純也も受けて、いつものはにかんだような笑みを見せた。

「行こうか。長居は無用ってね」

「了解です」

猿丸がエンジンを掛けたバイクの、タンデムシートに純也はまたがった。

ヘルメットはない。

「セリさん、安全運転でね。それにしたって、巡邏《じゅんら》に見つかったら罰金で減点だ」

「任してください。ナンバー曲げてますから、いざとなったらぶっちぎります」

「いいのかなあ」

タンデムシートから、純也は星々の瞬く夜空を見上げた。

第四章　国家公安部

一

七月二十九日、火曜日だった。

純也はこの日、十時過ぎに登庁した。

いつも通り地下駐車場にＭ６を止め、Ａ階段で一階の玄関ホールに上がる。

そうしていつも通り、雑多な好奇心の目また目を無視しながら一隅に向かえば、受付台の奥に身を乗り込ませるようにしている、ひとりの男の背中があった。

純也の姿を認めた大橋恵子の目に、喜色が湧いた。

どうにも純也との相性が悪い以上、滅多にあることではなく、かえって訝しいことだった。

「分室長」

近づくと恵子が声を掛けてきた。

するとと、

「はい？　分室長さんて」

男が、訛りのある日本語でそう言い、背を伸ばして振り返った。

ネイビーブルーにストライプのスーツを着こなす、洒落《しゃれ》た男だった。歳も身長も純也とほぼ同じくらいだろう。一重目蓋の切れ長の目に、細く通った鼻筋。唇も薄く小さく、髪は裾《すそ》を刈り上げ、さっぱりとしている。

全体に、見栄えのいい男だった。いわゆる、塩顔というやつだろう。

「おう。いい男さんですね」

相手も純也を見るなり両手を大仰に広げた。

中国人、と純也は見た。

「受付さん、この方が、公総庶務係の分室長さんて」

男が肩越しに聞いた。

ええ、そうですと恵子が答えれば、純也に近寄ってきて手を差し出した。

〔初めまして。私は陳善文です。大使館から来ました。これで、おわかりですか〕

綺麗な北京語だった。純也を試すつもりもあるのかもしれない。目は、悪戯気《いたずらげ》にも見えた。

〔大使館ですか。――ああ、駐在武官。武警の〕

言いながら純也は差し出された手を握った。

容姿に似ず、ごつごつとした掌の感触だった。

さすがに武警の男、ということだろう。

陳は、純也の北京語に素直に驚いたようだった。

〔実に綺麗な言葉です。どこからどこまでも隙がないですね。これなら、安心してタッグが組めそうです〕

そう言って笑った。笑顔も絵に描いたように、さわやかな男だった。

「うわぁ。いい男がふたり並ぶと、なんか凄い。先輩、受付冥利ですね」

奈々が頬を染めつつ、並び立つ純也と陳を交互に見た。

「ちょっと、菅生さん」

恵子にたしなめられ、奈々は愛らしく舌を出した。

陳は、笑顔でまた受付に寄った。

「いやぁ、おふたりこそ、綺麗ですね」

片目をつむって見せ、受付台のカルタムスの花びらを指で撫《な》でる。

「まるで、花三色です」

うわぁと奈々は喜んでみせる。

陳はどうやら、自分の笑顔は武器になるとわかっているようだ。

ただし、

「申し訳ありませんが、ここは受付で、私どもはただいま公務中ですので」

大橋恵子には通じない。

なぜかそれを好もしく眺め、純也も遅れて受付に近づいた。

「大橋さん。それで、陳さんはここでなにを。僕のほうは聞いていないけど、上からなにか降りてきてる？」

「いえ。分室長にはありません。ただ、こちらの」

「ああ。私、今日は長島部長さんに、挨拶ですね。アポイントメント、あります」

陳が自分で答えた。

純也は恵子を見た。頷いた。

間違いはないようだ。

「ただ、ちょっと早く来たんだね。だから、すぐ挨拶ならないか、聞いてもらおうとしてたね」

「なるほど。で、アポの時間は」

「十一時半、みたいだね」

陳は堂々と言うが、中国大使館はそんなアバウトな時間が通るのだろうか。

少なくとも、警視庁公安部部長には通る余裕の幅ではない。

純也は恵子に笑いかけた。

「いいよ。ここでどうなる話でもないしね。うちの分室でまず引き取る。入館証、いいかな」

「あ、助かります」

恵子はいそいそと作業を始めた。

「Oh。部長より先、分室。部長からちゃんと許可、と思ったけど、いいかね。ラッキーね」

「なにがラッキーかはよくわからないけど。まあ、聞きたいこともありますから」

「私は早い。でも分室長さん、遅い。ずいぶん、ルーズな出勤ね」

純也は肩をすくめて苦笑した。

痛いところではあるが、公安部長との約束の一時間以上前に来て、すぐに会わせろという男には言われたくない。

と、これは本音の部分で、口にはしない。

日本人の美徳、ということにしておく。

「いや、今日は特別でね」

作業中の恵子は措き、菅生奈々には視線で、それとなく釘を刺す。

「ちょっと、旅行に出かける祖母を送っていたもので」

「旅行なら中国へ。中国、いいとこです」

「ははっ。比べたら恥ずかしいくらいの近場。ほんのそこまでですよ」

その間に、入館の手続きが済んだようだ。

「ありがとうございます」

陳がパスを受け取る。

「じゃあ、行きましょうか」

純也は、陳をエレベータホールに誘った。


「やあ、こちらですか」

陳はＪ分室内を物珍しげに見回した。

「狭いですね」

と言ったような気がするが、これは聞き流す。

分室内にいたのは、犬塚ひとりだった。

椅子に乗って蛍光灯に手を伸ばしたまま、純也に向け、怪訝な顔をしてみせる。

Ｊ分室に訪れる客は滅多にない。矢崎の前と考えれば、もう九ヶ月以上前に〈シュポ・

マークスマン事件〉のエレナ・キルヒバッハが訪れたきりだ。それも、純也が応対しただけで、他の分室員三人は知らない。

「武警の陳善文さんだよ」

ああと納得したようで、椅子から降り、犬塚は自分から陳に寄った。

「陳さん、こっちは分室の、犬塚健二警部補です」

陳もうなずき、近づく犬塚に手を差し出した。

「陳善文ですね」

「犬塚です」

対面の儀は、それで終わりだった。

「シノさん。掃除中？」

「ええ。先週のことがありますから、念入りにと思うと、ひとりだとはかどらなくて」

先週のとは当然、純也へのオズの襲撃のことだ。

「じゃ、僕も手伝おうか。どこまで見たの」

「奥から始めて、そっちまで照明器具を確認すれば終わりです」

「了解。陳さん、ちょっと待ってて」

答えも聞かず、純也は靴を脱いで手近なアームチェアに乗った。

四本ほど確認する。

問題はなかった。

「ええと」

陳が戸惑った顔で頭を掻いた。

「これは、デモンストレーション？　なにか、私への」

「えっ。いや、特にそう言う訳じゃなくて、まあ日課のようなものです」

純也は椅子を降り、靴を履いて分室からいったん出た。

どこへ行くのかと陳も付いてくる。

向かったのは隣の資料庫だった。隣のというより、そもそも資料庫の一部を区切った空間がJ分室だ。

資料庫に入り、整然と並ぶ書類棚やバインダーワゴンの並びを丹念に見て歩く。

と、純也はとある場所で足を止めた。背の高い書棚の上の方に隙間が見えた。脚立を探して書棚に寄り、昇ってごそごそやる。

「ほらね」

純也が棚から取り出して陳に見せたのは、収音マイクとレコーダの類だった。

「うちはね、こんな部署なんで」

「ほう」

陳も武警なら、ひと目でそれとわかるだろう。高性能型ということまで看破するかもしれない。

「昔、面倒臭いんで一度ジャマーを掛けたことがあるんだけど、他の部署からたいがいな苦情が来てね」

「――申し訳ないですが、私、分室が少し不安ね」

「ああ。その辺の文句は、どうぞ部長と参事官のほうに」

純也は分室に戻った。

犬塚も作業を終えていた。三人分のコーヒーを淹れ始めたところだった。

「シノさん、拾得物。また備品が増えたよ」

「おっ。なかなかいいものみたいですね」

犬塚は純也から収音マイクを預かり、事務書棚の中にしまった。

コーヒーが入り、三人は三様の位置に座った。

陳は猿丸の席で、窓側の定席に座った純也と犬塚で挟むような形だ。

香りを堪能し、ひと口含み、陳は目を閉じた。

「これは、素晴らしい」

どうやら、コーヒーの味はわかる男のようだ。

「さて、コーヒーのお礼じゃない。けどね、聞きたいこと、いきましょか」

やがてふたたび開く陳の目には、冴えた光があった。

さすが武警から駐在武官として海外派遣されるだけのことはあると、それだけで知れた。

純也はメモ用紙を引き寄せ、黒鎖《ヘイチャン》と書いた。

ブラックチェインについて聞きたいという意思表示ではあるが、重要事項は口にしないという注意喚起でもある。

「ＯＫ。じゃあ、私も、メモとペンを」

陳はコーヒーをもうひと口飲み、ドーナツテーブルに身を乗り出した。

「ことの始まり、この男」

陳は純也が回したメモ用紙に〈徐才明〉と書いた。

「ほう」

これは犬塚の感嘆だ。

猿丸も鳥居もいたら同じ反応をするだろう。

中国国家主席の汚職撲滅によって失脚したことも知るが、それまでの中国軍部制服組のトップだった男だ。

「失脚後のこの男、徹底糾弾。本人の配下から、遠くに伸びる私的な集会、集団」

次いで陳は〈牧场《ムウチャン》（牧場）・人体器官买卖《レンティチィグワンマイマイ》（人身臓器売買）〉〈私兵《スウビン》（私兵）〉と書き、〈黒孩子《ヘイハイツ》〉と書いた。

「遼寧省瀋陽の山間、見つけた痕跡。が、これ」

陳がまずペン先で指したのは〈牧场《ムウチャン》（牧場）・人体器官买卖《レンティチィグワンマイマイ》（人身臓器売買）〉だった。

「シンジケート、絡むね。そこでその男、財と、これ、蓄えた」

次いで示したのが、〈私兵《スウビン》（私兵）〉だった。

「瀋陽から出荷される。全部、これ」

最後には当然、〈黒孩子《ヘイハイツ》〉を指す。

「これもこれも、すべて、これ」

〈牧场《ムウチャン》（牧場）・人体器官买卖《レンティチィグワンマイマイ》（人身臓器売買）〉、〈私兵《スウビン》（私兵）〉、〈黒孩子〉の順に、悔しそうに指し示しながら陳は言った。

「その商売の手先。日本に送られた」

〈黒鎖《ヘイチャン》〉と書き、〈黒孩子《ヘイハイツ》〉と線でつなげた。

「なにをどこまでやってたか、ノー。わかりません。元凶、ステージ四の膀胱癌でICU。私達、回収しないといけない。かの男の悪意と強欲。もちろん」

陳は三度、〈黒孩子《ヘイハイツ》〉をペン先で叩くようにした。

「国と一切の関係ないね。いえ、関係の出ない者達かね。けど我が国、米国と比肩する大国。世界の警察。友好国に迷惑、掛けない。そのことを実践、大使館から派遣されたね。私よ」

「なるほど。関係は出なくても世論もある。ポーズでもなんでも、面子《メンツ》を保とうとするのはお国芸ですかね」

純也の言葉に、陳はにやりと笑った。

「ないとは言わないね。けどそれ、私の任務とは別」

そのとき純也の携帯が振動した。メールだった。

一読し、純也は立ち上がった。

「概要はわかりました。陳さん、部長に挨拶した後、今日のお時間は？」

「いえ。特にはなにも」

「シノさんは？」

「一度出ますが、夕方には戻ります」

ＯＫと言って純也は手を叩いた。

「じゃあ、夜は陳さんの歓迎会といこう」

わかりましたと犬塚は答えた。

「じゃ、後ほど」

純也は分室を出ようとした。

「あれ、分室長さん。お出掛けかな」

陳が聞いてきた。

純也はいつものもの、はにかんだような笑みを見せた。

「ええ。ちょっと掃除をしに」

「掃除、ですか？」

「そう。庶務ですからね。分室内だけでなく、いろいろと掃除しなければならないところが多くて」

「えっ。ああ」

よくわからないのだろう。

頷きはしたが、陳の顔には曖昧な笑みしか浮かばなかった。

二

犬塚がJ分室を出たのは、十二時少し前だった。ようやくアポイントの時間になって、公安部長室に向かう陳善文を送り出した後だ。

外に出たのは犬塚も人に会う約束があったからだが、時間にはだいぶ余裕があった。

桜田門から有楽町線で市ヶ谷に出、ＪＲに乗り換えて新宿に出る。途中、市ヶ谷で銀行に寄った。五・十日でも月末でもなかったが、ＡＴＭはなかなか混んでいた。

必要な金額を引き出し、新宿に到着する頃には一時を大きく回っていた。

約束の時間は一時半だった。

昼食は抜きかと諦め掛けたが、目的地である新宿中央公園の入り口に移動車のケバブ屋が出ていた。ケバブドッグとウーロン茶を頼んだ。

近年、こういった外国人によるケバブ屋やカレー屋がどこに行っても目に付くようになった。流行っているのかといえば、そうではない。

阿漕なコンサル屋が裏に回った街金と手を組み、口車に乗せて小口の開業資金を貸し出す手口の賜物《たまもの》だと聞く。移動車販売やカレー屋は、たとえばラーメン屋や中華料理、日本そば屋などに比べると設備投資も少なく、特にカレー屋は二階より上でも客の入りにあまり関係がないという。

店が軌道に乗ればきちんと金は回収出来るし、駄目なら当然のように追い立てる。

全部が全部そうではないだろうが、ケバブ屋やカレー屋はそんな日本の裏の連中が食い物にすべく、強引に開業させる店が多いらしい。

「儲かってるか」

注文の品を受け取り、なんとはなしに犬塚は聞いた。

悪しき噂が言わせたものだ。

「オウ。アリガトネ。ボチボチヨ」

「ならいい。がんばれよ」

犬塚はそう言って、白人の男が営む移動ケバブ屋をあとにした。

平日午後イチの新宿中央公園は、案外空いていた。夏の陽差しがこの日は朝から強かったことの影響かも知れない。

半分陽の当たるベンチがひとつ、空いていた。陽陰の側に座ってケバブドッグにかぶりつく。

良くも悪くも、肉とパンの味がした。

犬塚がこの場所を訪れたのは、四葉《よつば》銀行本店営業第二部の課長、波多野英幸《はたのひでゆき》と会うためだった。人格や性格的には問題は多いが、波多野は企業や法人の金の流れを追うときに便利な犬塚のスジだ。

犬塚は先週、横浜の藍誠会病院のことを波多野に頼んでおいた。病院の主要行が四葉銀行だったのは好都合だった。

波多野にとっては造作もない、楽な仕事だろう。関係者の口座は間違いなく、四葉に集中しているはずだった。

(ああ。そういえば波多野もK大だったな)

肉を噛む顎に疲労を覚えながら、犬塚は青い空に綿雲を眺めた。

この年、ひとり息子の啓太が見事ストレートで入学したのが、K大の経済学部だった。

親に似ず優秀だと、合格を告げられたときは喜びより驚きが勝った。

犬塚も大学には行ったが、最初からK大やW大は諦めていた口だ。受験勉強はそれなりにしたつもりだが、直前模試でもたしか、Ｋ大やＷ大を受けるには偏差値で十も足りなかった。

偏差値を一上げるには、二時間の勉強を要するなどとまことしやかに言われた頃だ。

すでに人間として、不可能の烙印を押されたようだと肩を落としたことを覚えている。

そんな大学に啓太はストレートで合格した。

驚きが収まると、感慨があり、喜びに移った。

よくぞ、受かった。

救われた命を真っ直ぐに、懸命に生き、泣きたいくらいの花と咲いた。

目を細めると、

「あれぇ。ケバブドッグなんて食ってんですか。あそこの、あんまり美味くないでしょう」

波多野の野放図に大きい声がした。

こういうタイミングの外し方も、波多野だと言えば波多野だ。

四十を過ぎて薄くなり始めた髪を気にし、少し前まではチックで固めていたが、今はサイドを極端に刈り込み、トップにボリュームを錯覚させるような、いやらしい髪型になっている。

どうでもいいが――。

犬塚は、ケバブドッグを食い進めながら隣を示した。

波多野は、すぐには座らなかった。

「どうした」

「いや、熱そうだなあと思って」

「仕方ないだろう。今になってもほかに空きはない」

「そりゃ、犬塚さんは陽陰だからいいですけど」

「代わってやる義理もつもりもない。座れ。話が進まない」

「はいはい。——うゎっ。熱《ぁ》っちぃ」

波多野はしかめっ面で騒ぐが、犬塚は気にしなかった。

「で？」

「熱っちいなぁ、まったく。えっ。ああ、ほい」

尻をもぞつかせながら、スーツの内ポケットから波多野はＵＳＢメモリを取り出した。

「まとめてあります。まあ、病院の金の流れなんて、そんなもんかなぁってな感じですが」

「とりわけ目立つ動きは？」

犬塚は最後のひと欠片を口に放り込んだ。

「何件か、ですね。業者との癒着、リベートかなってのがありました」

「そうか」

受け取り、犬塚はＵＳＢをポケットにしまった。

分析は分室に戻ってからだ。

夜は陳の歓迎会と分室長は言っていたが、まだ時間はだいぶある。

代わりに懐から茶封筒を取り出す。いつもは前払いだが、今回は純也と藍誠会病院に顔を出した帰りに電話で依頼した。波多野が出張中だったからだ。

市ヶ谷でＡＴＭに寄ったのは、その報酬を引き出すためだ。生体認証でカードは登録してある。

こういうとき、一時的に現金を持ち出すこともあるので、上限は五百万に設定してあった。

「ご苦労さん」

茶封筒をケバブドッグの包み紙に挟み込む。

「うわっ。犬塚さん、なにやってんですか！」

波多野が喚くが気にしない。

人が食っている最中の物を、美味くないでしょという男には、そのまま茶封筒でくれてやるのは少々抵抗があった。

「気にするな。札が汚れるわけじゃない」

「それにしたって、封筒がベタベタになっちゃうじゃないですか」

「心配するな」

犬塚は百万入りケバブドッグの包み紙を、波多野に手渡し立ち上がった。

「お前が言う以上に、これは美味くない」

「え。なんです？」

「ソースな、たぶん掛け忘れだ」

これもやると、半分飲んだウーロン茶も押しつけ、犬塚は中央公園を後にした。

三

〈サル確認。これから接触します〉

ひとりの男が携帯でそんな通話を終え、錦糸町の裏通りにある喫茶店のカウベルを鳴らしたのは、午前十一時過ぎだった。

猿丸はこの日、午前十一時になって錦糸町を訪れた。

錦糸町は駅を挟んで北に錦糸公園、南に猿江恩賜公園を持ち、小名木川につながる運河が走るところだ。古き良き時代の景色にも出会えるが、一本裏通りに入れば、いきなり風俗やラブホテルが通りを埋め尽くし、表情を変える。

韓国焼き肉のけばけばしい看板も多く、飛び交う言語は多国籍になる。

雑多な街だった。

猿丸は南口の駅前から四ッ目通りを歩き、左に折れた。百メートルも行くと、錦糸堀公園にぶつかる。その奥にある一角の、ひなびた喫茶店が目的地だった。

古いスタンド看板に店名は、『サルビア』とあった。

「いらっしゃい」

カウベルを鳴らすと、無愛想なマスターが顔も上げず、テーブルを拭きながらそう声を掛けた。

クーラーは掛かっていたが、ウナギの寝床のような店内は照明が極端に少なかった。奥に向かって次第に暗さが増してゆく。省エネか経費節減か、陽の差し込むうちは自然光を頼りにしているようだ。

(なんだい。いいのかよ。これで)

当然そんな店には、ほかに客は手前の席に、サラリーマン風の三人組しかいなかった。

逆に、よくいると思う。会社が近くなのだろう。

一般人に利点があるとすれば、そのくらいだ。

「アイスコーヒー」

マガジンラックからスポーツ新聞を取り、猿丸は一番奥の四人掛け席に座った。新聞を広げるが、細かい文字が読みづらかった。それくらい薄暗い。

コーヒーを待ちながら新聞に目を凝らしていると、三人組がごちそうさまと言ってカウベルを鳴らし、出て行った。

時間を確認すると、十一時半だった。

この喫茶店でランチを食う気はないのだろう。

入れ替わるようにまた、カウベルが鳴った。

逆光でもあり、手近な新聞に焦点を合わせていた目に、すぐはっきりとはしなかったが、サマージャケットを着た男にして、ここまで猿丸が来た目的の男だということはわかった。

立ち姿の感じと全体の雰囲気が、間違いないと猿丸に教えた。

「すいません。少し遅れました」

頭を下げる。この日も身につけている、青いネクタイが揺れた。

男は警視庁公安部公安第二課の、漆原英介《うるしばらえいすけ》警部補だった。

〈シュポ・マークスマン事件〉の折り、ヒットマン昌洸男を純也が預けたオズの片割れだ。

もうひとりのストライプネクタイ、公安第三課の剣持則之《けんもつのりゆき》巡査部長とふたりして小日向純也という男に心酔し、今ではそろってスジだった。

　猿丸のというか、J分室のスジだ。

　純也が漆原に直接接触したのは〈シュポ・マークスマン事件〉の直後だった。

「私が信奉するのは、公安的正義です。裏理事官でもオズの体制でもありません。今は、小日向純也という男が公安的正義を実践すると思いました。警視が道を間違えたと思ったら、私は敵にもなります。それをお含み置き下さるなら、二重スパイでも、三重でも」

　そんな小洒落たことを言ったらしい。

　猿丸としては、なかなか好きな答えだった。

「いや。そんなに待っちゃいねぇよ」

　猿丸が言えば漆原は着席し、同じアイスコーヒーを頼んだ。

「それにしても英ぢゃん、ここは暗《くれ》ぇな」

　猿丸は漆原を英ちゃんと呼んだ。

　猿丸はこの年四十五歳になる。漆原は三つ下だ。歳が近いこともあって、スジとなってからは親しみも込めてそう呼んだ。

　もっとも、オズからオズにつなげて人定してゆく過程でしか、まだ漆原を動かしたことはない。

　ちなみに犬塚は漆原をそのまま漆原と呼び、鳥居は英介、純也は漆原さんと呼ぶ。

「それがいいと思って使っているんですが、どうでしょうか。ここまで客が少ないと、なくなりはしないかと近頃は心配もしています」

注文のアイスコーヒーがふたつ同時に運ばれてきた。すぐに手は出さなかった。

ここは漆原が指定した店であり、猿丸は初めてだ。

漆原を疑うわけではないが、それは公安として身に備わった癖のようなものだった。

漆原もわかっているのだろう。

「お好きな方を」

「悪いな」

猿丸は漆原の前に置かれたアイスコーヒーにストローを差した。

「それで、安全部さんの動きはどうだい」

水のようなアイスコーヒーに口を付け、猿丸は用件を切り出した。

中国国家安全部、劉永哲の動向。

それが、漆原に探らせていることだった。

「なんだかよくわかりませんが、北奔南走って感じですね」

漆原もコーヒーに口を付け、全部を知るわけではありませんがと、前置きした。

「私が知る限りでは、先週金曜に札幌の男が、昨日は福岡の奴が動かされました。もっとも、お客さんのほうでは最初から目的が定まっているようで、こちらが特になにを探るとか、そういうことではないようです。そういった意味では、今やらされていることは、そちらの部署本来と同じようなことです。総務なり、庶務に近いですね」

　お客さんはイコール、劉永哲のことだ。

「なんだそりゃ」

「言われた人物の現住所確認、航空券の手配。取り敢えずのアポイント。当日の所在場所までの水先案内。それだけです。雑用ですね」

「そうか。ってぇか、この野郎、雑用係で悪かったな」

　猿丸は、尖《とが》らせた口にストローを運んだ。

「いえ。そういうわけではありませんが、参ったな」

　漆原は苦笑した。

「まあいいさ。で、内容は」

「わかりません。連れて行くだけで、同席は許可されなかったようです」

「なんでぇ。盗聴は？」

「それは、理事官から特に指示は出ていません」

「ふうん」

　猿丸は腕を組んだ。

「そいつが会いに行った先の奴ってのは？」

「まず、北海道は海保です」

「海保？」

「はい」

海上保安庁第一管区函館海上保安部の三等海上保安監の三好《みよし》、と漆原は言った。

三等海上保安監は佐官で言えば二佐士官で、管区所長、本庁課長クラスだ。

キャリアだろうとも推測出来る。

「キナ臭ぇな」

猿丸は目を光らせた。

他国の男と公官庁は、公安としてもっとも要注意な組み合わせだ。

「と、思うでしょうが、もう一方の福岡でお客さんが向かったのは、そんな関係ではありません」

「ん？」

白心《はくしん》ライフパートナーズ、と漆原は言った。

「なんだいそりゃ」

「葬儀屋です。福岡じゃ結構大手らしい、んですが。――おや」

突然漆原が前後に揺れ始めた。

「おい。どうし、た、って、こりゃあ」

漆原だけではない。猿丸自身も視界の中でゆっくり景色が回り始めた。意識が、飛びそうになる。

「う、漆原。手前《てめ》ぇ」

テーブルに落ちそうになる上体を懸命に支え、猿丸は漆原を睨んだ。

間違いはない。アイスコーヒーだ。

いきなりの体調変化は、睡眠薬によるものだと断定出来た。

「す、すいません。いろいろと、しがらみが、ありま、して」

漆原は、わかって同じ薬を飲んだようだ。

先に口を付けた分、先に効くか。

椅子から立とうとしながら立ちきれず、そのまま猿丸の脇をすり抜けるようにして前のめりに倒れ込む。

「けっ。仕方ねぇ。手前ぇも眠るんなら、付き合ってやらぁ」

よくわからない捨て台詞《ぜりふ》を残し、猿丸の限界もそこまでだった。

漆原に重なるように、猿丸も横倒しに床に崩れた。


「さて、掃除といきますか」

純也は夏の空を眩しげに振り仰ぎ、サングラスを胸ポケットにしまうと、おもむろに錦糸堀公園から始動した。

一度も立ち止まることなく、真っ直ぐに『サルビア』を目指す。

カウベルを鳴らしてもその足取りは変わらなかった。

「な、なんだ」

野太い驚愕が純也を迎えた。

店の最奥には、ダークスーツを着込んだ三人の男がいた。

声を上げたひとりだけが立ち、その足下にうずくまるようにしてふたりがいる。床に倒れた猿丸と漆原を担ぎ上げようとしていた。

間違いなく、立っている男がリーダーだ。三人の序列はひと目でわかった。

なんだとは言っても、誰だとは聞いてこなかった。

J分室員の顔は把握しているということだろう。

純也はなにも答えず無言で突っ掛けた。

一瞬の驚愕でも、手に入れた優位は確実だ。

カウンターの中で、マスターの表情が強張るのがわかった。

一気にスピードを上げれば、リーダーが両腕を上げ、ピーカブーのガードスタイルを取った。鍛えられてはいるようだ。

だが、純也のタイミングからすれば遅かった。

腕を上げても咄嗟《とっさ》であれば、重心はあるべき位置に移行されなかった。

つまり、攻撃は出来ない状態だ。

純也は大きく踏み込み、ガードの上から体重を乗せた拳を叩き込んだ。

「うおっ！」

バランスを崩し、リーダーは後ろに吹き飛んだ。

立ち上がったばかりの部下ふたりのうち、ひとりを巻き込む格好だった。

残るひとりは巻き添えをなんとか避けて前に出ようとしたが、純也は待ちも逃がしもしなかった。

リーダーを殴り倒した勢いそのままにもう一歩踏み込めば、まだ戦闘態勢も整っていない男が目の前だった。

ネクタイをつかんで前に引き、歩様の自然として出る足の膝を突き上げる。

「ぐえっ」

前屈みになる男の首筋に手刀を打ち込めば、くの字のまま男は気を失ったようで床に倒れた。

見もせず捨て置きにして、リーダーに向かう。立ち上がろうとするところだった。

隙だらけの格好は、無様といえた。

問答無用でリーダーの顎につま先を蹴り込む。

背後の壁に飛んで激突する音は派手だったが、声はただの一声も上げられなかった。

「おらぁ！」

身を低く、唯一体勢を整えて純也の身体をつかみに来る最後の男は当然、職務として必死だったろう。

だが純也はその両肩に手を置き、バックステップで勢いを殺した。顔を上げようとするのさえ許さない。

後頭部に肘を落とし、倒れ込む背後に回って頸動脈を締め上げる。

男が完全に脱力するのに、三十秒は掛からなかった。全体としても二分は掛からなかったろう。

奇襲としては、上々だった。

店のカウンターの中から、マスターが青い顔を覗かせていた。

「驚かせましたか。でも備品は全部無事ですよ。細心の注意を払いましたから」

「えっ。あ、ああ。そう」

男達の立ち位置、テーブルと椅子の配置、メニュー表やコップ、灰皿の有無。

店に踏み込んだ瞬間から、すべては純也の手の内だった。

純也はマスターに笑いかけ、それからオズ三人を順に周り、身体を探って身分証を抜き取った。

「おっと。こっちもオズだったな」

最後に漆原の身分証も抜き取る。

ただし、ほかの三人と違って抜きながらも、眠ったままの漆原にはご苦労さん、と囁いた。

この日の午前、純也の携帯を鳴らしたのは、実はこの漆原だった。

〔十一時半、例の件、実行〕

送られてきたのはそれだけだが、すべては事前に打ち合わせ済みだった。

「猿丸警部補を引っ掛けて捉える案が出ています。私が実行を引き受けました」

そんな連絡を純也が受けたのは、金曜日だった。

「警部補が劉について嗅《か》ぎ廻っているとつかんだ者がいるようです」

「へぇ。セリさんの動きを捉えるなんて、さすがにオズだね。それで、どうするんだって？」

漆原が自分から接触し、情報をちらつかせる。場所は錦糸町の喫茶店『サルビア』と、これだけは決まっているという。

「これは、こちらのチームのリーダーが懇意にしている店のようです。エスで間違いないでしょう。そこで睡眠薬を使うことになってます」

呼び出した猿丸をエスの協力で眠らせ、連れ去る計画だという。

「連れ去ったあとは、どうなるの」

「監禁から、おそらく強固な洗脳。場合によっては」

壊すところまで、と漆原は言い切った。

「ははっ。怖いねオズは。いや、裏理事官様が、かな」

「なので、私が引き受けました」

「チームの人数は」

「私を入れて四人です」

姓名を漆原は口にしたが、純也には聞き覚えのない者ばかりだった。

漆原もそうだが、誰と誰がスジかは特に伝えていない。漆原も特に聞きはしない。

「漆原さんが言う正義に共感しそうな人、いる？」

「ふたり、ですか。リーダーは理事官のイエスマンです」

「なるほどね。わかった。じゃあ、そっちには多少の加減をするとして、当日は漆原さんもそのクスリ、飲むように」

「えっ。私もですか」

「手を出すものは叩く。戦いとはそういうものだから。それとも、叩かれたい？」

「いえ。遠慮します」

その実行が、今日だった。

ちょうど、『サルビア』に入ってゆく猿丸を視認した。

すぐに出てきたサラリーマン風の三人が錦糸堀公園から動かず、やってきた漆原に厳しい顔を向けるのも確認した。

そして、やがて三人が下卑《げび》た笑いを浮かべながら店内に戻った。

純也が動き出したのは、周辺にそれ以上怪しい気配がないと踏んでからだ。

漆原の身分証まで取り上げたのは、後で関係を疑われないためだが、そこまでは本人に伝えていない。

目覚めた後、どんな顔をするかは見物《みもの》のような気がしたが、想像するだけにとどめる。

純也はカウンターに近づいた。

「一般人に睡眠薬を託す方も託す方だが、受ける方も受ける方だ。いくらもらったのか知らないけど。逮捕してもいいんだよ」

怯えた顔でマスターが後退《あとじさ》った。

「されたくない？」

マスターは顔を忙《せわ》しく上下に動かした。

「じゃあ、タクシー一台」

「……へっ？」

「タクシー一台、呼んでもらおうか。それでチャラだ。ただし、今後彼らと縁を切る、商売に真面目に精を出す、というならね」

純也は自分の名刺をカウンターに置いた。

「これはお守り、みたいなもの。いや、魔除けかな」

純也がいつものはにかんだような笑みを見せると、マスターは慌てて外に出て行った。

静かになった店内で、純也は猿丸のほうに目をやった。

「これで少しは、寝不足解消になればいいけどね」

答えはないが、軽い鼾《いびき》が聞こえていた。

鼾は猿丸か、漆原か。別にどちらでもいいので、特にたしかめようとも思わなかった。

四

この昼時、鳥居は京橋の、とある寿司屋の小上がりにいた。

京橋には業界最大手の太陽新聞社がある。そこの社会部の記者、片桐《かたぎり》紗雪《さゆき》が鳥居のスジだった。紗雪の亡くなった父、幸雄《ゆきお》も太陽新聞社のかつてのデスクであり、鳥居のスジだった。親子二代ということになる。

「しかしまったく、おい紗雪、お前ぇ、なにかってぇと寿司だな」

「ふぉんなこと、ないない」

鳥居の目の前で寿司を頬張り、突き出した割り箸を左右に振るのが、紗雪だった。

口調は雑で、性格は男前。それが紗雪の特徴だった。

ショートカットで背が高く、黒縁の眼鏡を掛けている。きちんとすればそれなりに美人、のはずだ。鳥居は紗雪を小学生の頃から知るが、たしかお下げ髪の可愛らしい娘だった。

いつからガサツになったのかは不明だが、幸雄亡き後は一時期我が子のように接してきたこともあり、自分のせいかと思わなくもない。

ただ、しっかりと女ではあるだろう。紗雪は純也の熱狂的なファン、いや、フリークだ。

「ふぉれふぁね」

「わからねえ。飲み込んでからにしろ」

紗雪は胸を叩きながら寿司を飲み下した。

「寿司ばっかじゃないよ。それは、たまたま寿司食ってないなって思う頃に、おっちゃんが連絡よこすからだよ」

おっちゃんとは当然鳥居のことであり、鳥居と紗雪はそんな関係だ。

「食ってないじゃねぇ。食べてないって言え。女だろうが」

「うゎぁい」

と、気の抜けた返事はするが、聞いているのかいないのか。紗雪も今年でもう二十八になる。記者としても六年目で、任されることも多くなってきたという。

これは紗雪の直属のデスク、山本啓次郎《やまもとけいじろう》が言っていたことだ。

耳に入る情報や小言の取捨選択は、自在に耳を操れるようになっているのだろう。

「しばらくは駄目だな」

ため息とともに箸を取り、鳥居は自分の前の寿司下駄に向かった。

一人前のお任せ握りだが、最近はこれでちょうどいい。昔は一・五人前でも少し足りなかったような気がする。

ちなみに紗雪の前には、特上用の下駄がふたつ並び、ひとつはもうすぐ空になる勢いだった。

「で、今日はなんだって」

やがて紗雪が上がりの湯飲みを手に取った。鳥居はまだ四分の一を残していた。

鳥居も湯飲みを手に取った。

「ようやく聞く気になったかい」

「へへっ」

鳥居は上がりの茶を飲み、自分の寿司下駄を紗雪のほうに押した。

「これもやる」

「えっ、いいの？　悪いなぁ」

「その代わり、こっからはちゃんと聞け」

「了解です」

紗雪が食べ進める間、鳥居は今回の大枠をざっくりと話した。

スジといっても、他部署の公安捜査員が調達運用するエスと、J分室のスジは少し違う。

当然、悪党を運用するときは大して変わらない。脅しも引っ掛けもする。

だが、善意の一般人にものを頼むときは負荷もリスクも極力ゼロを心掛ける。

これは分室長である純也のモットーでもある。

だから、鳥居達が公安の人間だと知らないスジも多い。

そんな中、紗雪は鳥居達を公安捜査員と知る、どちらかといえば少ない方のひとりだ。

これは父と二代だからというだけでなく、父と二代で記者だからだ。紗雪が父と同じ記者にならなかったら、当然公安であることを打ち明けることもなく、スジに組み入れることもない。ただ紗雪にとっては父の友人の、警察官の、鳥居のおっちゃん、それでいい。

記者になった以上、持ちつ持たれつの情報バーターは、むしろ紗雪から持ちかけられた話だった。

かつて父幸雄の部下であり、今は紗雪の上司である山本から鳥居の所属を聞いたらしい。

それだけで父と鳥居の関係がわかる、紗雪は賢い娘だった。

「ふうん。あの爆発、怪しいんだ」

もっとも、大枠だけですべてを伝えるわけではない。ときには嘘もつく。

だがそれは、特に紗雪の場合は危険を回避するためだ。記者は多くを知ると、優秀であればあるほど記者魂が燃え上がるようだ。

紗雪の父、幸雄がそうだった。

だから必要なことだけにとどめ、案件が片づくタイミングで八十パーセント程度の真実を教えてやる。

それでもどの新聞社より早く、どの記事より内容は濃い。

「それで、あたしゃ今回は、なにを調べればいいの？」

紗雪は左手で頰杖をつき、右手でテーブルの上に置いた手帳にペンを構えた。

ちなみに、唇の間から突き出した爪楊枝《つまようじ》を上下に揺すりながら、座る姿勢は胡坐《あぐら》だ。

取り敢えず鳥居は見ないことにした。見れば父親代わりの気分がどうしても先に立つ。

用件が先に進みそうもなかった。

「山梨県知事とその倅《せがれ》」

「おっと、知事とは、いきなり大物だね」

「それと、横浜の藍誠会病院の理事長」

「へいへい。藍誠会っと」

「その辺の深いところ。それとなんでもいい、どんな些細なことでもいい。共通点、接点、欲しいのはそこいらだ。ただ、いつも通りだがよ」

「危ないことはするなってんだよね。わかってるよ」

「わかってるって、簡単に言ってくれんなよ。こりゃあ」

と、そこで鳥居の携帯が振動した。猿丸からだった。

「ちょっと待て。――おう、セリ、どうした」

――へへっ。メイさん。オズにやられたわ。

「なんだと」

――詳しくは今度でいいけどよ。情けねぇが、また分室長に助けられたみてぇだ。

「助けられた？」

聞くうちに鳥居の目が光を帯びた。うわっ、と紗雪が声を漏らしたほどだ。

自分ではわからないが、おそらく公安の顔になっている。

「おう。――おう。――そうだな。わかった。――おう。そっちもな」

鳥居は電話を切った。

顔を上げると、紗雪が興味津々といった顔でこちらに身を乗り出していた。

「なんか、楽しいことになってない？」

鳥居は答えなかった。

オズのトラップは本筋とは関係がなく、紗雪が触れることはあまりに危険だった。

「追加だ」

「へっ?」

「追加だよ。ほら、書け」

「ちょ、ちょっと待ってよ」

「早くしろよ。小難しいこたぁ、昔より忘れやすくなってんだ」

慌てて紗雪がペンを取る。

「海保の函館、三等海上保安監の三好正行《まさゆき》、福岡は、白心ライフパートナーズの社長、堀《ほり》川良一《かわりょういち》」

紗雪が書き終わるのを待ち、鳥居は伝票を手に立ち上がった。

それから、太陽新聞社近くまでは無言を通した。

もういいよと何度か紗雪は言ったが、取り合わなかった。すぐに紗雪はなにも言わなくなった。

やがて、新聞社まで五十メートルほどの交差点に出た。

歩行者信号は赤だった。

「なあ」

「ん、なに?」

「本当にきな臭ぇみてぇだ。気をつけろよ」

「へへっ。心配してくれるんだ。ありがと」

「そりゃお前、なんたって嫁入り前じゃねぇか」

「かぁっ」

紗雪は手で顔を覆った。

「そういう気に障ること言わなきゃ、いいおっちゃんなんだけどなぁ」

信号が青に変わった。紗雪が渡り始めた。

「けどよ。お前、本当に」

「わかってるよ」

横断歩道の真ん中辺りで、紗雪が振り返る。

「次はおっちゃん。中華がいいな。それじゃね」

手を振る紗雪を、鳥居は新聞社の入り口に消えてゆくまでその場で見送った。

「中華か。いい加減あいつに付き合うと、胃にもたれんだけどよ」

鳥居は、東京駅八重洲口に足を向けた。

「まっ、中華もいいな」

このまま、鳥居は甲府に入るつもりだった。

またカップ麺とコンビニ飯の生活が始まる。

鳥居にとって紗雪との中華は、密かに期待する楽しみとなった。

「地下鉄じゃないようですね」

鳥居の背に冷ややかな目を向け、隣を歩く笹岡《ささおか》が言った。

「そうだな」

牧田《まきた》は答えた。

距離を取り、そうと気取《けど》られぬよう、今まさにJ分室主任、鳥居洋輔の行確の最中だった。

牧田と笹岡は、ともにオズ課員だ。ほかにどう何人が割り当てられたのかは知らないが、鳥居洋輔に割り当てられたのは自分たちふたりだった。

鳥居洋輔は今年五十五歳になるはずだ。対して牧田は三十六で、笹岡に至っては三十一だ。年齢を考えれば十分だろう。

最後は力業も構わないと、氏家理事官から許可されている。

鳥居がぶらぶらと今歩くのは、東京駅へと向かう細路《ほそみち》だった。

京橋界隈は幹線道路以外、碁盤の目のようにして路地が多い。下手に路を曲がると、行き止まりになることもある。

「八重洲に出られると人通りが多くなる。どこに向かうのかは知らないが」

鳥居が向かう先に人通りはなかった。幸い、背後にも皆無だ。

いや、あってもいい。スタンガンも装備している。

後ろから近寄り、気絶させて両側から抱え込めば問題はない。

ただの具合の悪くなった上司と、介抱する部下だ。

「捕獲するか」

「いきますか」

すると、

「え。なにをどうするって」

そんな声とともに、路地からさらに伸びる隘路《あいろ》からいきなり、牧田と笹岡の間に差し込まれる顔があった。肩に置かれる手もある。

驚愕しかなかった。

いや、なにかが動くとは捉えていた。

ただ、人だとはまったく認識出来なかった。

牧田もオズに引っ張られるほどだ。自負はあった。実際、尾行を気づかれたことはなく、気づけなかったこともない。

ざわめく心を押し隠し、咄嗟に牧田は飛び離れた。笹岡も同様だったろう。

あろうことか目の前に、人を小馬鹿にしたような笑顔で立っていたのは、牧田達の狙いの本丸、J分室長の小日向純也だった。

「なっ。い、いったいどうして」

まだ若い分、笹岡が口を開いた。動揺が聞こえた。

牧田は舌打ちした。弱みを見せるのはすなわち、相手にとってのアドバンテージだ。

「僕にも色々、伝手《つて》があるのでね」

小日向は言うだけでなく、予備動作なしでいきなり動き出していた。

「ちょうど人もいないから、手早くいくよ」

牧田は唸るしかなかった。

隙を突かれたというより、心身の隙間に滑り込まれた感じだった。道場の教練で錬磨の教官にもされなかったことだ。

恐怖が湧く間もなく、とは、心身が構えるべきと認識も出来ない、鮮やかな挙動だった。

「えっ」

そう間の抜けた声を出す笹岡と自分の間を、一陣の風が吹き抜けたような気が牧田にはした。

直後に、声もなく笹岡が白目を剝いて膝から崩れ落ちた。

「なにをっ」

牧田は風の行く先を追って振り向いた。

振り向いて、もう動けなかった。
自分たちの間を吹き抜けた風は、去ることなく背後で渦を巻いていた。
小日向が綺麗な回転から、後ろ廻しを振り出すところだった。
牧田にはっきりと認識出来たのは、そこまでだった。
顎先に軽い衝撃があった。
軽いとはすなわち、見事に蹴り抜かれたということだ。
（ああ）
青が見えた。空だろう。すぐに、青が白を巻き込んで回り始めた。
（上には上、しかも、隔絶の差のある上がいるものだ）
そう、納得せざるを得ないほどの圧倒的な差だったろう。
納得しながら、牧田の意識は消し飛んだ。

五

翌日、朝六時だった。
犬塚は立会川にある自宅で、出掛ける支度をしていた。
この日から、しばらくは車通勤になる。

犬塚のマイホームには二台の車があるが、使うのは妻愛子《あいこ》の名義で買い、愛子が普段使いにしている軽の予定だった。

登庁するにしては、車通勤だとしても早い時間だ。

しばらくは桜田門ではなく、横浜が犬塚の〈職場〉だった。

「あれ、今日は早いね」

愛子が用意してくれた朝食を摂っていると、リビングに啓太が出てきた。

「おう。お前もな」

犬塚に似て、百八十を超える身長の啓太が食卓の反対側に座った。

中学校までは心臓移植手術の影響か、細く小さかった。いきなり大きくなり始めたのは、高校に入ってからだ。

年十センチは、冗談ではなく伸びただろう。

「母さん。俺も」

「ああ、そうだったわね。ちょっと待ってね」

手を打って愛子がキッチンに向かう。

商店街の魚屋の娘。よく笑う明るい女。

気恥ずかしくて言葉には出来ないが、今でもいつでも、犬塚は愛子の笑顔に癒された。好きだった。

もっとも、こんなことを酒の席ででも純也に言おうものなら、

「言葉は大事だよ。いろんな意味で武器だから」

と諭される。

わかってはいるが、しかし、なかなか出来るものではない。

「どうした。こんなに早く。夏休みじゃないのか」

犬塚は聞いた。

前期試験は九月初旬ということで終わりは早いが、K大は七月十日から夏期休暇期間に入っていた。

「うん。今日からバイトなんだ。急遽《きゅうきょ》、友達の代役。海の監視員。ライフセーバの真似ごとだけど」

「そうか」

啓太は中学、高校と水泳部だった。中学では非力で、高校では成長痛や体格の変化にバランスを崩して成績的にはイマイチだったようだ。すべてが収まり、自己ベストが県大会レベルになったのは高三の夏、引退の時期だった。

あと半年早かったらなぁと本人は悔しそうにしたが、親としてはそれも頼もしく、なんでも嬉しかった。

拡張型心筋症の発症で、啓太が五歳の時に、一度は諦めかけた命だ。

「はい。お待たせ」

愛子が啓太の朝食を運んで来た。二枚のトースト、目玉焼き、赤ウインナー。

犬塚家ではこれに前夜の残り物が付く。

いつも同じ代わり映えのしない朝食だが、啓太はそれでもどんどん頑健になり、大きくなった。

自分もそうだったのだろうか、不思議なものだ。

「父さんも今日はあれ、本庁じゃないの？　どっかに直行？」

トーストにバターを塗りながら啓太が言った。

「まあ、そうだな」

思わず口元が緩んだ。

職務について深く話したことはないが、家庭にはリズムというものがある。

たとえ一挙手一投足でも、動きの不自然さに一番初めに感づくのは家族かもしれない。

「大変だね」

そう言ってトーストにかじりつき、以降このことに関して、啓太はなにも言わなかった。

なにもない日常の、何気ない家庭のひとコマに幸福を感じる。

一度は闇に落ちようとした犬塚だから感じられることかもしれない。

月の光の中で、犬塚を照らしてくれたのは小日向純也という男だった。

米コロンビア大学における啓太の心臓移植手術に、八千万の金を出してくれたのは十八歳の純也だ。

このことだけは家族に対し隠しもしないし、隠しようもない。告げている。

啓太の命を救ってくれたのは、上司の小日向純也だと。

ネットでたいがいのことはわかる世の中だ。警察組織の中に犬塚の名前など出ようもなく、犬塚健二で探しても特にはなにもないだろう。論功行賞に名前が出たこともない。

だが、小日向純也という人物は別だ。深く探ろうとすれば、ある程度まではネットで現在のことまでわかる。世に氾濫する情報のワンフレーズをすべて消し去ることは不可能だ。

啓太も単純な興味からか、少し調べたことがあるようだ。二、三年前に言われたことがある。

「父さんって、公安ってやつなの」

隠しようもないから、そうだと答えた。ただし、世に流布するような危ないことも、いかがわしいこともないとも答えた。

どこまで信用したかはわからないが。

その証拠に――。

壁の時計をみると、六時半だった。

「さて」

犬塚は立ち、空いた皿やコーヒーカップをとりまとめて流しに置いた。

「じゃ、軽、借りるからな」

「そうなのよねぇ」

愛子が麦茶を飲みながら言った。

「今日、私も車使うのよ。急に大っきいとなんか心配。ぶつけたらゴメンね」

「おいおい。先に言ってくれるなよ。ま、安全運転でお願いします」

「はいはい」

「父さん。気をつけて」

啓太が言った。

そう、いつからかはわからないが、二、三年前からだ。

行ってらっしゃいではなく、啓太は出かける犬塚に、そう言うようになった。

「ああ、気をつけるよ」

犬塚はふたりの視線に送られ、リビングを出て外に出た。

夏の陽差しが、朝からきつかった。

「今日も暑くなるな」

手庇《てびさし》で見上げ、戻した顔は公安のそれだった。

愛子にも啓太にも見せない顔、見せたくない顔。

この日から犬塚は、藍誠会横浜総合病院に潜るつもりだった。算段はすでに付いていた。病院関係の清掃を手広く受ける会社の社長が、犬塚の遠いスジだった。脱税と献金で〈知り合った〉男だ。その支店が藍誠会病院の清掃を受けていた。脅してすかして、作業員に組み込ませた。

「なんかあったら、病院ってのは口コミで広がる。犬塚さん、穏便に頼みますよ」

　そんなことを言っていたが、気にしない。そもそも穏便でなくなる事態は想定もしていないし、そうなったら失敗だが、だからといって作業に手心を加えるつもりはない。

　盗聴、盗撮、行確、侵入、搾取、略奪。

　啓太にはそうは言ったが、なにもない日常の何気ないひとコマを守るため、犬塚は危ないことも、いかがわしいこともなんでもする。

　それが純也の恩に応える道であり、公安というものなのだ。

六

　八月一日の金曜日だった。少し風の強い夜だ。ざわめく梢《こずえ》は騒がしかったが、蒸し暑さが少しは緩和された。

　それでも鳴き止まない蟬やコオロギは喧しい限りだが、限られた命だと思えば、必死さが聞こえるようでむしろ心地いい。

（へっ。俺たちと同じってことか）

爺夫は人知れず笑い、ボストンバッグを持って倉庫の中に入った。

上海に女達を届け、そのままの足で来た。

凪に押され、ガルバリウムの屋根や壁の軋みが気に障るほどうるさかった。

「全員、いるな」

重なる貨車から回り込み、爺夫は辺りを見回した。

いつもより、声も少し大きくなった。

薄明かりの中に七人が浮かび上がる。九夫は相変わらず浮き上がった貨車の一番上に座っていた。

どうにも、高いところが好きなようだ。

「まずは分け前だ。ほらよ」

爺夫はコンクリートの床にボストンバッグを放った。

所々にしかついていないライトだが、それでも一番光が集まっている場所を狙った。

離れていても、ヴィトンの柄くらいはわかる明るさはあった。

薄暗い生き方で薄暗い室内でなら、それくらいでもささやかなデモンストレーションにはなるだろう。

金は、輝くものだ。

その輝きがこれからの、〈ブラックチェイン〉をつなぐ。

案の定、バッグの音と脹《ふく》らみで、薄暗がりの中に漂う気配が変わった。

誰かが口笛を吹き、誰かが手を叩いた。

「花嫁が決まったってことだ。その入金があった。ひとり二百万、持っていけ」

花嫁は〈ブラックチェイン〉と向こうのシンジケートにとって、常に需要があるいい仕事だ。

黒孩子の光と影だが、中国には独身村と呼ばれる農村が増えている。二百八十人ほどの村民のうち、四十人までが五十歳以下の村もある。

新生児の男女比は女児百に対し男児百五が正常とされるが、中国では一人っ子政策により、女児が百を割り込み男児が百二十を超えた年もある。違法ではあっても背に腹はかえられず、胎児の性別判定を行い跡継ぎにならない女児なら中絶する夫婦が増えたからだ。

本来なら生まれてくるはずだった二千万から三千万人の女児が中絶された、という学者もいた。

江西省では、誘拐された十人の知的障害のある女性が警察によって救出された事例もある。

〈ブラックチェイン〉が扱うのは、この花嫁だ。しかも、極上の。

豪農の家、財をなした商家のひとり息子は、美しく知的水準の高い、日本人女性をたいそう好む。

「全員、取ったな」

一から九までの黒い鎖が、コンクリートの床から爺夫を見た。

気のせいか、目がいつもより光っているように見えた。

そこに集まるライトのせいばかりではないだろう。

資本主義の毒、贅沢への欲は、人をどうとでも変貌させる劇薬だ。

「仕事の話といこう」

「おっと。待ってました」

Tシャツにジーパンの九夫が、札束をひとつずつ尻の後ろポケットにねじ込み、その場に座り込んだ。

「へへっ。後ろが窮屈だけど、いいですね。気分がいい」

九夫はもう、すでに劇薬に慣れたようだ。七姫が座り、順に全員が腰を下ろした。

「次はなんでしょう」

重い声を出したのは二夫だ。少し場に緊張感が戻る。

実は、最後にボストンバッグに近寄ったのはこの二夫だ。爺夫は見ていた。咄嗟の反応も見たいから放ったということもある。

二夫は、泳ぐようだった。そうして金を受け取っているのだから、反逆ということはないだろうが、こちらはまだまだ骨の髄まで叩き込まれた愛国心と忠誠心が勝っていそうだ。人の欲望にズブズブにするには、もう少し時間が掛かるだろう。

「そう。この間、女らを福岡まで運んだばかりだ。二、四、五夫には遊んでろと言ってやりたいが、来週、いつものブツを乗っけた船が横浜に入る」

「ああ。それなら楽だ。ルーティンワークだし、なんだか、今回からは金に見えるかも」

言ったのは八夫だった。年の若い順に、劇薬は浸透するのかもしれない。

「八夫。だが、気を緩めるんじゃないぞ。今回はそれだけじゃなく、こっちのヤクザ絡みのクスリも乗っけてる」

「おや。同時に両方はおかしくないですか。そんな吊り橋みたいな商売は、これまでありませんでしたよ」

爺夫は五夫に強い目を向けた。

「わかっている。わかってやっていることだ」

声も少し冷えた。五夫は首をすくめて黙った。

五夫のこういう痛いところを突いてくる小才は、頼もしくもあり、苛立ちも喚起させる。

たしかに、徐才明の頃はそうだった。

だが、密かにシンジケートと直につながった今は、向こうが上ということではないが、客ではあった。客の意向は、出来る限り叶《かな》えてやらねばならない。

それが、資本主義的商売というものだ。

「危険は増す。だから気を緩めるなと言っている。だがその分、金は入ってくるぞ。上手くすれば、この一回でひとり一千もあるかもしれない」

釣り文句だ。

爺夫は居並ぶ者達に毒を吐いた。

だが、吐きっ放しでは副作用があるかもしれない。そのこともわかっている。

「前にも言ったが、いつ上部将官がきちんと機能し始めるかわからない。その日まで、あるいはそのとき、すぐに活動しなければならないのは〈ブラックチェイン〉に課せられた暗黙の使命だ。出来ることはやる。いくつでもなんでもやる。これは、覚悟として持ってもらわないとな」

ヤーと応えたのは、一夫だった。ここでは使うなと九夫にも言っている返答を、一夫はした。この前もした。

劇薬は少しずつ、一夫を壊しているのかもしれない。

爺夫にとって都合のいい方にか、悪い方にかはまだ定まらない。

ほかに誰も、なにも言わない。

異論もない。

「一夫、続けるぞ」

呼ばれて一夫がもぞりと姿勢を変えた。

「クスリも絡むなら三姫の出番だったが、裏切り者はもういない。こういうとき厄介だが、こっちは一夫と九夫に任す。また税関のあいつに、女をあてがってスルーの準備だ。わかってるな」

「えっ。一夫と俺ですか」

九夫が意外そうな声を出した。

「そうだ。問題あるか」

「いえ。ただ、一夫には別にやってるのがあったんじゃ」

「ああ。そのことか」

爺夫はこともなげに言った。

だが、内心では忸怩《じくじ》たるものがあった。いくぶんの焦りを感じる事象だった。

「あれは潰れた。もう動かない」

「えっ。どういうことです」

「どうもこうもない。仕入れ先がな、急に死んだ。どうしようもない」

本当のことだ。嘘も隠しもしない。

「それもあって、さっきの同時に二件のことも受けた。一夫の先は、いずれは復活させることも考えているが、ルートが安定しない以上、すぐにはどうすることも出来ない」

「ああ。なるほど」

五夫が勝手に合点したようだ。

本当のことがイコールすべての真実ではないが、言わないというヴェールが勝手な真実を投射することもある。

実際には、中国からやってきた国家安全部の男がなにかしたのかもしれない。

〔おい。こっちの国家安全部から、エリートがひとり日本に向かった。向こうの警察と連携するようだ。気をつけろ〕

上海でシンジケートの男にそんなことを言われた。

一夫が動かしていた先が死んだのは、そのあとだ。接触した節もあった。

因果関係がはっきりした暁に、男の関与が認められれば、いずれその男は潰さなければならない。

それまで〈ブラックチェイン〉には毒を振りかけ、浴びせ倒し、どうとでも爺夫のいいように動く、駒に改造しておく必要がある。

「四夫、七姫」

爺夫は続けた。

「上海でな、新しい情報取得の依頼を受けてきた。途中で役人を噛ませなければならなくなるはずの商売だ。詳細はメールで流す。甲府に行って、高橋と段取りを詰めておけ」

「わかった」

七姫が頷くのを確認し、爺夫は先に倉庫を出た。

風は止まず、強かった。

三々五々、いつものように〈ブラックチェイン〉がほどけてゆく気配があった。

（面白いものだ）

歩きながら、爺夫は笑った。

ほどけても愛国心、忠誠心でつながっていた鎖が、今に金でつながる。金だけでつながるようになる。

果たして強いのは、どちらだろうか。

（見物だ）

爺夫の笑いは、しばらく顔から消えなかった。

七

翌二日、土曜日。

鳥居はこの日、変わらず高橋秀成の行確の任に付いていた。

といっても、土曜日だ。秀成に登庁の予定はないようで、自宅の駐車場に止められたレクサスに動きはなかった。

鳥居は高橋の行確のため、一軒の空き家を借りた。

石和の高橋の住宅は持ち家だった。開発によって造成された住宅街のようで、都内のように見渡せば必ずあるマンションやアパートの類は見当たらなかった。

代わりに、息子も娘も都会に出、老人だけが住んでいた家が賃貸にでていた。

いい話なら借りも売りも出来ただろうが、孤独死で空いた家だという。

庭には雑草が生い茂り、家の中はどうにもカビ臭かったが、不動産屋の言い値で借りた。二階の窓から、一区画斜《はす》になった場所にある高橋の家の駐車場がはっきりと確認出来たからだ。

言い方は悪いが、田舎でバスも本数が少ない地域では基本は自家用車が足であり、今のところ、高橋がレクサスで家を離れるのを見失うということはなかった。

鳥居の携帯が、二階に上げたちゃぶ台の上でガタガタと動いたのは、ちょうど正午のサイレンが鳴り響く最中だった。

出来上がったカップ麺の蓋を開けようとしていた鳥居は、掛けてきた相手を見て携帯をスピーカーにした。気の置けない相手であれば、食いながら話そうと思ったからだ。

うっかり話に集中すると、カップ麺はすぐのびる。のびると不味《まず》い。ただしこれは鳥居の感想だが、のばして捨てた麺の数は百や二百ではきかない。

「おう。どうした」

——どうしたってなにさ。色々調べろって言ってきたのはそっちでしょ。ボケたの？

電話の相手は片桐紗雪だった。

「ボケるか。馬鹿。話の枕ってやつだろうが。その話かどうか、こっちじゃわかんねぇだろうが」

——ほかの話でおっちゃんにこっちから連絡なんて、したことないと思うけどね。

「お。まあ、そうか」

変な納得をしながら、鳥居は割り箸でカップ麺を混ぜた。

「で、なにかわかったか？」

どうだかなあと紗雪は曖昧に答えた。

——共通点っていえば、全員旧家だったり金持ちだったり、とにかくいいとこの坊ちゃんで一人っ子。そのくらいかなあ。山梨の高橋県知事は番記者連中に聞いても評判いいよ。悪口言うやつはひとりもいない。まあ、息子のほうは暗いとか、偉そうだとか聞いたらキリないけど。

「ほう。そうかい」

——でも、じゃあなにがって聞いても具体的には出てこない。あくどいとかなんかやってそうとかってんじゃなく、ただ態度が悪いってくらい。

「なんでぇそりゃ。まあ、ねぇよりはいいか」

　鳥居は麺をすすった。

――あ、飯時だった？

「うるせぇ。続けろ」

のびると不味いが、のびなければカップ麺は美味い。

鳥居はカップ麺にうるさい。

ただね、と紗雪は続けた。

――藍誠会と白心ライフはちょっと引っ掛かる。記者の勘が騒ぐって感じ。

「ほう」

――藍誠会は今から五年前に福岡に病院作ってて、白心ライフは七年前に横浜に支社を作ってんだ。で、どっちもその前年に親が死んでる。

「ん。てこたぁ」

――藍誠会も白心ライフも、相続直後だね。頭の上の重しがなくなって息子が事業を拡大っていえば聞こえはいいし、実際そうなってるけど、おっちゃんの話聞いた後だと、なんか怪しい感じだけどねぇ。

「なるほどな」

たしかに、符丁が合うというのは、合い過ぎるときに、亀裂がそのままの形で残る。

取り敢えず記憶にとどめ、鳥居はまた麵をすすった。

——それと、残る海保の函館だけど、こっちはちょっと詳しいよ。

「なんだ」

——三好はなんていうの、キャリアっぽいよ。函館海上保安部の№2だけど、これは階級だけのことで、実質はトップみたい。実家も海つながりっていうか、石巻《いしのまき》の網元だってさ。

「ほう。石巻の網元か」

——そう。で、内緒だけど、内々でうちの函館支社が追っかけてたみたい。

「なんだぁ。ブン屋が追っ掛けてたって、お前ぇ。色恋じゃなきゃ、道警も絡んでるってことになんぞ」

——そうそう。ちゃんと目をつけられてたってさ。

「容疑は」

——密漁。

「密漁？」

すすりかけの麵を口から垂らしたまま、鳥居は一瞬固まった。

——そう。黒なまこだよ。黒いダイヤっていわれてるんだってさ。中国じゃ富裕層に干しなまこ、特に北海道産の干しなまこは高値で売れるって。どうやらヤクザの資金源にもなってるみたいだよ。北陸の辰門会《しんもんかい》辺りがずいぶん手を出してるってさ。

「へぇ」

麺をすすり込み、新たな麺を割り箸に挟む。

「お前ぇ、よくそんな情報まで聞けたな」

――へへ。凄いでしょ。

「向こうの記者だって、半端な追っかけでつかんだネタじゃねぇだろうに」

言って麺を口に運んだ。

のびる直前か。気分として急ぎ気味にすする。

――だってさ、前の彼氏だもん。

「ふぅん」

相槌《あいづち》は打ってみたが、身体は正直に動きを止めた。

なにか、看過出来ないなにかを聞いた気がした。

で、次の瞬間、

「ばぁっ。ふぉ、と」

鳥居は口中の麺を吹き出した。

「ちょ、ちょょっと待ったっ！」

──うわ。なんかわかんないけど、おっちゃん、汚ねぇ感じ。

感じどころではなく、鳥居の目の前のちゃぶ台には麺だけでなく数々の食材が飛び散った。

「喧しい。どうでもいい！　なんだその、前の彼氏ってのはっ」

──前の彼氏っていったら前の彼氏よ。ああ、今いるって意味じゃないけどね。

「あったり前だ。そうとっかえひっかえじゃ、親父が泣くぞ」

──とっかえひっかえしてみたいけどね。ああ、おっちゃんとこの分室長さんだったら、もう打ち止めの上がりの有頂天になっちゃうけど。

「話を横道に曲げるな。おう紗雪、なんだ、その彼氏ってなぁ。俺ぁ知らねえぞ。これっぽっちも知らねえ」

──言ってないからね。

紗雪はあっさり言った。

──それに、彼氏かって聞かれると、ちょっと違うかな。ふた股掛けられてるのは知ってたし。

「ふ、ふた、ふたふた」

──ふたふた言わない。へへっ。それがさ、おっちゃん。実際には四ッ股でね。それで飛ばされたんだ、函館に。だからあたしに負い目があるから、こっちが強気に出たら、なんでも差し出すしかないんだよねえ。

もう鳥居は驚かなかった。ただ、開いた口はふさがらない。

――でもさ、もともと、もうどうでもいいネタなんだってさ。たしかに、これで東京に戻ろうと思ってたのにって、あたしが電話したときはやけ酒呑んでたね。

公私の情報が錯綜するが、取り敢えず鳥居は気を静めるためにスープを飲んだ。少し落ち着いた。話を整理する。

最後の情報だけに疑念が残った。

「なんだい。そのどうでもよくなったたってなぁ」

――本人が死んじゃったんだって。

「死んだ?」

鳥居は口元を引き締めた。

――そうだよ。こないだの日曜日。飛び降り自殺だってさ。

紗雪との会話の最大のポイントだった。

もっとも――。

――まあ、私にとっちゃ、あいつに彼氏がいたってぇのも、同じくれぇのポイントでしたがね。

「はっはっ。そりゃあ、なんていうの。こういうときも、ご愁傷様でいいのかな」

純也は国立の自宅で、鳥居からの連絡を受けた。

時刻は午後の一時過ぎだ。階下から、それなりに洗い物をエンジョイする春子の鼻歌が聞こえていた。

「それにしても、自殺か。気になるな」

――そうっすね。

「ま、気になるが、今は優先順位に従ってひとつずつ潰していこう。どうだい、秀成の様子は」

――様子もなにも、また墓参りです。

それで報告が少し遅れた、と鳥居は続けた。

「墓参り？」

紗雪とその函館支社の男との関係をもっと聞き出そうとしたらしいが、ちょうど高橋が家から出て、どこかに行こうとする動きを見せた。

慌てて追いかけ、辿り着いたのが、つい先ほどであり、場所は先祖累代の、鳥居にとって三度目の墓だったという。

――着いてからずっと、今もなんかこう、より一層深刻な、思い詰めたような顔して墓前にたたずんでます。見てるこっちの胸も締め付けられるほどですわ。

「ふうん。妙だね。いや、妙というか変だ」

純也は窓から、薄青く広がる東京の曇り空を眺めた。

――夕べから、じゃないかと思うんです。まあ、いまさらっちゃいまさらなんですが。

「メイさん。なにかあるんだろ」

――たぶん、ですが。

鳥居のたぶんは刑事の勘を大いに含んでいる。しかも公安の勘だ。当てになる。

――遠くから見ただけですが、県庁にマルタイを訪ねてきた男があったんですわ。目つきの悪《わり》ぃのをふたり引き連れて。こう背が高くて角刈りで。年は四十から四十半ばくらいですかね。遠くからでしたが、ちょっとこっちの背筋が、冷える感じの男でした。

「なるほど」

鳥居の観察眼は筋金入りだ。

間違いない。

中国国家安全部の劉永哲だ。

あの男が、高橋の身辺にも姿を現したのだ。

「メイさん。くれぐれも気をつけて。それ、例の国家安全部だ」

――えっ。ははぁ。あれが。

　鳥居はすぐに合点がいったようだ。

――てこたぁ、あの目つきの悪いふたりは。

「オズだね」

　道理で、と鳥居は吐き捨てた。

「目的がこっちに振り分けられた者達じゃなく、劉の案内兼ガードだろうけど、それにしても近づくと危険だ。火傷《やけど》をする」

――了解です。くれぐれも留意しますわ。

「それと、高橋にも気をつけて」

――えっ。こっちにもですか。

「メイさんが危険って訳じゃない。ただ――」

　純也は言葉を飲み込んだ。思考はまだまとまらない。

――ただ、なんですね。

「憶測の域はでない。ただ、札幌のオズが劉と動いたのが先週の金曜。日曜に、函館の三好が飛び降り自殺をした」

――ああ、そういうことですか。

　阿吽の呼吸。J分室員は優秀だ。

　一部だけでも、呼吸の加減で推論さえ共有してくれる。

「そういうことだ。頼んだよ」

——わかりました。そっちにも気をつけます。

マルタイが立ちましたのでと、そう言って鳥居は電話を切った。

純也は窓辺から、また東京の曇り空を見やった。

切れそうで切れない雲に、上空の陽差しがわだかまっていた。

(まるで、今の気分だなあ)

まだ読み切れない。

アイテムがまだ足りない。

純也は目を細め、いつもの笑みを窓に映した。

第五章　広域捜査

一

月曜に純也が登庁すると、花菖蒲《はなしょうぶ》の受付に、また陳善文がいた。

楽しそうに談笑している。と思いきや、楽しそうなのは陳と菅生奈々だけで、大橋恵子は少し困ったような雰囲気を醸し出していた。

もちろん、人の目にさらされる警視庁本庁の受付に座る以上、受付としての顔を崩すわけではないが、純也にはわかった。少し笑えた。

いつも主に苦情を言われるだけのやりとりでも、純也はそれだけ恵子がわかるようになったということだ。

いずれ、阿吽の呼吸になるかもしれない。

純也の姿を見つけると、珍しく恵子がすぐに立ち上がり、大げさにおはようございます

ろう。

彼女にとっては、この日ばかりは受付に平穏を取り戻すため、純也は救いの手であった

と頭を下げた。

「やあ、おはよう」

まだ離れていたが、恵子に応えるように片手を上げてそう言えば、陳善文が受付台から振り返った。

その向こうに隠れるような格好になってしまったが、おはようございますと奈々の声だけは聞こえた。

「ああ。分室長。おはようございます」

陳が姿勢良く腰を折った。

なにをしても様になる男だ。

それにしても、嫌味がない。

「今日もまた、遅くですね。ああ」

陳はひとりで言って、ひとりで手を打った。

「旅行のお婆さま、今度は迎え、行きましたか」

真っ当にして、素直な疑問だった。

こういう質問は一番困る。逃げ場がないからだ。

「ははっ。残念だけど、そうじゃない。単純な遅刻というか、そうだね、これは僕の定時だね」

陳の後ろで、奈々が笑った。恵子の目はいくぶん冷ややかだ。

「彼は、いつからいるの」

懐柔策のつもりで恵子に振ってみたが、これはかえって小言の切っ掛けを作るだけになった。

「定時前からです。さすがに大使館の方は、どなたかとは違って、就業規則というものをお読みになっていらっしゃるようですわ」

花を飾るのも手伝ってくれたんですよと、これはまた声だけの奈々だった。

「ああ、そう」

今の時刻は十時少し前くらいだ。

定時前からということは、もう一時間以上、陳は受付にたむろしていることになる。

「もしかして陳さん、暇？」

「ノーノーです」

陳は大きく首を振った。

「この前、部長、ご挨拶しました。それで私、正式なゲスト。そのあと、分室長も犬塚さんも呑みました。他のおふたりはまだですが、ここで待ってれば来る。それで上がれる。

思って来ました。でも、誰も来ない。でも」

陳は首をすくめて、背後の花たちを見た。

「なんて言うんでしたか。怪我の功名？　役得、ですか」

「そうだね。どっちも違うと思うけど」

「でも、分室長」

恵子が入館証を用意しながら言った。

「陳さんに言われてですけど、そういえばここ何日か、鳥居主任も犬塚さんもお見かけしてませんね。今日はまだ、猿丸さんもです」

顔を上げる恵子の、目がさらに冷ややかだ。

「まさかまた、なにかここを忙しくさせることを実行しているわけじゃありませんよね」

「めっそうもない」

純也は笑って両手を振った。

「逆だよ。暇の極致。だから三人とも、それぞれに有休を消化中だよ」

「ふうん。本当にそうなら、いいんですけど」

大して信じていないようだ。

思えば純也が恵子の些細な変化から状態を推し量り、阿吽の呼吸だと思うなら、逆もまた真ということにもなる。

恵子がまだ、下からじっと純也を見上げていた。

長居は無用だ。

「じゃ、陳さん。お待たせしましたけど、上がりましょうか」

入館証を受け取り、早々にエレベータホールへ向かう。

「分室長さん、誤魔化したか」

「そう?――そうだね。でも、ここでもそうだよ。まだ公の外だから」

純也は一応、陳に釘を刺した。

実際、鳥居は甲府に入っている。その後、特に高橋に動きはない。おそらくそのまま張り付くことになるだろう。

犬塚も藍誠会横浜総合病院に潜ったままだ。こちらは動きがないというより、動きをつかむために犬塚が動いている。そのための小道具は先週、ちょうど陳が初めて分室を訪れた日に渡している。

そして、さすがに大橋恵子という才媛は侮れないと改めて思うが、実は猿丸も今日からしばらく出張だった。

昨日の午前中に、純也の所に漆原から連絡があったのだ。

――お客さんの、その他の行き先がわかりました。もちろんそれでも全部ではありませんが、ずいぶん精力的に動いてるようです。

群馬県桐生市《きりゅう》の食肉加工会社と、浜松の空白、と漆原は続けた。

——札幌、福岡、桐生、浜松。知る限りでもこれで四件です。

どうやら漆原は、甲府のことは知らないようだ。動いたのは漆原からはるかに遠いオズなのだろう。

もちろんそれを教えることはない。情報を欲しているのは純也の方であり、漆原はスジにして将棋の駒だ。

非情なようだが、駒が余計な知識を仕入れると、意図しない動きをすることがある。〈成る〉ことを望んで突っ走るものもいる。

有り難いとは思うが、と金は現実世界では王に辿り着けない。ただ危険が増すだけだ。相手に取られて裏にかえることもある。

スジを駒として扱うことが、労使双方にとって最善の場合は多い。

「へぇ。日本全国、職種も業種も、どうにも脈絡がないね」

——そうですね。

「漆原さんに、思うところある？」

——いえ、私がそちらに言えることなど特には。

周りに人の目があるのだろう。言葉をよく選んでいる。

「謙遜は別に美徳じゃないですよ。オズに選ばれるほどの知識と経験。特に経験に根差すものは、いつまで経っても、僕には追いつけないものです」

――はは っ。そう言って持ち上げてもらえると、やる気も出ますね。

だいぶ急いでいる印象だけは受けます、と漆原は言った。

「急いでいる？」

――そうですね。焦っていると言い換えてもいいかもしれません。今回の桐生と浜松などは、同じチームが帯同したようですが、浜松の男が特定出来たのが夜の十時過ぎで、ちょうどお客さんと桐生の会社の社長が、お定まりのふたりきりの話をしている最中だったようです。会談を終えて出てきたお客さんは、夜にもかかわらずそのまま浜松を指示したとか。翌早朝に着いてからは、車中で仮眠を取ったくらいだそうです。

「なるほどね。わかった。ありがとう」

漆原との会話を終えると、スマホを置くこともなくそのまま純也は立て続けに二本の電話をかけた。

正しくは、ふたりに一回ずつの電話と、ひとりに一回のメールだ。

最初にかけたのは猿丸だった。

漆原から聞いた話をすれば、途中からへぇへぇと猿丸の返事はぞんざいだった。

空白という言葉を聞いた途端、自分の出番というか、担当ということを覚悟したのだろう。

次いで、純也は矢崎に電話をかけた。

自衛隊と言えば、こういう事態には守山駐屯地の和知を使うのが便利で速い。人間的には大いに問題はあるが、和知は陸自の監察にして自衛隊オタクであり、たいそう頭が切れる男だ。

矢崎は退官まで、その和知の直属の上司だった。というか、和知をJ分室とつなげた張本人が矢崎なのだ。

電話は単に、だから筋だけは通しておこうと思ったからだが、

——なら、私も行こう。ちょうどいい。

この言葉には、少し意表を突かれた。

「えっ。行くんですか。別に行かなくても。セリさんにもそんな話はしてませんが。——ちょうどいいって、なんです?」

和知は昇任で、異動のはずなのだ、と矢崎はため息混じりに言った。

——それをなんだか、ごねているそうなのだ。意味がわからん。だからね、ちょうど行こうと思っていた矢先だった。

「はあ」

——こっちの仕事も、まだ準備段階で忙しいと言うほどではないし。それで、行こうと思っていた。むろん、部下達は組織とシステム構築に寝る間もないらしいが。見ているだけ

なのも忍びなくてね。

「ああ。要は、暇だから乗ると」

――ん？　まあ、そうとってもらっても構わない。ああ、どこでどう合流するか、猿丸君には私から連絡しよう。

ということで、また猿丸、矢崎、和知の顔合わせが勝手に決まった。

最後のメール一回とは、だから猿丸に速攻で送ったものだ。

〔ゴメン。陸将が絡んで一緒に行くそうだ。本当にゴメン〕

特に猿丸からの返事はなかったが、この漆原の電話一本から始まる猿丸の動きで、案件の全体としては、また少し前進することになるだろう。

エレベータを待つ間にそんなことを考えていると、

「分室長さん、分室長さん」

と、隣で陳が純也の肘をつついた。

「えっ。なんです」

見れば、しきりに背後、受付の方を気にしているような素振りを見せた。照れたような表情も見せる。

「私、菅生奈々さん、とてもいい。可愛らしくて明るい」

「えっ。ああ、そう」

そしてここだけの話、と身体を寄せてきた。あまり日本人には見られない動作だ。

「大橋さん、ちょっと苦手。とても綺麗ですけど、なんていうか、カタイですね」

「あ、それは同感」

これには共感出来た。そういう印象は万国共通かと、少し笑えた。

「じゃあ、歓迎会第二弾で、今週呑み会でもセッティングしてあげましょうか」

「えっ。本当？　感謝」

エレベータが来た。

十四階の分室へ上がる。

陳はもう馴染んだもので、自分から前回同様の猿丸の席に座った。

純也は、コーヒーメーカに水をセットした。

「やあ、分室長さん自ら。お世話になります」

「なんか、ちょいちょい違うけどね」

「日本語は難しいです。――で、お願いしている件ですが」

陳はそう切り出した。

「私もようやく分担を振り分けて、専従とは行かないですが、手をつけられそうです。いかが」

さすがに駐在武官だ。スイッチを切り替えると目つきは鋭い。

純也はコーヒーを待つ間、ざっくりと大枠を説明した。

それにしても、どこに誰が動いているか。それくらいだ。人物まで特定しては、勝手に動かれたりしたとき、後が困る。下手をしたら分室員の命にもかかわりかねない。

函館のことは話した。自殺が公になっているからだ。ただし話には当然、〈ブラックチェイン〉のブの字も出てこない。

馥郁《ふくいく》たるコーヒーのアロマが充満し始めるが、反比例するように、陳は次第に難しい顔になった。

「なので、陳さんのお目当てはまだまだ霧の向こう。出番は先ですね」

出来上がったコーヒーをカップに注ぎ、差し出す。

「では皆さん、今はなにを？」

「そうですね。我々のライバルの動向を。それでも、少しずつ目的に近づいているとは思います」

しばらく色々考えていたようだが、やがて陳は、わかりましたと言ってコーヒーに口を付けた。

「理解、ＯＫ。もう少し私、待ちます。でも急ぎましょかな」

笑顔を見せる。

が、どこか悪戯気だ。

「よろしくお願いします。目的のことも、あれなんでしたっけ？――そう、合コンも」

コーヒーカップを掲げ、陳は片目を瞑って見せた。これも実に、様になる。

「いや、別に合コンじゃないけど。――ま、いいや。了解です」

純也も片目を瞑り、コーヒーカップを高く掲げた。

この場にいたら、俺も負けませんよと言ってきっと入ってくるだろう猿丸のことを思い出す。

（献杯）

ご愁傷様と、猿丸を思いながら純也はコーヒーに口を付けた。

二

火曜午前、犬塚はテクノクリンサービスのユニフォームを着て、藍誠会横浜総合病院の内科外来にいた。

ひとりに一台貸与される、コンパクトにまとめた手押し型のクリーニングマシンで作業しながら、イヤホンにそれとなく意識を傾注する。

テクノクリンサービスの清掃員として病院内に潜り、この日でちょうど一週間目だった。

通常は早番遅番のシフトに対し、三勤一休がシステムだが、取り敢えず犬塚はすべて通しで出ている。

病棟病室の受け持ちもその都度変わり、病院側の医師や看護師にもシフトがあり、通していてもまず怪しまれることはない。

狙いは病院に潜る前に定まっていた。四葉銀行の波多野に調べさせた結果、犬塚が精査する限り、怪しいと思われる金の流れはひとりに集約されていた。

もちろん、医療機器メーカーや製薬会社が絡みそうな、いわゆるリベートの類は別にしてだ。そんなものはどこにでもあり、いつでもある。

金の流れが怪しかったのは、浅野順一《あさのじゅんいち》。今年、五十二歳になる外科部長だ。

浅野の通帳は、実に出入りが激しかった。カードも頻繁に使うようだ。

ただ、所々にある、百万単位の入金が気になった。現金での入金だ。

同じような額を下ろすときもあるだろうから、抜いた分をまた入れただけだと言われれば調べようもないが、こういう場合は本人や家族名義の別口座があり、そこに移し替えていると見るのが妥当だ。

なら、この現金入金はと引っ掛かり、波多野に入金時の店舗の防犯カメラを当たらせた。

人相風体はおそらく変装でまったくわからなかったが、病院で確認する前から明らかだった。どう見ても五十二歳には思えない若い男だ。

犬塚の勘は騒いだ。

この段階で、狙いは浅野順一に定まっていた。

先週のうちに、浅野に関する鑑取りは済ませている。

外科の看護師だけでなく、事務員、テクノクリンサービスの連中からもそれとなく人物を聞き出したが、あまりいい噂は聞かない。

派手好き酒好き女好きで、〈ここだけ〉の話によれば、二十年ほど前には術式ミスで、立て続けに三人を死なせたことがあるらしい。

それでも辞表を書かされるどころか、部長になったのは、藍誠会病院七不思議のひとつだという。

「横山さん、終わりましたぁ？」

作業主任のパートリーダーでもある女性が聞いてきた。

今年四十五歳になる、山下智子《やましたともこ》という近所の主婦だ。

テクノクリンサービスは、契約企業の近くでパートを集め、委託する。山下はもう十五年になるというベテランだった。

話好きで、浅野の噂の大半、とりわけ、〈ここだけ〉を話してくれたのはこの山下だ。

「ええ。もう少しで」

「あら。さすが、本部研修で実地に来られるだけあるわぁ。飲み込み早いわねぇ」

犬塚はここにそういう名目で、横山まさしという名で入っていた。

本業ではないが、一週間もいればクリーニング作業にも慣れる。どの業態のどの職種に就いても同じだ。

それは遠い昔の公安講習で、嫌というほど叩き込まれた、コツにしてポイントだった。

おそらく、取り込む、馴染むという作業は、鳥居や猿丸より犬塚の方が勝っているという自負もある。

「じゃあ、ここ終わったら、外科の方に廻ってもらえます？」

「わかりました」

「お願いしますね」

「――外科か」

せかせかと足早に去る主任の背に、犬塚は呟いた。

盗聴器の仕掛けも、日曜日には終えていた。

仕掛けたのは、理事長室と外科部長室と、外科の医局だった。

盗聴器そのものは、中国大使館から国家公安部の陳善文が来た日に、純也から支給されたものだ。受信機は短波の切り替えで五カ所までを受けられる小型で、切り替えたときに盗聴器本体の電源をオンに出来る。

本体そのものも超小型の割にノイズも少なく、内蔵の水素電池は一日三時間使用で一週間は保つという優れものだ。

どこから入手したかは敢えて聞かないが、どう考えてもいつもの〈クリスマスプレゼント〉の類だろう。

少なくとも犬塚が今まで使用したどの盗聴器よりも優れ、一度として見も聞きもしたことがない代物だった。

その盗聴器に、昨日早速当たりがあった。

理事長が、朝から不在だった。正式な市の医療懇親会だとはスケジュールとして犬塚は押さえてあった。自動的に盗聴器は、午前中は外科の医局、午後は外科部長室を稼働させた。

その部長室がノックされ、事務職員が、

「浅野部長、今理事長がお帰りで、部長を理事長室にお呼びですよ」

と、そんなことを告げに来たのが三時過ぎのことだった。

すぐ、わかったと浅野が少し甲高い声で応えた。

犬塚は静かになったロビーの清掃作業中だった。すぐに受信を理事長室に切り替えた。

五分もしないうちに、イヤホンからノックが聞こえた。

――失礼します。

――どうぞ。

以降、しばらくはどうでもいい話だった。

主に浅野が、日曜日に行ったゴルフのスコアがよかったようで、その話だ。

理事長の桂木は相槌を打つくらいで、特に口を差し挟むことはなかった。かえってイヤホンで聞いてもわかるほど、興味なさ気だった。

やがて話が犬塚の狙いに辿り着いたのは、およそ五分は過ぎた頃だった。

――まあ、ゴルフの話はそれくらいで。

業を煮やしての発言だと、桂木の声ではっきりわかった。

――あ、これはどうも。ついつい熱くなりましたかな。

――部長。午前中に、一夫から連絡がありました。

この桂木の言葉に思わず犬塚は耳のイヤホンに手をやった。

一夫、一夫、文字にするとそういうことか。

明らかに中国語だった。

――今週、木曜に品物が入ると。

――おっ。

浅野は手を打った。

桂木の声は低く、純也とふたりで面会したときより重くというか暗く聞こえたが、逆に浅野はテンションが上がったようだった。

訝しいが、こういう場合、訝しさの中に真相があると、経験上犬塚はわかっていた。

その証拠が、思わずイヤホンの耳にあてがった手だった。

――それはそれは。ちょうどこの前、車を買い換えたばかりでしてね。毎度ありって感じですな。

イヤホンに雑音らしき音が聞こえた。答えはすぐに出た。

――はっはっ。理事長、なんですか。そのため息は。

桂木はなにも言わなかった。また、さっきより大きな雑音が聞こえた。

――理事長。もっと楽しくいきましょう。それも含めての相続でしょうに。ちょっと、覚悟が足りないと言わざるをえませんな。

――部長に言われなくとも、そんなことはわかっています。

――そうですかね。そうは見えませんが。

浅野の言葉はどうにもぞんざいだった。これではどちらが上司かわからない。

――いいですか、理事長。実際、誰も本当に死ぬわけではないんですよ。だから先代も引き受けたんじゃありませんか。

――わかっていると言ってるでしょうっ。

桂木は少し声を荒げた。

――おっ。逆ギレですか。なら、ご自分で診断書でも、解剖所見でも、書けるものなら書けばいい。

浅野は気色《けしき》ばんだ。

——出来るんですか。小児科医で。出来ないから、前理事長も私に任せたんでしょうに。

——ああ、いや、済みません。けど、ああ。

桂木は少し間を取った。

——けど部長。クルーザの爆破ってなんです？　それで三姫と六夫が死んだって。仲間割れですか？　これまでそんな荒事はなかった。いや、そもそもなんで、うちのクルーザを。そのせいで警察まで来た。ここに来て、綻《ほころ》び始めてるんじゃないんですか。もうそれを考えると、夜もおちおち眠れやしません。

——理事長。

浅野は、今度は猫撫で声で言った。

——考えたって始まりませんよ。

——しかし。

——なにがどうなろうと、変わらないことがあるでしょう。

——変わらないことですか？

——私らがどっぷり首まで浸《つ》かってること。そのことで、間違いなく恩恵を受けていること。そして、新たな品物が、今度の木曜日にやってくること。

桂木は言葉にせず、また深いため息が答えになった。

このあとの話は、また内容のないものに変わった。

総じて浅野が、桂木を鼓舞するものだ。取るに足りない。

ただし、この数分の盗聴で、案件への深化はだいぶ進んだ。

蜥蜴のタトゥーを入れたクルーザのふたりは、〈ブラックチェイン〉だとわかっている。

そのふたりを三姫と六夫という名で知る以上、藍誠会の桂木と浅野は〈ブラックチェイン〉にかかわっている。

そして、〈ブラックチェイン〉には一夫という者もいる。夫という以上、男か。

その一夫が木曜日には藍誠会病院に、人の死に関わるなにがしかの品物を入れる。

恩恵という以上、藍誠会ではその品物をなんらかの取引に使っている。

そしてその取引は現在の桂木が、先代から引き継いだものらしい。

まずは十分だった。

(さて、今日はこのほかになにを聞かせてくれるのかな)

内科外来の清掃を終えた犬塚は、山下の指示に従って、外科へとクリーニングマシンを動かした。

火曜午前の外来は、気をつけなければマシンをぶつけそうなほど、どこへまわっても混雑していた。

三

猿丸がどうにも重い足を強引に動かし、名古屋にある陸上自衛隊守山駐屯地に入ったのは、水曜の昼過ぎだった。

守山を訪れるのは〈シュポ・マークスマン事件〉以来だから約十ヶ月振りということになるが、特に感慨も懐かしさもない。

だいたい、わざわざ名古屋の駐屯地に来ても、顔を突き合わせるメンバーが変わらず、変わらないことが面倒臭さを倍加するというのが、どうにも納得いかない。

（まあ、和知はいいとしてもよ）

猿丸にとって、和知は今のところ無害だ。

ただ、矢崎が絡んでいる、というか、今回もいる。

それでは、名古屋での楽しみのひとつである栄には金輪際回れない。下手をすれば、いや、しなくとも駐屯地の一角に手配された宿営用天幕で、矢崎とともに星空を眺めることになるだろう。

（それで早朝はジョギング野郎、深夜はダンベル男かよ）

ため息も出ない。

実際、猿丸の足を重くする理由の半分は、作業ではあれ守山駐屯地へ向かうこと自体、いや、和知と矢崎が待つ守山駐屯地へ向かうこと自体にある。

そして残りの半分は、前日に回った群馬県桐生市にあるフード・ワークの社長、手越《てごし》守《まもる》との面談にあった。

『K・E・I・J・I・B・A・N』ライター、戸次明彦《とつぎあきひこ》。

それが、フード・ワークで名乗った猿丸の偽名だった。

『K・E・I・J・I・B・A・N』は宇都宮にあるミニコミ誌で、求人の誌面は豊富にして栃木から群馬までの主要都市をカバーしていた。

鳥居の太陽新聞同様、ここで実際にライターをしている戸次は猿丸のスジだ。それで、名刺はいつも常備してあった。

真っ当なスジは危険から遠ざけるのがJ分室の譲らぬモットーだが、戸次はワルだ。情報をネタに強請《ゆす》りたかりを繰り返し、ミニコミ誌からの報酬よりこちらの方が多い男だった。

そんな男だからこそ、気にとめることもなく引っ掛けて型にはめ、スジとして使役している。

ときおり金も渡してやるが、すぐに図に乗る男で、

「猿丸さん、もうちょっとなんとかなりませんか。これじゃあ、割があわねえよ」

などと調子に乗ってくる。

そういうときは自分の小指のない左手を見せ、笑ってこう言うと決めている。

「だからよ、首突っ込んで来て金にしろって言ってんじゃねえか。ただ今回、俺が頼んでるのは、気を付けねえとこうなるぜ。もっとも、小指一本で済むならお釣りの方がでかいぜ」

肝っ玉は小さく、青くなって黙るのが戸次の常だった。

その戸次の名前で強引にアポを取り、戸次の名刺で会ったのがフード・ワークの社長、手越守だった。

来歴はその前に、戸次本人に当たらせていた。電話でアポを取らせたのも、実を言えば戸次本人だ。

手越の都合が悪くなったりすれば、キャンセルや延期の電話をかけるのは、『K・E・I・J・I・B・A・N』の編集部になるからだ。

フード・ワークは食品加工会社とくくられていたが、正確には食肉加工会社だ。上州牛や上州麦豚の加工を地場のスーパーやレストランチェーンから受けている。

特に拡大販路を求めるわけではないようで、その分顧客は減る一方らしい。

第一、第二工場の他に、期限切れの回収品を引き取るための焼却場を持つという。

純也からは手越守の家族構成、いいとこの坊ちゃんかどうか、一人っ子かは最低限調べて欲しいと言われている。戸次に当たらせたところ、一人っ子は一人っ子だったが、手越は坊ちゃんではなかった。フード・ワークは社長も入れて従業員五人で回す、吹けば飛ぶような会社だった。

景気の浮き沈みはあるだろうが、先代の父の頃から所帯としてはそんなものらしい。手越の年齢は三十五歳で、遅くに授かった子供のようだ。

親はともに健在だが、父親の方はアルツハイマーで要介護3の状態らしい。その介護もあってか、手越はまだ独り者で、両親の住む家と、本社とは名ばかりの工場を往復するだけの毎日だという。

実際、応接室とは名ばかりの、工場に隣接して〈置かれた〉プレハブの一隅で話を聞いた。

手越は暗い目をした、実年齢より十以上も老け込んで見える男だった。

フード・ワークは桐生の駅からも不便な、吾妻山の麓にあった。八坂神社を過ぎた辺り、山と人里の境目とでもいえばいいか。昔なら里山といわれたような場所だった。

午後になると太陽は山の向こうに傾き、工場はプレハブから次第に第一、第二とペンキで書かれた建物、焼却場の順に陰に入る。

猿丸が応接室に通されたのは、午後二時半過ぎだった。

「初めまして。お時間ありがとうございます。『K・E・I・J・I・B・A・N』の戸次です」

　温いクーラーの掛かったプレハブで温い麦茶を飲みながら、手越は片手で猿丸の名刺を受けた。

「どうですか。お仕事の方は」

「見ての通りだ」

「第二工場まであるんですね。手広くやってらっしゃるようで」

「第二は使っていない」

「焼却場もお持ちのようで」

「時々ゴミを燃やすだけだ」

　猿丸は努めて明るく振る舞うが、木で鼻をくくったような返答しか返らない。

「あの、こちらがねじ込んだってのもありますが、取材を受けてくれたってことは、多少の興味はおありなんでしょ。もう少しこう、協力してもらえないと」

　手越は少し考えたようで、咳払いの後、

「工場長が、来年定年で」

　と言った。

　もう一杯麦茶を飲む。

「自分がいなくなった後を心配してくれた」

「ああ。四人だとやっぱりきついんですか」

手越はそうだと頷いた。

「今でも一杯一杯だ」

それから、手越は会社の内容についてポツリポツリと説明を始めた。

主な作業は食肉卸《おろ》しから送られてくる肉を、伝票に合わせて部位に切り分け、ミンチとスライスに加工していく。部位の切り分けまで請け負うのはフード・ワークのオリジナルだという。

スーパーやレストランチェーンに送る分はそこまでだが、地元のレストランや居酒屋の分はパック詰めや冷凍加工もするらしい。

そのつながりで会社を、人を雇えるまでに大きくしてもらえたからと、これは先代の言葉にして社訓のようなものだった。

忙しいのは間違いない。

社員にはきちんと休みも有給休暇も取らせると言うが、土日だからといって止められる仕事ではなさそうだ。

基本、土日の分は手越がひとりでやっているというか、見兼ねるときには工場長が手伝ってくれることもあるという。

それにしても口は重く、暗い。笑顔もない。

これは多分に手越の生い立ち、性格、現状、そのすべてが混在して出来上がったものなのだろう。

「なるほど。たしかにそうなると、ベテランの引退は痛いですね。社長もこれまで以上に大変だ。休んでいられないどころか、寝る間もなくなるかもしれませんね」

「もともと、考えたこともない。考えていい人間でもない」

手越は吐き捨てるように言った。

引っ掛かるが、引っ掛かりすぎると求人の取材でなくなる。気をつけるべき所だ。

話題を次に移す。

「それでは、なかなかよき伴侶となるべき女性との出会いにも恵まれませんね。社長、おつきあいしている人は？」

「――いない」

「じゃあ、ご両親も心配でしょう。こういう会社の場合、跡継ぎの有無が求人には大きな要素でして」

言った途端、手越の目の色が変わった。

もともと暗い目が、漆黒に落ちたようだ。漆黒に落ちて黒く光る、とでも言えばいいか。

逆鱗に触れたかもしれない。

「子供は嫌いだ。跡継ぎなどいらない」

唸るような声だった。

手越は立ち上がった。

「えっ。あの、どうされました」

狼狽してみせる猿丸を、手越は立ったまま見下ろした。

「そんなことが重要なら、記事にしてくれなくていい。もう帰ってくれ」

「いえ、あの」

とりつく島はなかった。

手越は後も見ずにプレハブを出て行った。

これで、手越との接触は終わりだった。

(なんだい、ありゃあ)

プレハブの前に置かれたスタンド型灰皿で、一本吸いつける。

(それにしても)

猿丸は目を光らせた。

従業員五人の、食肉の加工をするだけの、小さな会社。

その割に、敷地に沿って張り巡らされた赤外線レーザによる侵入感知システムの物々しさが、やけに目につき、気になった。

四

　このフード・ワークの手越との面会が、守山駐屯地に向かう猿丸の足を重くする理由の半分だった。

「どうした。いつもの君らしくないが」

　隣を歩く矢崎が聞いてきた。

　駐屯地であろうと、今回はどうにも違和感ばかりの矢崎だった。

「えっ。いや、なんでもないっす」

　答えはしたが、尻の据わりは安定しない。

　まずゲートで待ち合わせること自体、妙な感じだった。

　ふたりそろって入場許可証をもらうのも妙で、だいたいサマージャケットとスラックスで、旅行鞄を提げた矢崎の姿が不自然に見えた。

　分室で会うには普通に思えたが、こと駐屯地では猿丸の心身が身構える。

　矢崎は陸自の制服を着て、毅然とした態度でいつも迎える側だった。

　それが、自分と同じ外部の人間であることが変な感じだった。

　矢崎の退官と、NSC局への奉職を改めて思う。

「じゃあ、先に行っててくれるか」

矢崎が駐屯地司令部棟の前で立ち止まった。

「あれ、なんか用事ですか」

「そうではないが、私は現師団長に挨拶してから行く。儀礼的なものだがNSCに移った人間が、勝手気ままに振る舞うわけにもいかないだろう」

「ああ、そうですね。どうも気をつけてないと、陸将がここの人間じゃないってこと、忘れちまいます」

「私もだよ」

矢崎は少し寂しげに笑った。

「和知の居場所はわかるな」

「ええ、大丈夫です」

司令部棟へ入ってゆく矢崎と別れ、猿丸はひとり和知の所へ向かった。

その昔、陸軍連隊本部だった建物が、今は守山の史料館になっている。

和知はそこの二階を〈占拠〉していた。

史料館内の階段には見向きもせず、一階の最奥を曲がった行き止まりまで歩くと、間を空けて二台並んだ掃除具ロッカーがあり、右側を開けるとモップの陰に漢字変換のテンキーがある。

謎めいた仕掛けも相変わらずだが、ロッカーに半分身体を突っ込んでごそごそやる自分の姿の間抜けさも変わらない。

ただ――。

「どうぞ」

秘密基地の主、和知の声が少々暗かった。

二階に上がり、再度ややこしいセキュリティを抜けて入った室内には、インターホンの声通り、うなだれて元気のない和知がいた。

身長百六十センチ足らず、体重は身長割る二、マッシュルームカットの、どう見てもリン・ユーチュンが、うなだれて元気がなく、相変わらずキャスタチェアに乗ってゴロゴロと動いていた。

背後のテーブル群に乗る大型ディスプレイの数々と無数のスマートフォンの取り合わせが、奇妙を通り越して少し怖い。

「なんだ、元気なさそうだな」

取り敢えず部屋の主に敬意を表し、そう言った。

「ありませんよ。あるわけないいじゃないですか」

即答だった。

取り敢えず、本当に元気がないわけではなさそうだ。

「昇任だって？　めでたいじゃないか。なにを人並みにもったいつけてゴネてんだ」

「そこです」

和知はキャスタチェアの動きを止め、猿丸に向け左手の指をビシリと突きつけた。

「そこが問題で、僕は元気がないんです」

有り余っているようだ。

ひとまず作業の手伝いに問題はないだろう。

めでたいことだ。

「じゃあ早速だが、陸将から内容は聞いてるかい？」

がくんとまた和知が肩を落とし、キャスタチェアでゴロゴロやり始めた。

面倒臭い奴だと改めて思う。しばらく放っておいた。

そういえば、昼を食ってなかったと思い出す。

ご丁寧に食堂のピクトサインまでつけた扉の奥に、ポットと買い置きのカップラーメンが山のようにあったはずだ。

勝手に入り、勝手に作り、食っているとインターホンが鳴った。矢崎の声がした。暗い和知が対応する。

スープまで飲み干して部屋を移ると、ちょうど矢崎が入室するところだった。

和知はまだ、ゴロゴロやっていた。

矢崎の表情には、どうしようもない諦念が見えた。

「和知、俺の口利きがなんとか通るところまでだ」

矢崎がサマージャケットを脱ぎ、手近なテーブルに置きながら言った。

「なんとかしてやる。だから、昇任しろ」

「えっ。ええっ！」

和知の動きが止まった。

声にも本気の覇気が戻る。

なるほど、今まではやはり、本当にあれで元気がなかったのかもしれない。

「あの、陸将。どういうことっすか？」

取り敢えず、猿丸は疑問を口にした。

矢崎が笑った。

苦笑い、のようなものだった。

「こいつな、ここを離れたくなくて、昇任を渋っていたらしい。師団長に聞いた」

「ははぁ」

なんとまあというか、私物化の極致で、和知らしいと言えばらしすぎる。

「だって、せっかくここまで作ったんですよ。目をつぶったって全部動かせるんです。あ、カップ麺だってこのまま行って、お湯の量も間違えません。バッチリです」

だからなんだと言いたいが、面倒臭いのでツッコまない。

「和知、次は仙台だったな。ちょうど師団長が昔、俺の直属だった男で、まあ割合こういう下らない話には乗る男だ。通してやる。こっちの師団長も、お前から史料館を取り返せるならと積極的だ。そもそも、お前に史料館を預けたのは俺に責任がある。だから、通してやる。ちゃんとしろ」

「了解でぇす」

ようやくキャスタチェアから立ち上がり、和知が元気よく敬礼をした。

といって、矢崎は返さない。自衛隊の人間ではないから、というわけではない。

あきれ顔で、ため息をつく、そちらが先になったのだろう。

「えっと」

和知が仙台に行くというのは初めて聞いた。気にはなるが、取り敢えず今は捨てておく。

「師団長。ここの機材は持ってっていいんですかぁ」

「師団長ではない。おい、これは全部備品だろうが」

「じゃあ、師団長。このくらいのスペックで新しく整えてくれるんですかぁ」

「だから、師団長ではないといっているだろう。支給品のある程度はな。あとはこれから相談だ」

「ええっと。ご歓談中、まことに済みませんが」

割って入る。

いつもの和知が正面から猿丸に向いた。

輝いて見えた。

というか、またよからぬことを考えている顔だ。

「陸将も和知君も、今回のお願いの件を忘れちゃいませんかね」

矢崎がおおっと手を打った。

和知が、すぐやりまぁすと椅子ごと動き出す。

そこからは早かった。猿丸は勝手に二脚のパイプ椅子を運んで開き、ひとつに腰を下ろした。

待つ時間があるだろうと踏んだからだ。

「陸将も座ったらどうですか」

この猿丸の言葉に、見事に和知の、わかりましたよぉと言う声が重なった。

「なんだなんだ。なにがだ」

「えっ、なにがって、浜松の空白の男のことでしょ。決まってるじゃないですか」

和知が憮然とした顔で言った。

「はいはい。俺が悪ぃんだよ。で、なにがわかったって」

「全部です。自衛隊の隊員情報って、見るところを見ればとっても詳しく載ってるんですね」

見るところがどこなのかは、敢えて聞かない。

「ええっと」

モニターを覗き込み、和知は何度かマウスをクリックした。

「ああっと。別にいいとこの坊ちゃんじゃないですよ。まあ中流ですね。中流でも、そうですね。僕んちと比べると下かな、中の下」

その微妙なランク付けに大した意味はない。

ただ、和知も人の子、親の腹から生まれたんだということに感慨が深い。

「で、おっと、一人っ子じゃないですよ」

「えっ。一人っ子じゃない？」

「そうです。四つ下に妹がいますね。ああ、この妹は東京に住んでて、まあまあですかね。旦那が無所属から立候補して、去年足立の区議になってます。で、本人の家族構成はって、いう、と――あれぇ」

素っ頓狂な声を上げ、和知はマウスを何度も動かし、クリックした。

「おかしいなぁ」

「どうした。フリーズかい」

猿丸は聞いた。

和知は激しく首を振った。

「違います。そんなんじゃありません。——あ、もしかしたら、情報セキュリティの階層がさらに上がったのかも。よぉし」

指を鳴らし、和知の顔に邪悪の相が宿った。

「おいおい。って陸将」

矢崎を見るが、矢崎は見ない振りだ。

しばらく和知が、手前ぇだのこのぉだの、ひとりでパソコンと格闘した。

五分も待っただろうか。

やがて和知がキャスタチェアの背もたれを大きく揺らし、寄り掛かった。

「セリさん、わかりましたよ」

「なんだ」

「空自の男、死んだみたいです。それで閲覧リストにガードが掛かったんですね」

ひとり和知はしみじみとして納得顔だが、どうでもいい。

「なんだと。死んだ？　どういうことだ」

「自殺ですね。昨日の朝、首吊っちゃったそうですよ」

猿丸は唸り、唸るだけで、そのあとの言葉が出なかった。

五

木曜日、犬塚の朝は早かった。

早番でも支社に八時に集合し、八時半に各清掃区域に到着するのが基本だが、直行にして藍誠会病院には、七時には入った。

この日は例の理事長の言葉通りなら、〈ブラックチェイン〉から病院に、なにがしかの品物がやってくる日だった。

いつもなら職員駐車場の一隅に軽を止める。だが、この日は一般外来用の表の駐車場に止めた。テクノクリンサービスのユニフォームもまだ着ていない。

届け出もなく契約企業の作業員が早く来ることは、波風のひとつになる。出来るだけ疑問符が付かないのが、公安作業の鉄則だった。

七時のロビーは外来の順番取りをする患者やその家族でかえって静かに賑わっている。自動受付の機械が動き出すのも八時からだから、人は増える一方だ。減ることはない。

ロビーの一隅にたたずみ、イヤホンをつける。

まずチャンネルを合わせたのは理事長室だが、物音はしなかった。三分待ってなんの変化もないことを確認してからチャンネルを変える。

外科部長室も、病棟のナースステーションも同じだった。病棟には夜勤の看護師がいるはずだが、数が極端に減る関係で、ステーションにいることの方が少ないからだ。

しかし、最後に合わせた外科の外来治療室だけは違った。静かなのは前の三カ所と変わらないが、早出の看護師がすでにいるようだ。外来の準備だろう。

五分ほど聞くともなく聞いていると、犬塚にとって必要なことが聞こえてきた。

――あれ。今朝はもう浅野先生、来てるのね。

――そう。救急みたいよ。

――あれ。宿直じゃないわよね。

――まさかぁ。あの外科部長様が、するわけないじゃない。

――なんか、あの先生の気が向いて、ちょっと早く来る日に限って救急が入るわよね。ここだけの話、疫病神だったりして。

犬塚はここまで聞いて、スイッチをオフにした。救急外来に浅野がいる。

情報としてはそれだけでまず十分だった。いったん外へ出て、人知れず救急口に向かう。

人の声がした。建物の陰から様子を窺う。

救急口の外に、六人の男女がいた。年齢はまちまちだが、総じて若い。

救急外来に来た以上、運び込まれた患者の関係者だろう。

しかし――。

蟬の声はかまびすしかったが、まだ人工的な物音が周囲に皆無なのがよかった。少し風もあった。

それも助けだったか。

うかがい見る犬塚の目が、次第に光を帯びる。公安の目だ。

風に流れて聞こえてくる声は、内容こそわからなかったが、中国語だった。しかもどうやら、談笑のようだった。

救急に運び込まれたのは誰だ。

いや、なんだ。

それだけではない。

談笑する中国人を透かしてその奥の職員駐車場に、所定のスペースに止まるベンツが二台見えた。

なぜ浅野だけでなく、桂木までが登院しているのか。

暫時様子を窺い、六人の男女の顔を網膜に焼き付け、犬塚はひとまず救急口を離れた。

そろそろ時刻は八時に近かった。外来駐車場に向かい、軽の車内でユニフォームに着替えることにした。

もうすぐ、テクノクリンサービスの連中がやってくる。

まず今しなければならないのはユニフォームに着替え、顔中の筋肉を和らげ、公安の匂いを消し去ることだった。

翌日も通しで、犬塚はクリーニング作業に従事していた。

前日の一日とこの日の午前中、たっぷりと時間をかけて犬塚は情報収集に当たった。

今のところ、この一日半に関して盗聴器はあまり意味がなかった。

理事長が理事長室に入ることはなく、外科部長も自室に入ることはなかった。

理事長は第二ＩＣＵと明記された扉の奥に籠《こも》り、外科部長はそこと外科外来を往復した。

浅野は前日とこの金曜日は、外来の担当医だったのだ。

まず有益な情報をくれたのは、救急口の守衛だった。犬塚と同じ、委託会社の人間ということで気安い関係だ。

朝晩の犬塚の出入りの際は、おはようさんだの、お疲れだの、本人が担当の時は必ず声をかけてくれる。定年後のシルバー雇用らしいが、話し好きであるのは見極めていた。

中国人が救急口にたむろしていた際も、担当はこの老爺だった。

昨日のうちに救急外来の清掃に向かい、休憩の振りをしながらそれとなく聞いた。

「なんか今朝、早くから大変だったみたいじゃないですか」

「なんだい、知ってんのかい。そうそう、赤ん坊三人そろってだもんな。でもまあ、もう慣れたよ。今回が初めてじゃないしな」

言葉の内容を吟味するのは後回しにした。

守衛は聞かないうちから、色々と話してくれた。語ったと言い換えてもいい。

犬塚は話の流れを阻害しないよう、息すらひそめて聞いた。

朝方、救急車で運び込まれたのは中国人の赤ん坊だった。三人だ。そろって乳児だった。

なんでそんな小《ち》っちゃな子を連れてくるかねぇと守衛は嘆き節になったが、横浜港のフェリーターミナルに中国からの大型客船が着くと、たいがいそんな具合の悪くなった赤ん坊が出るという。

出れば救急外来を持った病院としては藍誠会横浜総合病院が一番近い。

いや、実際の距離としては一番ではないが、外国からのお客さんの急病患者となると、救急隊としても国際問題を配慮して搬送先を深慮するらしい。

総合的な判断として、そういう場合藍誠会病院に運び込むのが通例になっているようだった。

しかも藍誠会側でも決して断らないという。

だから、守衛はもう慣れたと言ったのだ。

進展といえた。それをもとに、理事長の担当する小児科も浅野の外科も回った。

大きな病院の穴が見えた。

桂木と浅野のタッグともいえる。外科で尋ねれば、

——あら。それは小児科の担当でしょ。理事長先生にそう聞いてますけど。

小児科で尋ねれば、

——えっ。怪我をしているって理事長先生から聞いてます。外科の扱いになっているはずですよ。

しかも、それぞれに夜勤も含めた三交代のシフトがあり、事情をすべて把握している者はいないようだった。それぞれの師長にしてからが、はっきりとはわかっていない。みな、外来と入院患者の命を守ることで手一杯のようだった。

第二ＩＣＵに運び込まれた瞬間から、赤ん坊の命は悲しいかな、看護師達の責任と覚悟からは切り離されていた。

そういうことが、午前中までに判明した。昼の休憩時間に吟味して、要点だけは純也に送った。

〔興味深いけど、まだ足りないね〕

返ってきた答えは簡単にして、明瞭だった。まさに犬塚が思っていたことでもある。

まとまらないことを考えながらクリーニング作業をしていると、三時半を回った。

ロビーに午前中の喧噪はない。そのかわり、見舞客の出入りが多くなる。少なくとも、午前中より往来の人々に笑顔が増え、人の数は減るが賑やかさが感じられた。

うだ。

この日、朝から二時過ぎまで桂木は理事長室にいなかった。第二ＩＣＵに詰めていたよ
盗聴器の音声によって、二時半頃には入室していたことはわかったが、それにしても全体としては変わらない。いないも同然だった。

ときおり、ため息が聞こえることで、寝ているわけでもなく、在室していることはわかった。

ただ、三時前に一本の電話があり、わかったと応えてからは、ため息さえなくなった。

浅野は桂木同様、第二ＩＣＵに顔は出していたようだが、外科部長室と往復で出たり入ったりしていた。

犬塚はロビーのクリーニング作業をしながら、盗聴器のチャンネルをこの二カ所に絞って交互に聞いた。

四時だった。

ちょうどチャンネルを外科部長室に合わせたとき、浅野の下卑た笑い声が聞こえた。気になった。それで、腰を据えて聞くことにした。

――はい。死亡、死亡、死亡っとな。

十五分後、浅野は軽い調子でぼそりと呟いた。

――この診断書で三百万か。ははっ。楽なものだ。さて、白心を呼ぶか。

疑問がひとつの線につながり、なにかが見えた気がした。

そのときだった。

外来棟入り口の自動ドアが開き、薄暗いスーツ姿の四人の男がロビーに入ってきた。

三人は初見だったが、ひとりに見覚えがあった。

オズだった。

咄嗟に、クリーニングマシンの方向を変えた。

男達は受付に動いた。

犬塚はマシンを置き、直感に従ってエスカレータに乗った。

三階まで上がり、前回純也とともに通された応接室に入った。時間も限られているが、調度品も限られている。ひとり掛けのソファをひっくり返し、腕のホルダに差したボールペンで脚すれすれの革に穴を開ける。

そこに純也から預かった、五チャンネル盗聴器の最後の一基をねじ込んだ。

ソファを元に戻し、応接室を出て足早にエスカレータに戻る。

二階に降りようとするところで、吹き抜けの一階から四人がエスカレータに乗ってくるのが見えた。

方向を変え、二階からは階段で一階に降りた。

出来るだけ自然に受付に寄る。

もう、顔見知りもずいぶん増えた。

「すいません。なんか怖そうな人達が来たみたいですけど、理事長のお客さん？」

「えっ。ああ、なんかそうみたいだけど、どうして？」

「いや。もう少ししたら、理事長室の清掃に回ろうと思ってたんで」

受付の女性はにっこりと笑った。

「それなら大丈夫よ。第一応接室に通したから」

「ありがとう」

直感はビンゴだった。

マシンのそばに戻り、作業を進めながらチャンネルを応接室に合わせた。

――お待たせしました。

ちょうど、桂木が応接室に入るところだった。

――なにか、その。

桂木が声をひそめた。警戒している様子がうかがえた。

――中国からお越しだとは聞きました。私にいったい、なんのご用でしょう。

――〔私は、お前の故郷を知っている〕

ゆっくりとした中国語が聞こえた。

だから犬塚にもわかった。

ゆっくりならわかるくらいには、中国語はその昔、習ったことがあった。

えっ、と桂木が絶句したのは聞こえた。

が、以降はまるでわからなかった。

まず桂木が、まくし立てるように中国語で話し始めたからだ。

――〔ほう、話せるのか。それなら話は早い〕

オズ側の言い放ったこのひと言で、あとは皆目見当も付かなくなった。言葉のスピードが上がり、言葉が遮られたりかぶったりを繰り返した。

犬塚は集中しようとした。

だから、迂闊にも面識のある人間の接近に気づかなかった。

「ねぇ、もしかして」

突然、すぐ近くで女性の声がした。

こういうとき、叩き込まれた公安講習と経験が仇《あだ》だ。

つい最近聞いた覚えのある声だった。

そう判別出来てしまった。

だから、反射的に見てしまった。

「あはは。見たことあるかもって思ったけど。ふうん。そうなんだ」

訳知り顔で立っているのは五反田のパブ、ペリエのママ、美加絵だった。

「あなた、警察さんね。おかしいと思ってたんだぁ」

「いや、そんなことは」

咄嗟に言い繕おうとしたが、それより美加絵の方が早かった。

「わかるんだなぁ。ねえ、私、沖田《おきた》っていうのよ。沖田美加絵。警察さんなら、沖田でわかるわよね、蒲田の沖田」

沖田、蒲田の沖田といえば、

「――沖田組、か」

沖田組なら剛毅《ごうき》、今の組長は丈一《じょういち》。そういえば、妹がいた。

「そう」

美加絵は緩く首を振った。

「私、剛毅の娘で丈一の妹よ。だから、そういう関係の人はわかるの」

美加絵は艶冶に笑った。

「兄の代理でいやいや来たけど、でも、黒川《くろかわ》のおかげで、面白い人に会えたわ。へぇ、ここ、ちょっと黒い病院なんだ」

黒川。沖田組で黒川といえば不動組《ふどうぐみ》の組長だろう。

迂闊だった。黒川なら、見れば犬塚にはわかった。

病院関係者に集中し、入院患者に気を配ることを忘れていた。

もっとも、ひとりではそこまで手が回らないのも事実だが、これは言っても醜悪な弁解にしかならない。

犬塚は無言で背を返した。

クリーニングマシンもそのまま、足早に美加絵から離れた。

「あ、ねぇ。ちょっと」

美加絵の声が追ってきたが、気にしない。

離脱する。

そう決めた犬塚に出来ることは、これまでの一切を手放し、切り捨て、一刻も早く、藍誠会横浜総合病院から離れることだけだった。

六

翌土曜の、夕方だった。

純也は厩橋《うまやばし》近くの隅田川を望む一角にある、ＫＯＢＩＸミュージアムのレストランにいた。

ミュージアム併設のレストランというと庶民的に聞こえるが、ＫＯＢＩＸの重要な接待にも使われる格調高いレストランだ。

もっとも、そういった使用もされる関係上、一般客を呼び込むためなどに特に目立ったことはしない。

知る人ぞ知る、いわゆる隠れた名店、ではあった。

この夕べは当然、純也はひとりではない。同伴者はタキシードに身を包んだ陳善文と、精一杯のおしゃれをしたのだろう菅生奈々と、きっとそのままでも登庁出来るパンツスーツ姿の大橋恵子だった。

もっとも恵子の場合は、美貌もスタイルも抜群だ。普段の制服姿と違うというだけで、それはそれで新味として目に新鮮だった。

この日は陳に約束した、〈合コン〉の日だった。

受付のふたりといっても、恵子を主体にすると成立しないことは長年のやりとりでわかっていた。だから陳の目当てでもある奈々から攻めた。

ラッキーなことに、奈々は隠れた名店を、知る人、だった。

「わぁ。ミュージアムのレストランでしょ。知ってます。でも、なんか敷居が高そうで、気にはなってたんですけど」

細かい説明がいらないのは助かった。

こうなれば恵子は渋々でも動く。可愛い後輩をまさか、受付に迷惑ばかりかける純也と、怪しい中国人の男ふたりの間に投げ出しはしない。

かくて、この日のディナーが成立した。

チョイスしたのは、川沿いのテーブル席だった。

四テーブルあって、この日は珍しいことにもう二テーブル埋まっていたが、気にしない。

特に純也が大きな目的を持ってセッティングしたわけでもない。

出迎えてくれた総支配人の前田《まえだ》が、そのまま席まで四人を案内した。

前田はどこのレストランでもホテルでも通用する一流の支配人だ。案内のわずかな時間で関係を見て取ったようだ。

それで純也は、ワインリストを確認するという名目でセラーに呼ばれた。

「陳様のお目当ては、どうやら菅生様とお見受けします。となると純也様はと思えば、お目が高いと言わざるを得ません。今からでも、川沿いを貸し切りにすることも出来ますが」

気を回しすぎるきらいはあるが、前田はいつ訪れても純也に慈愛の眼差しを注いでくれる気の置けないひとりだ。

だからかえって、

「余計なことは考えないでいい」

というひと言でケリもつけられる。

本庁の受付で顔をつき合わせたときとはやはり違い、ディナーは格段の和やかさで進んだ。

料理の味もさることながら、ワインが進めば恵子もいつもよりだいぶ柔らかく、ほぐれた笑いも見せた。

と、メインのシャトーブリアンが運ばれた頃だった。

純也の携帯が振動した。鳥居からだった。

「失礼」

断って純也は席を離れた。

――今、大丈夫ですか。

鳥居の声は久し振りに聞く気がした。

「大丈夫だよ。今ミュージアムのレストランだから」

――うわっ。いいっすねえ。こっちはカップ麺とサンドイッチばっかですわ。そろそろ部屋ん中、足の踏み場がなくなりそうですがね。

「ははっ。ま、メイさん達も、一段落付いたらゆっくりね」

――えっ。いいんすか。こないだぁ、酒呑めなかったですからね。それぁ楽しみだ。

そう言えば、鳥居をはじめとする分室員三人は〈シュポ・マークスマン事件〉の折り、今純也達がいる川沿いのテーブルに出てやけに騒いでいたような気がする。酒なしでだ。酒が入ったときの三人を考えると、前田の渋い顔が目に浮かぶ。それはそれで、少し楽しみでもあるが。

「それで、メイさん、なにか進展かい」

——ええ。進展ってぇかわかりませんが、若い男女が高橋、ああ、倅の方です。仕事帰りの高橋と待ち合わせのようで、緑樹園のラウンジに入りました。フロントにそれとなく確認しましたがね。この男女ぁ一泊二日で、今日は泊まるようです。

「確認したってことは、気になったんだね」

——そうですね。チャラチャラしてるようで、ときおり辺りを窺う目がね。ちょっと近寄りがたい感じで。

「なるほど」

——でも、多分当たりですわ。小金つかませて、チェックインシート見せてもらいました。まぁ、どこにでもいる名前のふたりでしたが、本庁の私のスジにすぐ確認を取ったところ、住所と名前は一致しませんでした。お忍びって線もありますがね。ちょっと遠いですが、写真撮ったんで送ります。

「わかった。ああ、じゃあ、この辺でそろそろ携帯も変えよう。新しい方のアドレス、僕も後で送っておくよ」

——了解です。来たらすぐに写真送りますわ。

「頼むね」

——分室長、そっちはどうです。なにか変化はありましたか。

「あったよ。昨日、シノさんから連絡があった。いいやら悪いやらだけど」

前夜、犬塚から連絡が入ったのは八時過ぎのことだった。

中国人の子供。救急搬送。ひとり百万円。死亡届。白心ライフパートナーズの手配。

――すいません。偶然、不動組の黒川の見舞いに来ていた五反田の沖田美加絵に出会って、面が割れてしまいました。離脱します。その代わり、セリを動かします。さっき病院の近くで引き継ぎました。白心ライフの車が来てたんで、セリにはそこから任せました。

「わかった。じゃあ、ちょうど切れ目だ。シノさんは少し休暇でいいよ。お盆だ」

大きく言えば、そんな内容の会話だった。

――ははあ。とうとう葬儀屋までつながりましたか。まあ病院とくりゃあ、葬儀屋は当たり前っちゃ当たり前ですか、なるほどね。

鳥居が妙に納得した。

「そう。ただ当たり前と思いきや、来たのはおよそ霊柩車っぽくない、カーゴトラックだったらしいよ。それに、当たり前に見えても外国人の死亡だ。あまり、当たり前ではないけどね」

外国人観光客が国内で死亡した場合、エンバーミング(遺体衛生保全)を施さなければならない。

世界的には土葬が主流ということもあるが、火葬するには故人の本国へ書類を送付し、埋火葬証明書を発行してもらわなければ処置が出来ないのだ。通常これには二週間から一ヶ月を要するといわれる。そのため、たいがい遺体はエンバーミングを行って移送することになる。

移送の手続き及び納棺や梱包を行うのは在外公館と葬儀社だが、基本的にこういうことに慣れている葬儀社が丸投げで請け負うことになる。

不慣れな在外公館の連中は敬遠するが、エンバーミングや移送手続きに能力のない葬儀社も手を出さない。

白心ライフパートナーズは、どうやらこの手のエンバーミングや移送にノウハウがあるということだろう。

——偽《ニセ》もんですよね。それで、子供を売り飛ばす段取りでしょうか。

犬塚も見えてきそうな気がしますと言っていたが、鳥居も同じだろう。

どちらも一流の公安捜査員だ。

動くためには優れた嗅覚と広く捉えるアンテナと、分析能力がなければならない。

直截に正解に向かっているかは別だが、そこに純也は重きを置かない。

目的に到達するための方法や方向は幾千幾万通りもあり、動けば必ず道は出来るからだ。

「まあ、でもこっちはこっちで。シノさんの方もメイさんの方も、どちらがどちらということはないよ。くれぐれも気をつけて」

——わかってます。じゃあ分室長は、レストランの食事をご堪能下さい。

「有り難う。メイさんはもう食事は？」

——これから箱買いの、なんの代わり映えもしないカップ麺食います。

「——ああ、そう。——いつもの味って奴だね」

通話を終え、川沿いの席に戻る。

少し風が出ていた。

運ばれてすぐ電話に向かった関係上、純也のシャトーブリアンは手つかずのまま冷えていた。


和やかな食事の終わりに、前田自慢のグァテマラＳＨＢのブルボンは格別だった。

やがて、恵子達ふたりが化粧室に立った。

その隙に、

「誰の、電話ですか」

と、陳が聞いてきた。

簡単に説明した。陳はひとつひとつを吟味するようだった。

「私は、甲府、気になります」

そう言ってコーヒーの残りを飲み干す。

「緑樹園に泊まる若い男女、それ、例のグループではありませんか」

「そうかもしれないし、そうでないかもしれない。なんにしても、まだピースが出そろったわけではありませんから。予断は禁物です」

「わかてます」

陳は頷いた。

「今肝心なのは、深く潜行して悟られないこと、ですよ、陳さん」

「それにしても、進展。私の出番、近そうね」

恵子達が戻り、これでこの夜の宴はお開きになった。

チェックは当然、純也が済ませることになる。

陳は奈々をエスコートしつつ、どう見てもついでだが恵子を添え、両手に花で玄関口に向かった。

先に待機していた前田が、二台並んだタクシーの手前で恭しく頭を下げた。

「分室長、本当に行かないんですかあ」

頬を少し赤く染めた奈々が口をとがらせた。

グラスワイン三杯程度だったはずだが、だいぶ酔っている。雰囲気にも酔って、どうにもペースを間違ったようだ。

陳はこれ見よがしに、さわやかな笑顔を見せた。

「大丈夫。だから私いる。さっきも言ったね。だから行きましょう、カラオケ。日本の、いかがわしくないカラオケ」

「今日は駄目です」

毅然と言い放ったのは恵子だ。奈々の倍は呑んでいるはずだが、気性同様酒も強い。

こんな会話が三度ほど繰り返され、用意されたのが、前田の後ろに控える二台のタクシーだった。

悄然と一台に乗り込む陳と、奈々を抱えるようにもう一台に乗り込む恵子を見送り――見送って、純也は表情を引き締めた。

「酔い覚《ざ》ましに、自慢のコーヒー、もう一杯もらおうか」

「かしこまりました」

小日向一族の晩餐会に使用される貴賓室で待つ。

「さて、消えるか、増えるか」

呟きのうちにも、前田がコーヒーを持ってくる。ゆっくりと味わう。

「純也様、もうすぐ定例の晩餐会ですな」

「あ、忘れてた」

前田がふっと笑った。

「相変わらずと申しましょうか」

「ねえ、今度は婆ちゃんひとりでっていうのはどうかな」

「と仰《おっしゃ》いますと、純也様のエスコートなしで、と」

「そう。その代わり、チタンシルバのＭ４で、ひとりで乗り付けるっていう趣向付き」

「まあ、アトラクションとしては、悪くはありませんが」

そんな会話で、時間を熟成させる。

さて、と純也が腰を上げたのは、陳たちを送り出して二十分ほど過ぎたころだった。

時刻は、夜の九時半を回っていた。

「じゃ、僕も帰るよ」

「私めにはわかりません。わかりませんが、くれぐれも、お気をつけて」

深い慈しみの声を背に聞き、

「ありがとう。ごちそうさま」

純也は夜に歩き出した。

この日は本庁までＭ６を使い、時間を調整してミュージアムへ向かった。呑む気はあったので電車を使った。

肌触りの悪いかすかな気は、本庁を出るときからついてきた。おそらくふたりと読んだ。

それは、大江戸線に乗っても変わらなかった。結局ミュージアムのゲートまでだ。

オズで間違いないだろう。

やがてディナーが始まり、鳥居の電話を切ったあとだった。前田が寄ってきた。

「純也様。ミュージアムの警備が、外周をうろつく不審な男を確認しております」

三人、と前田は言った。

KOBIXミュージアムはただの資料館ではない。有事の際には閣僚のシェルターにもなる。警備のレベルというか質は、議員会館などはるかに凌《しの》ぐ。

「うん。わかってる。放っといていいよ」

わかって今、純也は夜の隅田川沿いを悠然と歩くのだ。

ミュージアムを出てしばらく南へ下る。

高速高架下から川縁に降りる階段があった。

降りれば隅田川の流れに沿った公園に出る。

緑道公園だった。

純也は、ゆっくりとそこに続く階段を降りた。

明かりも防犯カメラの類も差し渡しを見る限りほとんどない。

狩りにはおあつらえ向きだったろう。

(ああ)

純也は両手を広げ、大きく息を吸った。公園に繁る木々、軽やかに流れる隅田川を五感に抱き止める。

それでもう純也は、一孤のソルジャーだった。

密林であろうと大都会であろうと変わらない。

そこに戦場があるなら、覚醒するのだ。

ミュージアムを出てから、初めふたつだった触りの悪い気配は、四つに増えていた。

前後につかず離れずふたつずつあったものが、純也が緑道公園に足を踏み入れるといったん消えた。

消えてやがて触りの悪さを変えず、ほんのわずかな殺気となって前方に潜んだ。

川側の生い茂った樹木と植栽の陰に離れてふたつ。

そして、反対の土手側にもふたつ。こちらは奥の樹木の陰と、手前はおそらく階段を上がった上の道路だ。

四人を×に結べば、交点の辺りがちょうど街灯の真下だった。

狩りの場、タイミングはそこということだろう。

(児戯だね)

純也は歩様をゆっくりとしたリズムに保ち、隅田川の西に広がる都会の街明かりを眺めながらそぞろ歩いた。

身を硬くするほどの緊張もない。

心に湧き上がる不安の影も恐怖もない。

戦場では常に死が隣り合わせにある。

野営地でもゲリラの襲撃、ミサイルの来襲はいつ来るかわからない。

寝床で死は、必ず添い寝の友でもある。

純也に比べれば、どんなに過酷な訓練に耐えたとしても、オズはオズだ。ソルジャーではない。

あと十五メートルで左手の樹木に、十メートルで土手の上に気配を確認する。ロックする。

五メートルで前方の左右にも同様だ。左手は影も捉えた。

五感を解放した純也には、かすかな息づかいさえ聞こえるようだった。

三メートルで後方の気配がかすかに動いた。狩りの支度だろう。

四人から交点まではそれぞれに距離があり、それもまちまちだ。

飛び道具と断定するのは造作もない。

二メートルで前方の気配に制御しきれない殺気が増大した。後方もだ。

そして、一メートルを割った辺りで後方川側の殺気が爆発した。

一番距離がある分、少し焦ったか。

「おっと」

純也は足を速めた。

それで街灯の真下だった。

狩られる側だが、すべてをコントロールしているのは純也だった。

四人の殺気が、交点の明かりに矢となって突き刺さる。

ひりつくスパークのような一瞬を感得し、純也はインターロッキングの歩道に全身を投げた。

頭上を軽い唸りが四方向から来て過ぎた。

銃ではない。発射音はしなかった。

と、確認するのは刹那だ。身体は動いていた。

一番近いのは前方川側の男だった。五メートルもない。

暗がりだったが、純也は男の武器を見定めた。スリングショットだった。

強力なパチンコ、ゴム銃だ。本来は害獣駆除が目的だが、ゲリラ戦では使い勝手がいい。時には暗殺にも使用される。

ゴム圧はまちまちだが、標準品でも威力は十三ジュールを超える。市販のモデルガンが一ジュール内外だから、相当なものだ。五十メートル先のベニヤを射貫く。

走り寄る純也を認め、男の目が見開かれた。

次弾を装塡しようとするが、許すわけもない。

純也は植栽を飛び越え、スリングショットを握る男の右手を蹴り上げた。

真上に跳ね上がった武器を目で追う男の隙を見逃さず、純也は真正面から顔面に拳を叩き込む。

「があっ」

鼻骨は間違いなく折れただろう。

直上から落ち来るスリングショットを手に、純也はすぐ側転で植栽の陰に飛び込んだ。

純也のもといた辺りをまた軽い唸りが過ぎた。

まさに間一髪だったが、髪一本の隙間があれば、純也には笑う余裕もあった。

くどいようだが、戦場で死は、常に隣り合わせにして背中合わせだ。隙間もなく触れ合っている。

匍匐《ほふく》で寄り、先の男のポケットを探る。硬質ゴム弾があった。

抜き取り、純也は三人の位置を確認した。

「ふうん」

自動販売機を挟んで、純也から十五メートルくらい離れたところにふたりがいた。

純也はふたりのど真ん中の、自動販売機を大きく狙ってスリングショットを撃った。

商品サンプルのカバーが音を立てて割れ、内蔵の明かりが明滅した。

それだけで、純也は照準を把握した。

男達はいきなり割れ飛んだポリカーボネイトカバーに驚き、そちらを振り向いた。

純也は立ち上がり、速射の二連弾を放った。

くぐもった呻きで男達がその場にうずくまったのは、ほぼ同時だった。

残るひとりの位置も、純也は把握していた。

殺気はもう放射されていなかった。

あるのは、ほんの数十秒のうちに三人が倒されたという現実に対する怯え、恐怖の類か。

人は信じられないもの、未知なるものに遭遇するとそうなるものだ。

(ははっ。またコレクションが増える。これで、計十五冊か)

純也はひとり、いつものはにかんだような笑みを見せた。

七

「あ、おはようございます。土曜はごちそうさまでした」

月曜、いつも通り一階ロビーに上がった純也に奈々が頭を下げた。

恵子も同様に立ち上がって頭を下げる。このときばかりは笑顔だが、最後は複雑な表情になった。

時刻は十一時を大きく回っていた。いつもなら小言どころか、大言が出る時間だ。純也は片手を上げるだけで通り過ぎた。ちょうど電話中だったからだ。

通話の相手は猿丸だった。

――夜から夜で動かれるんで骨折れますよ。でもまあ、逃がしゃしませんけどね。

犬塚から引き継いだ白心ライフパートナーズのカーゴトラックの行き先は、桐生のフード・ワークだったという。

――シノさんが病院睨んだように、俺ぁ直接会った関係上、シノさんが病院で仕込んだくれぇの内容がこっちにもあるような気がします。

「そうだね。それも、おそらく生きたまま三人の赤ん坊の命も移動している。気をつけて」

――そうっすね。それであの社長、子供が嫌いなんすかね。跡継ぎもいらねぇって。

「かもしれない。けど、予断は禁物だ」

――了解っす。その辺を見極めるためにも、こっちで作業に入ります。

「わかった。引き続き、よろしく」

藍誠会横浜総合病院、白心ライフパートナーズ、フード・ワーク。ラインは出来た。

ただ、共通するのは一人っ子ということ、劉永哲がなにかを話しに行ったということ。

ただし、劉を芯に据えると一人っ子は消える。浜松の自殺した空白の男が違うからだ。

一人っ子は言葉を変え、それでも執着しようとするなら、一番上、長子ということになるか。

なんにしても結局、劉がすべてを握っているということになる。

「そろそろやるか。デモンストレーションと行こう」

エレベータを下りた純也は、真っ直ぐ誰もいないJ分室に入った。

コーヒーサーバの横に無造作に置かれた紙袋を提げる。

手提げ袋は上野の有名なあんみつ屋の物だった。鳥居が分室への差し入れで持ってきたものだ。

中東の匂いがする純也の風貌とあわせると、なかなか面白い。

中に入っているのは、オズ十二人分の身分証だった。

適当に置いておいたのは、不用心でも不注意でもない。

土曜、隅田川緑道公園からこの分室に来て、あわせて十五冊からランダムに三冊は持って帰った。

それくらいあれば証拠としていかようにも有効だし、かえってそれ以上は邪魔だった。

あんみつ屋の紙袋を提げ、純也はエレベータで地下駐車場に降りた。連絡通路を歩き、合同庁舎二号館に入る。

向かうのは、二十階の警備局だった。

「おっ。よお」

常に目敏《めざと》い福島が、奥の方で片手を上げた。

「おお。嬉しいねぇ。差し入れか」

名入りの手提げ袋はこういうことがある。取り敢えず福島の目がいいのはわかった。

軽い笑いで流し、純也は理事官執務室に向かった。

ノックはするが、いることがわかればそれでよかった。

いや、不在なら不在で、やりようはある。

だから、特に名乗りもしない。

「誰だ」

在室の確認は出来た。

ノックは人として最低限の礼儀だ。

純也は許可も待たず勝手に扉を開け、中に入った。

傲岸不遜を絵に描いたような氏家の顔に、一瞬の嫌悪が浮かんだ。

「ふん。名乗ったら拒否される。その裏返しか。卑しいことだ」

「ははっ。名乗っても許可が下りない。その裏返しですよ。と言ったら、こっちもずいぶん卑しそうです」

「なんだと」

氏家が執務デスクに身を乗り出した。が、純也は意に介さない。

「同じ話の繰り返しはごめんです」

純也は言いながら、おもむろに応接セットの方に歩いた。

「ああ。では、一応許可をお願いしましょうか」

ソファの前に立ち、氏家に笑いかける。

「座ります」

といって、待ちはしない。純也が腰を下ろすのと、

「ふざけるなっ」

肘掛け椅子を蹴立てるように氏家が立ち上がるのは同時だった。

机を叩こうとでもするように両腕を振り上げるが、次の動作は純也の方が早かった。

紙袋の中身を応接テーブルにぶちまける。

それで氏家の動きは固まった。

見開かれた目だけが光る。

「腕、下ろしたらどうですか。氏家理事官」

「……ただ、それを返しに来たというわけでは、ないのだろうな」

氏家は言葉に紛れさすようにして腕を下ろした。

「当然です。この身分証の数、うちの分室は、それこそ命の危険さえありました。ははっ。

ヤクザだったら、この落とし前、どうつける、というんですかね」

「――なにが望みだ」

「劉永哲。彼はいったい日本に来て、なにをやっているんです。――って、しまったな。タイミングが悪かったか」

純也は上体を前屈みにし、両腿の上に腕を乗せた。

執務室の扉が開いた。

〔小日向純也、だったか。お前には関係がない〕

無情に響く、鉄のような北京語だった。

〔いたんですね。また西へ東へ、慌ただしい行軍を続けているのかと思っていましたが〕

〔お盆というやつだ。ここの手を使っても、飛行機も新幹線も取れない〕

〔なるほど、ね。国家安全部もオズも、帰省ラッシュには歯が立たない、と〕

純也は膝を打って立ち上がった。

「氏家理事官。なら別の交換条件です。私と家族、それに準ずる者、そして部下から、手を引いてもらいましょうか」

「ふん。断ると言ったら」

「――言ってみればいい」

ゆっくりと、低く、重く、純也は声を地に這わせた。

氏家を見ることはない。

「言えばわかりますよ。言ってみればいい。ただし、言えばもう、後悔することも出来ませんよ」

部屋に漂う空気すら変わったようだった。空調の音だけが高い。

氏家も劉も、動かなかった。

「ははっ。なんてね」

純也が顔を上げた。すべてが元に戻る。

「ま、理事官。そんなところをお願いするとして、私は退散するとしましょう」

純也はそのまま、失礼しますと言って理事官室を出た。

最後は軽くまとめたが、これは多分に日本的だ。

ある意味、予定調和ともいえるだろう。

もちろん、ライプニッツ哲学的モナド論などという、気宇壮大な話ではない。

「なんだおい。差し入れはここじゃなかったのかよ」

帰り道、また福島が奥から声をかけてきた。

往復の声掛けを無視するのもなんだろう。

自身、常識人の自覚がある。

「今度お持ちしますよ。もういらないってくらい」

「おっと。お前が言うと、それはそれで怖い気もするが」

笑いかける福島に吊り込まれるように、純也も口元をほころばせた。


純也の消えた理事官執務室で、劉永哲が動いた。

踵《かかと》を鳴らし、ゆっくりとソファに向かい、沈んだ。

氏家はまだ、純也の消えたドアを睨んでいた。

日本に来るに当たり、氏家は切れる男だということは事前に調べていた。日本的諜報機関も持つということはわかっていた。

それで、多少強引にでもつなげた。

実際、今のところ過不足はないが――。

〔余計な邪魔をするなと言われたか〕

劉は呟いた。

氏家ははっとしたように顔を向けた。

心が今、室内にはなかったということだ。わかりやすい。

〔手を出すなと言われた。日本語はわからないんじゃなかったんですか〕

〔ふん。氷のナイフのような気を、あそこまで充満させられれば言葉など関係ない〕

　実際、小日向の醸す雰囲気は瞠目に値した。
　劉でさえ一瞬、背筋に悪寒が走った。
〔手を出すなと言われたのなら、出さない方がいい〕
〔そういうわけにはいかない〕
〔プライドか〕
〔ないとは言いません。けれどそのプライドも、組織があり、そこのルールに則《のっと》ってのものだ。あいつはその、根本を揺るがす〕
〔なるほど。寄る辺の大樹を盾に取るなら、建前論としてそうなるだろう〕
〔それはすり替えだ〕
〔どっちがだ。――まぁいい。やりたいならやれ。私には今のところ関係がない。ただ助言するなら〕
　劉は足を組んだ。
〔後ろを調べろ。あの雰囲気は尋常ではない。あれは、大いなる陰を背負っている〕
〔わかっている。見くびらないで頂きたい〕
　氏家は吐き捨てるように言うと携帯を取り出した。どこかにかける。
「警察庁の氏家です」
　そうして、〔まだですか〕というような意味のことを口にしたようだ。

そちらから寄ってきてや、こちらで勝手にといった言葉に混じり、角田という名前も出たが、大半の日本語はよくわからない。
〔なんにしても、慎重にも慎重を期すように。私のすることに支障を来すのはごめんだ〕
氏家が電話を切ったのを見計らい、劉は言った。
〔わかっている。私を誰だと思っている〕
〔誰でもいいくらいの男だ。ひとつ言っておこう〕
さてと立ち上がる。
〔お前よりあいつの方が、格は上だ〕
氏家の目に怒気が見えた。
だからなんだと言いたいが、口にはしない。
氏家のすることに過不足はないが、本来こういう頼み事をした場合、物事をスムーズに動かすのは過足の部分だ。
氏家とオズにはその辺がまったくない。
組織と氏家は言うが、これこそが硬直した組織の弊害だ。自由度がない。
それで、ここに来た理由を思い出す。
〔ああ。来た理由を忘れていた。このところ動きが不便だ。私用にレンタカーを借りたい〕

〔──不案内な国を不用心に動くのは危険。そう言っていませんでしたか〕
〔北から南まで動いた。もう不案内ということはない。それに、オズくらいのガードなら、ときには私ひとりでも対処出来る〕
氏家は唸った。
唸るだけでなにも言わなかった。
時間が惜しい。
〔手配、頼んだぞ〕
劉は純也以上の不躾さで、なにも言わずそのまま理事官室をあとにした。

第六章　豹変

一

夜の倉庫だった。

全員を前に、爺夫はパイプ椅子を軋ませた。金をいつも通り、淡いライトの下に投げたあとだ。

木曜に寄港した船の積荷は、どちらも順調に日本国内に入った。

赤ん坊の方はまだ最後の詰めというか商談が残るが、これはいつものルーティンワークだ。問題はない。

イレギュラーのクスリの方は、すでに客先への納品も済んでいる。

税関の担当をズブズブにするのに女三人と百万掛かったのは面倒だったが、いつもの三姫でないことで足下を見られた感じだ。場合によっては始末して、新しい担当と接触した方がいいかもしれない。

最前、〈ブラックチェイン〉の七人に渡った金は、そのクスリの代金だ。イレギュラーな分、手離れも額もよかった。

七人に投げた額は、ひとり頭百五十万だ。ルーティンの仕事に比べれば少ないが、突然来た品物を客に届ければいいだけの仕事だ。元手は税関の男に掛かった分だけ。大したコストではない。

納品したのは、〈ティアドロップ〉とかいう新型のドラッグらしい。密かに流行っているというが、爺夫には興味はない。

ルーティンをルーティンでこなしていくだけで、たいがいの金は手に入る。この三月以降、〈ブラックチェイン〉の上前を撥《は》ねる形で爺夫の懐には、早くも五億以上の金が落ちている。

三姫が造反したのは、そういう爺夫の商社的ピンハネに気づいたからかもしれない。

「で、七姫。高橋の方はどうだ」

爺夫は仕事の話を振った。

七姫と四夫は石和の緑樹園から昨日のうちに戻っている。

実際には泊まらなくてもいいが、ときに高橋は遅くまで平気で待たせる。

泊まっているということが、それだけで高橋には威嚇《いかく》になるのだ。

「ええ。今月中には文科省の誰と、狙いをつけて接触するといってました」

「今月中？　遅いな」

爺夫は眉を顰《ひそ》めた。七姫は肩をすくめて受けた。

「だって、お盆休み期間ですから。今の日本では特に役所関係はうるさいので」

「お盆？　そうか。そんな制度があったな」

そろってわずかな期間に、かえって疲れるばかりの休暇をむさぼる。

自由資本主義は、かえって自由ではない。

「仕方ないな。それで、高橋の様子はどうだ」

「どうって、ねぇ」

七姫は話を四夫に振った。

「ああ。なんか浮かない顔でしたよ」

四夫の声が地べたからした。打ちっ放しのコンクリートの上に、四夫は胡坐を掻いて座っていた。

「まぁ、浮かないのはいつものことですけど、より深刻っていうんでしょうか」

「どういうことだ」

よっ、と声をかけ、四夫は立ち上がった。

「俺たちが行くより一週間くらい前、例の男が高橋の所に来たようです」

「例の男？」

「ええ。国家安全部の、あの男です」

「――劉、永哲か」

次々に爺夫達〈ブラックチェイン〉の財産に触っているとは聞いていた。

その圧力で、すでに何人かが潰れたこともわかっている。

「深刻なダメージを食らう前に、なんとかするしかないな」

「殺りますか」

「いや」

爺夫は首を振った。

そうするにしても、〈ブラックチェイン〉を使うつもりはない。

下手な接触をすれば爺夫の欺瞞がばれ、もくろみが崩壊することにもなりかねない。

「俺が、考える。場合によっては俺から動く。お前達は考えなくていい」

薄闇の中で、七つの頭が肯定を示して動いた。声はない。

「なら、解散だ。続きがある奴は慎重に。ない奴は遊べ。一生懸命遊んでみろ。それも任務の延長みたいなものだ」

爺夫は立ち上がり、いつも通りひとり先に歩き出した。

「それにしても、劉永哲か」

ウッドチップを踏みながら呟く。

俺がと言いはしたが、劉は日本の公安にガードされているようだ。今のところ、手の出しようはない。

どうしたものかと考えながら折り重なった貨車の向こうに回り込む。

爺夫はそこで、動けなくなった。

目の前に、見知らぬ男が立っていた。

一重目蓋の切れ長の目に、細く通った鼻筋。かすかなライトを受ける男は全体に、ひどく見栄えのいい男だった。

だが――。

〔見ぃつけた〕

北京語でそう言い、口の端を吊り上げて笑う男の顔には、爺夫にも馴染みの表情が浮かんでいた。

忠誠、妄信、併せて、爺夫にとってはすでに、唾棄すべきとなった主義的狂気。

「なんだ――」

お前、という言葉は、言ったつもりだが声にならなかった。

月になにかが閃いた。

それが男が振るうナイフだと理解したのは、自分の首元から呼気と、血潮が漏れ始めた後だった。

死にたくないなどという後ろ向きの感情はない。

こうなってみるとわかる。

そもそも、生きたいという情念も薄かったかもしれない。

（ああ、死ぬのか）

死の間際に爺夫が思ったことは、それだけだった。


倒れゆく爺夫を気にもとめず、陳善文は奇妙な貨車のモニュメントから向こう側に走った。

突然の異変に身構える七人の男女がいた。

中には、あからさまな殺気を放つ者もいた。

〔安心しろ。俺は敵ではない。味方だ〕

北京語で言った。

と同時に、誰かが動き出す前に懐からマイクロＳＤを添えた身分証を放る。

〔私は軍部から、お前達の新しい爺夫として派遣された者だ。そのマイクロＳＤが証明になる。誰か、スマホで再生してみろ〕

身分証に手を出したのは、きびきびとした動きの、おそらく一番年かさの男だった。

ただし、マイクロSDを再生に掛けたのは、先ほど盗み聞いていた会話の中で、七姫と呼ばれた女だった。

スマホで再生されるのは、陳に密かな使命を与えて日本に送り込んだ男、張源《ちょうげん》の動画だった。張源は徐才明失脚後、利権の大半をその手に握った男だ。いや、徐才明を陥れた男と言い換えてもいい。軍部制服組の、現在の№4だった。

利権の大半、というのは文字通りで、国内の利権のすべてという言葉にも代えられる。賄賂や土地や投機マンションを含め、直接売り買いするもののすべてだった。

シンジケートや国外につながるものは含まれない。

人を追い落とすまでの欲は、それだけでは満たされないようだ。張源は、子飼いの者達を極秘裏の調査に動員した。〈ブラックチェイン〉も、その対象のひとつだった。

徐才明の裏帳簿や関係資料の中に、その存在は記されていたらしい。

だが、正体も行動も、細かいことの一切は不明だった。シンジケートが手当たり次第に消去した節もあった。

瀋陽の施設なども、張源の手が伸びる前に大半が解体破棄されていた。

さすがに、張源もシンジケートには手を出さない。自分がつながる部分もあり、いずれ大きくつながるかもしれないからだ。

わかっていたのは国外に渡った黒孩子の集団で、全員に黒蜥蜴のタトゥーがあり、シンジケートにつながるリーダーが牛耳り、そして決して、張源が無視出来ないほどの金を生む、ということだけだった。

黒蜥蜴のタトゥーが入った男女が派手な爆破で殺されたことが、日本に展開する諜報員から中国国内にもたらされたのは、張源にとってはラッキーだったろう。

最初に入ったのは国家安全部だったようだが、張源の配下は、国務院をはじめとするどの政府機関にもいた。

国家安全部には駐在武官に任せるというブラフを使い、密かに日本に送り込まれたのが、陳善文を名乗る男だった。

政府機関のどのリストにも名前さえない諜報暗殺部署の、いわばエリートだ。自身も〈ブラックチェイン〉と同じ、黒孩子だった。

陳の両親は、最初は裕福だった。五歳までは隠しもせず、役人への賄賂で堂々と育てられた。五歳のとき、父親が投機に失敗した。そして捨てられ、十歳までをひとりで生きた。

政府の黒孩子狩りで捕まったが、五年を生き抜いた実績がものを言って、張源に拾われた格好だ。

徐才明だけではない。

使い方の違いだけで、孤独の弱みにつけ込み、中国は国全体で黒孩子を、闇の中で飼っていた。

陳の任務は〈ブラックチェイン〉を無傷で、そのまま張源の組織に組み込むことだった。

やっと今、陳は〈ブラックチェイン〉に辿り着いた。

緑樹園に泊まる若い男女。情報はそれだけだったが、ないよりはましだった。

KOBIXミュージアムでのディナーの後、すぐに陳は石和に向かった。

注意しなければならないのは、J分室の鳥居の存在だったが、いるとわかっていればどうにでもなった。

陳も厳しい訓練を積んだ裏のエリートだ。造作はない。

翌日、チェックアウトの客に若い男女というくくりでアンテナを張った。

すぐに掛かった。

同じ国の同じ黒孩子の匂いは、ロビーから出てきた瞬間に百パーセントの自信で嗅ぎ取れた。

ふたりを尾行すれば、現在陳が立つ倉庫も突き止められた。

潜んだ結果、どうやらリーダーである爺夫は本国とは縁を切り、勝手に〈ブラックチェイン〉を運用しているようだった。

不遜・不要という判断はすぐに出来た。

出来れば躊躇しない鉄の心、動かない感情は、死さえ当たり前の訓練の中で獲得していた。
〔諸君は新しく私の下に組み込まれ、これまで同様、国のために大いに働いてもらいたい〕
七姫のスマホから、張源の声が流れた。
映っている映像は天安門広場の中央に糊目《のりめ》の効いた制服で堂々と立ち、語る張源だ。
〔徐才明同志は、諸君を私的に流用していたようだ。そのために粛清の対象となったが、私は違う。諸君はなんの心配もいらない。これまで以上の、燃えるような使命と、厚いサポートは私が約束しよう。国のために、力を貸して欲しい〕
薄明かりの中で、〈ブラックチェイン〉七人の背筋が、程度の差こそあれ徐々に伸びるのを陳は見逃さなかった。
〔整列っ〕
裂帛《れっぱく》の一声が飛んだ。
弾《はじ》かれたように七人が全員、その場に綺麗に並んで立った。
陳は腕を組み、ひとりひとりを確認するように前を歩いた。
〔俺が新しいリーダー、いや爺夫だ。文句がある奴はいるか〕
反論する者はいなかった。
〔よろしい〕

陳は七人の中央で動きを止めた。

〈では、〈ブラックチェイン〉の現在の作業について教えてもらおう〉

ヤーとまず一番に答えたのは一夫という男だった。函館で黒なまこの密猟をルーティンに計画実行していたらしい。流れも聞いた。

しかし、ただ、と一夫は現状に起きたトラブルを口にした。

陳は首を横に振った。聞く限り、大した額だった。なんとしても欲しい商品だ。

〈掘り起こせ。ただし、日本のヤクザなどの仲介にはしない。これからは〈ブラックチェイン〉の専売で国へ送る〉

〈しかし、すぐには〉

〈質問も否定も許さない。ヤクザを介さないルートを早急に確立しろ。——次〉

〈花嫁の依頼で、持ち越しになっているのがあります〉

これは二夫という男だ。

〈飛び抜けて金を払った客がいると、前の爺夫が言っていました。県令の息子だとか。その眼鏡に適《かな》う花嫁がどうにも〉

〈そうか。——次〉

〈子供は入りました〉

五夫が言った。

〈あとは書類やら、届け先の偽出産準備とか、まあ、臓器移植の手続きとかを待って届けるだけ。楽なものです〉

〈余計な口はいい。それに、それは少し問題があるかもしれない。しばらくステイだ。――次〉

七姫が一歩前に出た。

〈原子炉の隔壁データを〉

〈ほう〉

〈なんとか今、最終的には原子力規制委員会につながろうと、山梨県知事の関係と連携をはかっているところです〉

〈なるほど、それか。緑樹園に出入りした理由は〉

ヤーと、これに答えたのは四夫だった。

〈わかった〉

陳は顔を上げ、しばし虚空を睨んだ。やがて、

〈そのうちのひとつは、私が新任祝いにやろうか〉

ゆっくりと顔を戻して、一同を見回した。強い目だが、口元は次第に笑みの形につり上がった。

〈当てがある。任せてもらおう〉

警視庁で見せたさわやかさとは真逆の、実に毒々しい笑みだった。

これが陳の本性にして、諜報暗殺部署のエリートとしての顔だった。

二

八月十二日は火曜日だった。

九時十五分過ぎには、純也はJ分室に入った。

なにかを急いだわけではない。着いてしまった、というのが正直なところだ。全国的に、お盆休みの夏期休暇に入ったところが多くなったということだろう。

国立の家を出たのはいつも通りの時刻だった。道さえスムーズならそんな時間に着くという証左だ。受付でこの朝、大橋恵子と菅生奈々にそんなことを力説して分室に上がった。

休まず眠らない警視庁の本庁舎も、この時期は人が少なくなることは間違いない。職員だけでなく、訪れる客、たむろするブン屋やライターも減るようだった。

誰もいない分室で、ドーナツテーブルに鳥居達やスジ、それぞれに割り当てた携帯を並べ、純也はひとり分のコーヒーを淹れた。

鳥居は甲府に、猿丸は桐生にいて、犬塚はひとまず夏休みだ。職務は大事だが、オンとオフの切り替えが出来るときには、わずかでもスイッチを切ってやることは上司の大事な役割だという自覚はあった。

　特に公安作業は、張り詰めたままでいると思わぬ危険を招くこともある。

（メイさんもセリさんも、特にメイさんは来週か再来週、なんとかしないと、愛美ちゃんが可哀想だ）

　そんなことを考えていると、純也の携帯が音を発した。

「へえ」

　誰からかを確認し、純也は思わず感嘆を漏らした。

　実に珍しい男からだった。

　もっとも、二週間ほど前にはもっと珍しいことに、純也からかけていた。

　そのことに関係する電話だとは推察出来る。だから感嘆は、電話が掛かってきたことにではない。

　今純也が視線を落とす携帯は、前日購入したばかりのものだった。機種変ではない。番号もアドレスも、当然新規だ。

　そこに掛かってきたことに、純也は素直に驚いたのだ。

　スマホの液晶に表示された名前は、小日向和臣だった。

「やるなぁ。さすがだ」

　通話にすれば、いつも変わらない平坦な父の声が聞こえた。全国民にスピーカーで聞かせてやりたいくらいだが、その声は平坦な響きだけで、常に親子の隔絶を象徴する。

——いつまでお義母《かあ》さんを預かっていればいいんだ。

単刀直入にして一切の無駄がない、ある意味、見事な質問だった。

オズと黒鐘公園で戦った晩、純也は和臣に電話をかけた。春子の携帯を借りた。

オズが春子を闘争に巻き込む可能性を考えた結果だった。

春子も、

「あら。面白そうね。じゃんじゃん鳴らしちゃいなさい」

と大乗り気だった。

純也は春子を、首相官邸に預けることにしたのだ。

春子の身の危険を告げれば、和臣も拒否はするはずもなかった。

——お盆のシフトは、官邸とはいえ人が少なくなる。私も、公にはそろそろ別荘に行かなければならない。

「ああ。一応ケリはつけたつもりです。大丈夫かとは思いますが、出来たら念のため、もう少し」

——シフトのことだけではない。職員がその、なんだ。

和臣が言い淀んだ。

滅多に聞けない、感情の一端だ。

――お義母さんの、その、天真爛漫さに迷惑している。

「ははっ。ありそうですね」

――そもそも、もう二週間だ。お義母さん自身が飽き始めている。疲れもあるだろう。

「ううん。婆ちゃんをして、首相官邸はそんなところですか。わかりました。出来るだけ直近で考えます」

――急げ。

打って変わった、和臣の鉄鈴のような声だった。

――お義母さんの体調がおかしくなったら、お前のせいだぞ。

「あ、それって、責任転嫁って世の中では言いませんか」

――はぐらかすな。そもそもは、あれほど動くなと厳命してあるお前が動くからだろうが。元凶はどこのどいつだ。

苛ついている、とわかるくらいには和臣との会話にも慣れた。

疎遠敬遠の仲でも、純也が日本に帰ってから二十一年分の積み重ねはある。

「婆ちゃんだけではなさそうだ。なにかありましたか」

間が空いた。

――角田が、お前のことを探っているようだと内調から連絡があった。

「ああ、そうですか。ま、想定内ではありますが」

――なにか、挑発めいたことをしたようだな。

「内緒です」

角田と〈カフェ〉の関係は、長島に与えたアドバンテージだ。和臣に分配するわけにはいかない。

――それならそれでいい。

和臣は吐き捨てた。

――だが、これ以上なにかするなら、本当になんらかの手を打つことになる。

「拉致監禁紛《まが》いでも仕掛けてきますか」

――その先も辞さない。

その先。

憎悪と闘争に限度はない。

あるとすれば、死だろう。

純也はかえって、いつもの笑みを浮かべた。

「あなたにそう言わせるほど、僕はあなたの闇でもある。それを探ろうとする者、ことあらば寝返る者を炙《あぶ》り出しているとすれば、多少のことには目を瞑れませんか」

――私の手の上で踊っているのであればな。昔のお前はそうだった。だが、もう子供ではない。

「元から、あなたの子供だという自覚はありませんが」

――私にもない。あったこともない。だが、血脈というのは忌まわしいものだ。お前に香織を見る。お前が私の闇だとすれば、それは、お前が香織という太陽の落とす影だからだ。お前が香織の子供だからだ。どうやっても断ち切れない、つながりを持っているからだ。

お義母さんのこと、早くしろと言って和臣は電話を切った。

しばらく純也は、携帯を見詰めた。

なにかが引っ掛かった。

テーブルに並べた携帯の一台が振動した。

スジの何人かに割り振った携帯だ。

公安外事の、漆原からだった。

――今、いいですか。

「もちろん。面倒な頼み事をしてるのはこっちだよ」

――そんなことはありません。過分な捜査費を頂戴しています。外事にいても、私の思う公安的正義を貫けるほどの。

少し堅苦しいのが漆原のいいところであり、面倒臭いところでもある。

「それで」

――調べました。

劉が訪れた先で、他に死者は出ていないか。それが漆原に指示したことだった。

——例によって全体を把握しているわけではありませんが、もうひとり出雲《いずも》のそれなりに大きな神社の神職が死んでいます。一人っ子ですが、死んだのはひとりではありません。

「えっ。ひとりじゃない？」

——はい。両親と本人の、親子三人です。親父がその神社の宮司でした。

「親子。ふうん、親子か」

——そうです。両親を乗せた息子が飲酒運転で。そのままガードレールを突き破って海に落ちました。ただし、ブレーキ痕はなかったようです。

ノーブレーキです、と漆原は続けた。

——相当呑んでいたようですから、自殺と事故の判別は不可能です。なので、県警は事故で処理を進めているようですが。

「なるほどね。わかった」

——引き続き、作業を続けます。

「よろしく。ああ、くれぐれも危ない橋は渡らないように」

電話の向こうで漆原はかすかに笑った。

——そもそも、我々の作業に石橋などありません。けれど、命令ばかりではなく分室長のようなひと言があれば、公安捜査員は切れかかった吊り橋にも足を踏み出せるってもんです。

「あらら。じゃあ、言わない方がよかったかなあ」

漆原は今度は声にして笑った。

――おかしな人だ、分室長は。相変わらずおかしくて、凄い。

漆原との通話を終えた純也は、おもむろに窓辺に寄った。

桜田通りに車列はなかった。センターラインがはっきり見えた。

「親子、ね」

鳥居達が集めたピースを、和臣の思いや漆原の報告がつなぐ。

「真っ直ぐだ。真っ直ぐだが、隠れている。平行線はつながりの先で交わる。離れる。――統合、離別。さて」

街路樹が夏の陽を撥ねて輝いた。

純也は目を細め、机上から一台の携帯を手に取った。

掛ける相手は、矢崎だ。

「ああ、陸将。お願いしたいことがありまして。――えっ。和知君ですか。いや、どうかなあ。今回動いて欲しいのはひとりですし、どうも、和知君の脅しに屈して動く人は、今回ばかりはちょっと信用出来ないような気が」

純也が矢崎に頼んだのは、死んだ空自のＤＮＡだった。正確にはＤＮＡが抽出出来るもの、だ。

対処すると矢崎は承諾してくれた。

次いで、純也は犬塚に電話をかけた。

「シノさん。休みって言っておいて悪いけど、申し訳ない。至急やってもらいたいことがあるんだ」

浜松から出雲へ、と純也は言った。

「至急なんで、公共機関が取りづらければ車でもいい。まずは向かって欲しい。どこでなにをして欲しいかは、メールで送る」

当然のように、すぐに出発しますと犬塚は答えた。

電話を終えた純也は、ドーナツテーブルの上で乱雑になった携帯群をとりまとめ、J分室を出た。

向かうのは、今日は在室だと知る長島の部長室だった。

頼みたいことがあり、頼んでもらいたい先は明確だった。

海保の第一管区海上保安本部のトップは国土交通省のキャリアにして、たしか東大では長島と同期のはずだった。

【やあ、Ｊボーイ。嬉しいね。

ただ、君から連絡をしてくるときは、本当に頼み事しかない。そのことには一抹の寂しさを覚えるが、君が日本で経験を積むことは私も納得したことだ。君からの頼み事は、君がまた一歩、小さな世界での神に近づくための標《しるべ》になると思えば、だから嬉しいのだね。寂しさを凌駕してあまりあるほどに、私は嬉しい。だから、私は君からの要求に対して決してノンと言うことなど有り得ない。いつ連絡があり、どんなに困難な頼み事であっても、私は両手を広げて歓迎し、ただウィというだろう。――えっ。前置きが長いって。ははっ。これは失礼。そう、頼み事の大枠はコナーズから聞いた。Ｊボーイ、リー・ジェインを動かしたいんだってね。――そう。問題はなにもないよ。ＯＫだ。すぐにでもつなげよう。ただ、リー・ジェインはサーティ・サタンの中でも、一番信義で動く男ではない。本当にドライだ。その分、間違いなく能力は高いけどね。

かの国の国家主席が、本気の掃討作戦を展開してくれた。あの国に広げた私のネットワークも、リー・ジェインがいたから、大した被害も出さずに再構築出来た。彼がいなかったらと思うと、そうだな、少しだけ身も心も凍るかな。そのかわり、リー・ジェインは金は掛かるよ。中国人の特質かな。私も秘蔵の赤ワインを十本も持って行かれた。Ｊボーイ、君もたいがいは覚悟した方がいい。覚悟した上で動かすなら、リー・ジェインは本当に頼りになる。Jボーイ、目の付け所は間違ってないよ。いくら掛かるか、どこまで動かせるか。私はラッフルズでシンガポール・スリングを呑みながら、密かな楽しみで見ていよう。

ああ、私については、なにも考えなくていい。私は、Jボーイ、ときおりちょっとした子供じみたテストを仕掛けるだけで、いつも君に無償の父性を捧げている。――えっ。それが怖いって？　ははっ。そう言わないでくれ。私が今食指を動かしているスリランカの大統領選も、チュニジアの正式政府発足も、もちろん真剣には取り組んでいるが、私を熱くさせるものではない。それに比べれば、Jボーイ、君に仕掛けるささやかなトラップに、どれだけ私の心が躍ることか。

代償とは言わないし、言いたくもないが、Jボーイ、だから、私は君からの要求に対して、決してノンと言うことは金輪際有り得ない。いついかなる要求があっても両手を広げて歓迎し、ただウィとしか言わないのだよ。

――そうだ。その証拠にではないが、せっかく君から電話をもらったのだ。なにかプレゼントを考えようか。Jボーイ、なにか欲しいものはあるかね。――えっ。いらない？　クリスマスにはまだ早いって？　ふっふっ。Jボーイ、私は日本通だよ。だから知っている。夏のこの時期は、お中元というのだろう。――えっ。もう過ぎた？　ああ、それなら暑中見舞いだね。

なんと、それも過ぎた。立秋までだって？　それではいったい――ほう。残暑見舞いというのか。

日本語はやっぱり、難しいね】

三

翌日も純也は、同じような時刻に登庁した。毎日道路がこれくらいスムーズなら、受付という関門もうまく流れるのに、としみじみ思いながらコーヒーを飲む。

分室員三人はこの日もいない。鳥居は甲府で、猿丸は桐生の赤ん坊らに動かず張り付き、犬塚はもう、浜松に入っただろう。

昨日のうちに矢崎からは、浜松の空白に人を送った旨の連絡は受けていたし、サーティ・サタンのリー・ジェインとも話はつけた。

すべてが動いていると、扇の要はかえって動かないものだと実感する。

「凪《なぎ》、だね。――いや、渦の中心、台風の目か」

考えれば、ダニエル・ガロアも同じような立場ということか。

向こうの方がはるかに大きく物事に関わっているというか、気宇壮大な気もするが、振り返って我が身を思えば、ダニエルが言っていた〈小さな世界での神〉云々も、あながち間違ってはいないかもしれない。

「おっとっと。いけないいけない」

同調すれば、ダニエルに巻き込まれる。

巻き込まれたが最後、この国にはいられなくなるかもしれない。

「危ない危ない」

ひとり笑い、コーヒーカップを傾ける。

なんにしても、周りは動いている。

平穏を嚙み締めるのは自分だけで、今だけだろう。

動きはやがて収斂する。

純也の推測が正しければ、それでスパークして全容が浮かび上がるはずだった。

と、J分室の固定電話が音を立てた。内線で受付からだった。

出ると奈々が、

「陳さんがお見えです」

と、いつも通りの朗らかな声で言った。

了解と答え、すぐに一階に降りた。

受付台に飾られたカトレアの花の向こうで、陳は身を乗り出すようにして奈々と談笑していた。

その奥の花は、ひとり外に開かれた受付の業務をアピールするように、かえって硬い表情を正面に向けていた。

「大橋さん、それじゃあ、人形みたいだよ」

笑いながら純也は受付に近づいた。

「でも分室長。ここは警視庁の顔ですから。常にきちんとしていないと」

ショートボブの髪を左右に揺らし、恵子は声だけで純也に答えた。

「きちんとすることと厳しくすることは、違うと思うけど。その台の上に自分確認の鏡でも置くといい。そんな表情じゃ、お爺ちゃんお婆ちゃんや子供達は、怖くて寄ってこれないよ」

「えっ。そんなですか」

恵子は両手で頬を触った。なんとも、朝受付をスムーズに通ると、以降の通過というか接触も実にスムーズだと認識する。――だからといって、お盆期間が過ぎたあともそうなるよう、早く家を出るかとまでは考えないが。

純也は、後回しになった陳に顔を向けた。

「で、今日はなにか」

「そう。郷に入っては郷、ね。日本のリズム。私も明日から休暇。大使館も今週来週と、休暇の人間、多いです。なにもなければ、ちょっとバカンスね。なのでその前に、情報整理」

「ああ。なるほど」

受付から、私も明日からお休みですと奈々が言葉を挟んだ。

「あ、そう。どこかに行くのかい」

「いえ。予定はなぁんにもありません。行って友達とプールくらいかなあ」

寂しいね、と言いそうになるのを純也はこらえた。そのくらいの分別はある。

「じゃ、陳さん。上がりましょうか」

恵子がタイミングを捉えて入館証を差し出す。もう慣れたものだ。

有り難うと受け取った陳と、純也はエレベータホールへ向かった。

「分室長は、お休みは」

陳が聞いてきた。

「まあ、そのうちに」

と、言ってはみたが、考える。

「あれ、取るのかなぁ」

取った覚えはあまりない。繰り返す日曜から土曜までのリズムの中に、オンとオフで仕事と余暇をすべて組み込んでいる気がする。

そもそもJ分室は警視庁の組織図になく、論功行賞の対象にもならない部署だ。

つまり、純也が決めなければ仕事もないが、休みもない。

さすがに、正月三が日に登庁した覚えもないが。

「――もしかして、分室長。ワーカホリックね」

特に言い返す言葉は、純也の中になにひとつ浮かばなかった。


エレベータホールに去る純也と陳を見送り、恵子はふふっと小さく笑った。

「予定はないって、奈々ちゃん。さっきのあれは、予定じゃないの？」

「えっ。いえ、あれはなんか強引に、うやむやのうちに決められちゃったようなもので」

奈々は少し照れたように肩をすくめた。

「でも、予定ですかね」

純也を待つ間に、奈々は陳に誘われたのだ。

――奈々さん。今度ディナーね。KOBIXミュージアムじゃないけど、大使館の人と行きました。日本でも食べられる本格中華、見つけたね。今度電話します。あ、電話番号は、いいよ。ははっ。中国の国家公安部を、舐めてはいけません。

「だって、中国の人が言う、本場の中華ですよ。どうやって私の携帯を調べたのかはまぁ置いとくとしても、興味あるじゃありませんか」

それを置いておくだけでも、奈々が陳にも興味があることはありありとしている。

「それだけ？　陳さんのアプローチもまんざらじゃないみたいに見えるけど」

えへへと奈々はまた肩をすくめ、愛らしく舌を出した。

「だって、かっこいいじゃないですか。分室長には負けますけど、それでもここを通る人には、滅多にいないくらいのイケメンさんですよ」

「まあね。それはそうだけど」

「ああ、でも心配だなあ」

奈々は上を向いた。

「なにが？」

「だって私、中国語出来ないし。ミュージアムの時も、お酒が進むと陳さん、中国語混じりだったじゃないですか。みんなと一緒ならあれですけど、一対一は不安ですよぉ」

「なに言ってるの。それじゃデートにならないじゃない」

恵子は笑った。

「それはそうですけど、いざ本当に約束しちゃうと、やっぱり不安ですよぉ」

「はいはい。ノロケね」

と恵子は受けたが、このあとも奈々は不安だ不安だ不安だを連発した。

やがて陳が降りてきて入館証を返し、

「じゃ、後で連絡ね。いつ、いい。決めましょう」

と、さわやかに笑って引き上げたあとも止まらない。

かえって、時間とともに連発はなくなったが、ため息が増えた。

やがて終業時間となり、最後には恵子が折れるしかなくなった。

「仕方ないわね。じゃ、私が付いていってあげる」

「え、本当ですか」

奈々が目を輝かせた。

「でも、ふたりのデートを邪魔する気はないからね。あくまでそれとなく、遠くから見守ってあげるだけよ」

「あ、それ最高です。ありがとうございます。やったぁ」

両手を上げ、元気のいい声を辺りに響かせる。受付近くにいた何人かが振り向いたほどだ。

恵子は苦笑するしかなかった。

「現金ね」

受付台の上をまとめ、恵子は立ち上がった。

「じゃあ、私は奈々ちゃんのあと来週お休みだから、お互いに支障のないところで、金曜の夜か土曜ね。陳さんから電話掛かってきたら、その辺で決めて」

「かしこまりぃ」

　奈々が敬礼する。

「まったくもう」

　そうは言うが、恵子も少し興味があった。

　本場の中華や陳にではない。

　こっそり見守る、という名の尾行にだ。

　出来るだけわからないように、見つからないように。純也のように。純也に負けないように。

　恵子にとってそれは、繰り返し繰り返される平凡な日常における、ちょっとしたスリルだった。

四

　週が明けた月曜日だった。

「さて、いつもの朝の始まりだ」

　本庁地下の駐車場にＭ６を止めた純也は、そんなことを呟き、一階ロビーに向かった。

　時刻は十時半を大きく回っていた。都内の道路が、この日からいきなり元に戻ったからだ。

一階に上がって、大橋恵子の小言から始まる一日。

思えばそれが、純也の日常でもあった。

だが、

「あれ」

一階には、純也にとっての非日常があった。

受付に奈々はいたが、恵子の姿は見えなかった。別の、年配の女性が座っていた。

当たり前だと毎日眺めている花も、花瓶にはない。

「おはようございます」

奈々が立ち上がって頭を下げた。

隣の女性も、近寄る純也にぽかんとした顔を向けていたが、慌てて奈々に倣《なら》う。

「おはよう。珍しいね。今日は大橋さん、どうしたの？」

「夏休み、――です」

途中まで元気よく、後半、視線が純也から外れてからは声も表情も硬かった。

誰が来たかは気配でわかったが、なにがあったかまではわからない。

といって、なにかあったな、くらいには男女の機微をわかるつもりだ。

朴念仁《ぼくねんじん》ではないという自負もある。

「どもども。おはよございます」

陳が後ろから来て、純也に並んで受付に声をかけた。

新しい女性はわからず、おはようございますと頭を下げるが、奈々は挨拶すらせず横を向いた。

実にわかりやすい構図だった。

「なにかあったのかな」

面白そうだから聞いてみた。

当然奈々にではない。陳にだ。

「いやぁ」

陳は苦笑いで頭を掻いた。

「休みが同じ、ですね。誘ったです。デートね。けど、ですねぇ」

「へぇ。そうなんだ。菅生さん、やるね」

と、言ってはいけなかったのかもしれない。

奈々の首が、錆びたナットのようにゆっくり不規則に動いた。

受付台が激しく鳴った。

奈々が叩いた。

「そんなんじゃないです。最後はひとりで潰れてましたから」

下を向く奈々の声が受付台を這い上がるようだ。

真夏の警視庁本庁舎一階ホールの、受付周辺だけが、どうしようもなく暗い。

「ちょっと、菅生さん」

年配の女性がたしなめる。

警視庁職員Ⅰ類の先輩に違いないが、奈々の雰囲気に弾かれる。

「この人」

奈々は下を向いたまま、陳を指差した。

「誘っておいて、私をベンチに放置です。私、交番の巡査さんに保護されたんです」

顔を上げた。

目にうっすらとした涙もあった。

「よりによって、保護ですよ。本庁の職員だってわかったら、笑ってました。もう恥ずかしくて恥ずかしくて。先輩も約束破るし。――もう、みんな最低」

「おやおや」

純也は、陳と奈々を交互に見た。

陳は困り切った顔で固まっている。

奈々は、言ってさらに感情が高ぶったのだろう。唇を噛んでまた顔を伏せ、肩を震わせた。

「ええと」

このままでは気まずいというより、受付業務に支障を来すことが目に見えていた。

「すいません。入館証を」

「えっ」

隣の女性を目で急がせる。

バタバタと出来上がったパスを陳の首にかけ、純也は肘を抱えた。

まるで連行だったが、エレベータホールが近づいて、やっと陳が奈々の怒りの呪縛から外れたようだ。

「ははっ。参りましたねぇ。私、嫌われましたかねぇ」

「そうだね。放置は、やっぱりまずいかな」

すると、陳は、そうではないと首を振った。

「大使館から連絡があったです。戻らないとダメで。大使館、今、人手ちょうど少ないです。奈々さんには、言ったです。オッケー、言われました。放置、ないです。手を振って別れたです。でも、覚えてない、ですね。思えば、結構、呑んでたです」

「ああ、なるほどね」

合点はいく。奈々はＫＯＢＩＸミュージアムでも、少しのワインで上機嫌となった。雰囲気に酔った面もあるかと思ったが、本来酒には強くないようだった。

「陳さん。時間をかけて修復するしかないだろうね」

「時間、ですか。案件と、奈々さん、どちら、長いですか」

陳はすがるような目をしたが、気休めは言えない。

もっとも、案件に関しても安易なことは言えないが、

「菅生さんだね。間違いなく」

「そですよね。女の恨み、怖くて長い、ですね」

ちょうどエレベータが来た。

陳は肩を落として乗り込んだ。

十四階で降りても、陳はそのままだった。純也はその肩を叩いた。

「ま、分室のコーヒーで元気を出しましょう。そんなんじゃ、話にならないでしょう」

「――そですね」

陳の肩を叩いた手はそのままに、押すようにして分室に動かす。

近づけばわかった。誰かがいた。

資料室の曲がり角まで、コーヒーのアロマが漂っていた。

「ああ、おはようございます」

犬塚だった。

ちょうど、コーヒーメーカが抽出完了を知らせた。

「やあ、おはよう。――早いね」

この場合の早いは当然、朝に関してではない。

「ご自分で決めて言い渡した休暇を繰り上げさせてまで、ですからね。その覚悟で向かいましたから」

つまり、そういうことだ。

さすがに多くの言葉を費やさなくても犬塚はわかっている。

純也が早いと労《ねぎら》ったのは、浜松と出雲に送り出した犬塚の帰着についてだ。

指示した作業の内容は実にデリケートなものだった。

十二日に頼み、この日が十八日だ。距離と移動の面倒を考えれば、それぞれの場所での作業には二日も掛かっていないだろう。

一カ所に三日ないし四日、今週中に戻れば上出来と踏んでいたが、自身の部下ながら、さすがにJ分室員は優秀だ。嬉しくなる。

純也が暇に見えるのは、分室員が優秀な証だ。

自堕落野放図な上司を、有能な部下が支える。

「犬塚さん、おはようございます」

陳がコーヒーメーカーの近くに座った。

　コーヒーを注ぎながら、犬塚はその様子を横目で見る形になった。

「あれ。元気がないようですが、どうかしました？」

「ああ。いいよシノさん。気にしないで。関わると受付が通りづらくなる」

「えっと。まったくわかりませんが」

「わからないというより、忘れる。いや、見なかったことにする。遮断。それでいい」

「遮断、ですか」

「といって、秘匿の類だからじゃないよ。まったく取るに足らないことだからだ」

「なるほど。了解です」

陳と純也の前にコーヒーを置き、犬塚はドーナツテーブルを回った。

自分の定位置に向かうが、コーヒーをテーブルに置き、そのまま触らず振り返った。

犬塚の定位置は、背中合わせが入り口に向いた受付事務の席だった。以前分室の紅一点として草加好子《くさかよしこ》が座り、次に新井里美《あらいさとみ》と名乗った長内朝音《おさないあさね》が座っていた席だ。

犬塚はそちら側のデスクの上から、猫のマークが付いた段ボールを取り上げ、テーブルの方に移動させた。

「これが届きました」

「ん。どこから」

「送り出しは個人名になってますが、札幌からです。実際には長島部長宛で届いたみたいです。ここに持っていけと言われましたと、さっき別室詰めの金田君が持ってきました」

「あ、そう」

「それから」

犬塚はいったんしゃがみ込み、足下からなにかを持ち上げた。小振りのクーラボックスだった。

「これも」

「うん。有り難う。シノさんの成果分だね」

「そうですが、その他にも、分室長が陸将に依頼された分も入ってます」

「あれ。そうなの？」

「指示の詳細メールに、陸将に頼んだ分のことも書かれていましたから。陸将に直接連絡をしたら、向こうで作業員との接触ということになりまして、託されました」

「ははっ。なんともねぇ」

純也は肩をすくめて見せた。

「シノさんには負けるけど、どこも動きが早いね。みんな、それなりに優秀だ」

だから上司が無聊を持て余していられる。

純也も矢崎も長島も。

「さて、じゃあせっかく急いで集めてもらったんだから、僕も急ごうかな」

純也はコーヒーを飲みきり、立ち上がった。

「どちらへ」

犬塚の問いには目だけで応え、純也は陳を見下ろした。項垂《うなだ》れたまま、陳は動かない。

「コーヒーが冷めちゃうけどね。ま、このままにしておこう。シノさん」

「はい」

「出雲の神社に行ったんだよね」

「そうです」

「霊験あらたかな話でもしてやってよ。御利益のありそうな。もともと好きだよね」

「ええ、まあ。――でも、中国の人に日本の神社ってどうなんでしょう」

「ん？」

少し考え、純也はいつもの笑みを見せた。

「八百万《やおよろず》だからね。いいんじゃない。なんでもあり」

わかりましたと言って、ようやく犬塚は自分のコーヒーに口を付けた。

五

その場で純也は電話をかけたが、相手は出なかった。

小日向ですと、それだけ留守電に吹き込んだ。

「ま、いいや。すぐに掛かってくるだろう。じゃ、シノさん、あとはよろしく」

宅配便の段ボールとクーラボックスを抱え、純也は地下の駐車場に降りた。

Ｍ６の助手席に荷物を置き、エンジンをかけると携帯が鳴った。

純也は時計を見たあと、携帯を通話にした。

「八分ですか。ま、許容範囲ってことにしておきましょう」

――し、仕方がないだろう。今日はゴルフ場なんだ。

純也が電話をかけた相手はＫＯＢＩＸグループの一社、メディクス・ラボの氷川義男《ひかわよしお》だった。

メディクス・ラボはＫＯＢＩＸが研究部門のひとつと、買収を仕掛けた豊山《ほうざん》製薬を合併して立ち上げた会社だ。

氷川は豊山製薬側の生き残りで、メディクス・ラボでは特席研究員ということになっていた。

これは豊山側で生き残った取締役に、ＫＯＢＩＸ側が取って付けた傍流の役職名だった。

「ははっ。あなたがどこにいてなにをしているかは、僕にはなんの関係もありません」

氷川は純也にとってはスジだった。ただ、人的なつながりのないスジだ。

ＫＯＢＩＸグループだからということで知り合ったわけでもなく、氷川は〈カフェ・天敬会事件〉の折りに判明した、カフェの客のひとりだった。

それも、天敬会が日本国内でＣ４爆薬を精製するための、一切合切のお膳立てをした男だ。

火遊びにしては大きな代償。純也と氷川はそんな関係だった。

「ああ。でも今日はどちらのゴルフ場ですか」

氷川は箱根にある、名門ゴルフ場の名を口にした。氷川が会員になっているコースだ。

「ちょうどいい。今から出ようと思っていたところです。そちらの、相模原《さがみはら》研究所に二時で」

――お、おい。ちょっと待ってくれ。ゴルフ場だと言ったじゃないか。

「聞きましたよ。相模原研究所まで、すぐじゃないですか」

――いや、近いには近いが。今日はスタートが遅かったのだ。ハーフの上がり自体が十二時半くらいになるんだ。

「じゃあ、昼食は食べられますね」

氷川はもう、なにも言わなかった。観念したようだ。

じゃあよろしくといって携帯を切り、純也はM6をスタートさせた。

メディクス・ラボの本社は、警視庁からほど近い市谷田町にある。桜田門駅から有楽町線に乗れば駅として市ヶ谷までは五分だ。

それでも純也が真っ直ぐ駐車場に降りたのは、荷物がかさばるということもあるがそれだけではない。

すぐに電話に出なかった時点で、氷川が会社内にいないことはわかっていた。脅しに近い文言でスジに組み込んで以来、たとえ取締役会の最中でも、電話をすれば氷川は必ず出た。

それが出ないということは、氷川の行動範囲を考えればゴルフしか有り得ないとは最初からわかっていた。

携帯が取れる場所なら自宅でも映画館でも、たとえ愛人と同衾中でも氷川なら出るのだ。問題は、どこのゴルフ場かだけだった。自身が会員権を所有しているコースは三つで、どれも自宅から便利な神奈川だということは知っていた。ただ、人に誘われたのだとしたら別だが、氷川は自分の持つコースにいた。そうなれば告げることは、純也のストレスにならない集合時間と場所だけだった。

犬塚をはじめとして、何人もが純也の指示に対し懸命に動いてくれた。タイムロスのなさがその証だ。

氷川のような凡夫の、大して上手くもないゴルフに与えてやる無駄な猶予など、寸毫《すんごう》もなかった。

渋滞はあったものの、純也は指定した時間の十分前に相模原に到着した。

メディクス・ラボ相模原研究所は、元豊山製薬の本社兼工場だったところをそのまま拡張している。

現在も研究施設だけでなく生産の第一工場を兼ね、近隣の中でもおそらく敷地面積は最大のはずだった。

ゲートで駐車許可証をもらい、純也は真正面にある受付棟の近くにM6を止めた。

氷川から連絡は入っているようだ。そうでなければ、ゲートから中にも入れない。

エントランスから入り、広く左右に長いロビーを縦断する形で真っ直ぐ受付カウンターに向かった。

制服の女性が三人座っていたが、ふたりは前回訪れたときには見なかった。残りのひとりが純也を覚えていたようで、目があった瞬間から立ち上がって頭を下げた。

他のふたりの反応は、午前中に会った警視庁一階受付の臨時の女性とほぼ同じだ。少し違うのは、初めから目に宿した好奇と興味の光の有無だった。

おそらく二時のアポイントと聞き、純也を見知ったひとりがなにかを吹聴したのだろう。

「小日向様、お待ちしておりました」

先に立ち上がったひとりの言葉で、残りのふたりも慌てて立ち上がって頭を下げた。

「ご案内いたします。あの、お荷物、お持ちしましょうか」

「ははっ。女性に持ってもらうのは気が引けます。それに、それほど非力ではないですよ」

純也の笑顔に、釣り込まれるように三人がそろって微笑んだ。

「では、こちらへ」

案内に立つ女性に従い、そういえば前回もこの女性だったかと思い出す。

「毎度、ご迷惑をおかけします」

「いえ」

女性は一度振り返った。

「いずれまた立ち寄るとおっしゃってから、ずいぶん経ちますわね」

そんなことを言ったかと考えながら、左手最奥の応接室に通される。前回もそこだった。

すでにテーブルに、冷茶が用意されていた、だけでなく、短軀をゴルフウェアに包んだ氷川もセットされていた。

「用件はなんだ」

荷物を横に置いた純也がソファに座るなり、氷川は仏頂面でそう切り出した。

「早くしてくれ。中抜けで来たんだ。今日は厚労省の役人も来る大事なコンペでな。このあと懇親会が」

「その前に」

ぐだぐだとした氷川の話を断ち切り、純也は部屋の隅のビジネスホンを指差した。

凡夫でも、純也の言わんとしていることはすぐ理解したようだ。

「――またそんな話か」

「ははっ。そんな話以外で、なぜ僕があなたに会う必要があるんでしょう」

若造にあしらわれる怒りか。

一瞬氷川は顔を紅潮させたが、そこまでだった。ため息をつきながら受話器を取る。

掛けるのは、警備室とわかっていた。

「内外秘の話をする。止めてくれ」

止めてくれとは、防犯カメラのことだ。

この最奥の部屋は総会屋やヤクザ、そういった類が来たときに通す部屋だった。

「これでいいか」

「結構です」

とは言ったが、実際防犯カメラが止まるものかの確証はない。

前回はそれこそ、氷川が自分のために止めさせた。

今回はといえば、定かではない。純也からなにがしかの言質を取ろうとしているかもしれない。従って、言葉は選ぶつもりにはなったが、だからといって多くを隠すつもりはない。言質から逆の脅迫をしてくるならそれでもいい。脅し脅迫合戦になれば、純也は遅滞なく氷川のすべてを公にする。

跡形もなく消し飛ぶのは、氷川の方だ。

純也はおもむろに、脇に置いたクーラボックスと宅配の段ボール箱をテーブルの上に置いた。

氷川が怪訝な顔をする。

「なんだ、これは」

「毛髪、皮膚片、口腔内細胞、その他です。セットにしてあります」

「あ？」

氷川は眉を顰めた。

それでも、純也が列記したものでなんとなくはわかるはずだ。

「調べろと言うのか」

「そうです。こちらは事業部門でバイオインダストリー協会の、個人遺伝情報取扱審査委員会の認定を受けてますよね」

「あ、ああ」

「擬父擬母、叔父叔母からの血縁鑑定も混じってます。その場合には、ＤＮＡローカス（特定部位）の頻度における血縁関係指数から、厳密なたしからしさの算出も」

「お、おい。ちょっと待ってくれ」

氷川は慌てふためいた。

「あれ？　出来ませんか」

「いや。出来ないとはいわない」

「そうですよね。ＫＯＢＩＸグループの研究所だ。最新の機器がそろっているでしょうから」

「そりゃそうだが。ただ、いきなり言われても、畑違いだ。私が直接行えるものではない」

「それはわかってますよ。豊山の頃からのあなたがしてきたことは」

〈カフェ・天敬会事件〉の折り、氷川のことを知っていた犬塚から、目立った業績はなく口先だけでのし上がった男、と聞いていた。

畑どころか、土壌自体が違うこともわかっている。

「あ、ああ。それなら話が早い。そういうことだ」

氷川は額に湧き始めた汗を拭いた。

「だから、やるにはやる。そういう約束だからな。ただし、手頃な奴を捕まえてそれとなくやらせるとなると少し時間をだな」

「三日以内にお願いします」

純也は立ち上がった。

氷川は純也を、ただ見上げた。

すぐには意味がよくわからなかったようだ。

やがて、いきなり顔を真っ赤に染めた。

「え、あ。おい。な、なんだそれはっ！」

怒声を純也は冷ややかに聞き流した。

「なんだって、依頼ですが」

「無茶だ」

「どこがです。ワンセットひとり、四人の研究員にお願いすればお釣りが来る時間設定だと思いますが」

「よ、四人もの研究員をたかが」

「たかが、ですか」

純也は氷川に顔を寄せた。

「一ヶ月でも一年でも、掛かるというならそれでどうぞ。ただし、僕は一秒たりとも待ちませんよ。遅れたとき、あなたに後悔、弁明のために与えられる時間は、コンマ五秒が限度でしょうね」

赤から青へ。

氷川の顔色が移り変わるのは早かった。

わかったという言葉は、純也の耳に全部は届かなかった。

すでにロビーに出ていたからだ。

受付が近づくと、三人の女性が今度は一斉に立ち上がった。

「お邪魔しました。また寄らせてもらいます。今度はそう遠くないうちに」

三人がそろって、咲く花の笑顔を振り向けた。


その帰り道だった。

大渋滞にはまった、午後五時過ぎだ。

M6は用賀《ようが》を過ぎたところだった。

ハンズフリーにセットしていた携帯が鳴った。犬塚からだった。

M6の車内に雑踏がノイズのように充満した。もう外にいるようだった。

――五反田の、沖田美加絵から私の携帯に連絡がありました。

「ん？　なんかの脅し？」

頭に浮かんだのは藍誠会病院への違法な潜入捜査のことだったが、犬塚の答えは真逆に近いものだった。

――いえ。例の、サードウインドの別所さんを引っ掛けた女、彼女と一番親しくしていたという、ああ、一度報告した中国語で会話していたという女です。それから連絡があって、今日、店に出ると。

「へぇ。こっちの正体がわかっててかい」

――わかったから、のようです。

あのあと、病院にいないからさ。掃除の人に聞いても、本社研修が終わったからもう来ないっていうし。あれ、私と会ったからでしょ。私にも組にも関係なさそうだから、別に放っといてあげようと思ってたのに。なんかこっちがいけないことしちゃったみたいじゃない。寝覚めも悪いしさ。だから教えてあげる。これでチャラよ。

と、そんなことを言っていたようだ。

「へえ。なんか奇特な、大親分の娘だね。あ、今は小物の妹か」

――そうですね。生まれついた家が不運だっただけで、案外染まっていないのかもしれません。

「なるほどね。それで、どうするの」

――行確、してみようと思います。

わかったと言おうとすると、雑踏の中に、私も行くよという、多分陳の声が混じった。

「なんだい、今のは。もしかして陳さんと一緒？」

――ああ、すいません。ちょっと待ってください。今、スピーカーにします。

すると、はいはい分室長と呼び掛ける陳の声が鮮明になった。

「なに。陳さんも行くの？」

——そうよ。やっと出番ね。私、休み取った。気力、体力、十分ね。

「いや。そういう問題じゃないと思うけどなあ」

——大丈夫。ヘマ、ないね。分室長は、私、誰かわかってる？

「えぇと、陳さん」

——その通りよ。

会話がうまく流れない。苦笑するしかなかった。

「仕方がない。でも陳さん、これだけは守って欲しい」

——なにか。

「シノさんの言うことには、絶対従うように」

——ＯＫよ。

「なんか簡単だね。ほんとに大丈夫？」

——大丈夫大丈夫。分室長こそ本当に、私、誰かわかってる。

「陳さん」

——その通りよ。

通話が切れ、Ｍ６の車内に静けさが戻る。

一抹の不安はあったが、今はどうすることも出来ない。

犬塚に託す。

用賀を過ぎたと思ったところで通話し始めた車は、終わっても百メートルと進みはしなかった。

六

犬塚は純也との通話を終えた足で五反田に向かった。

陳とふたり、ペリエが入ったビル及び周囲の様子をたしかめる。

特にビルそのものは念入りに確認したが、外の非常階段は上から下まで、見事になにやらの荷物が置かれていて出入りは不可能だった。抜き打ちの検査があれば一発で違反が確定するが、その辺はきっと所轄の消防とうまくやっているに違いない。

ロビーも、防犯カメラは三台取り付けられていたが、見る者が見れば全部がダミーだとわかる。

非常警報設備としてはエレベータ左横の階段付近に手動の非常ベルは確認出来たが、放送設備はないようだ。ペリエの入るビルは、古いビル、古いビルオーナーにはありがちな、典型的な雑居ビルだった。

ひと通りを見て終えた犬塚は、陳と腹ごしらえをした。

陳は分室を訪れたときや最前の純也との通話の時と違い、五反田に入ってからは口数が少なく、目つきも鋭くなっている。

異国の公安捜査に初めて同道するということになるが、作業の場に出れば、さすがに中国国家公安部、在日本駐在武官ということを思い出さざるを得ない。

それでも、一緒に店内に入ることは許可しなかった。

「なぜですか。大丈夫よ」

陳は食い下がったが、それだけは拒否した。犬塚はサードウインドの経理部長を装い、ペリエに一度入ったことがある。そういう経験が生きる。

ペリエはホステスとボーイは多国籍だったが、広い店内に日本人以外の客はひとりもいなかった。

犬塚が滞在した時間内に入出店した客すべてがだ。

考えるまでもなく、陳を連れて入ることは出来なかった。

ほぼどの企業もお盆休みが明けた月曜日のためか、夜の人出は多かった。休み明け初日ということで、かえって早い時間の方が多いのかもしれない。

その賑わいの中に陳を残し、犬塚は三階のペリエに向かった。

店内にも街頭に負けないくらいの賑わいと、南国のむせかえるような香りがあった。アラビアジャスミンが至る所に飾られている。

犬塚の来店を知って席に出てきた美加絵に聞けば、

「こんなの、年に何回かだけよ。それも、あと二時間もすればきっと引けちゃうし。だから最後までいてよね。それ、情報料の代わり」

と、ほっそりと笑った。

「わかった。で、どの娘だって」

「三番テーブルの娘よ」

そう言って、美加絵はカウンターの奥に消えた。

代わるがわるにやってくるカタコトの娘らと談笑しつつ、それとなく三番テーブルを窺う。

胸の大きく開いた赤いドレスの娘だった。目鼻立ちは整っている。日本人好きする顔といえばいいか。スタイルも悪くない。

それにしても、

(あれだ。メイさんの)

遠望ながら、純也から転送で送られてきた鳥居の秘撮した写真の男女。

その女によく似ていた。

勘としていうなら、間違いないだろう。

ということは、〈ブラックチェイン〉だ。

「社長さん。あれね。サードウインドの人だてね。私、好きよ。パズルのゲーム。おもしろいね」

「そうかい。じゃあ今度、ノベルティでも持ってこようか。可愛いストラップとか、結構あるんだ」

そんな会話を交わしていると、ピアノが流れ始めた。弾き語りのようだ。

南国、フィリピンの娘だろうか。

驚くほど甘く切ない歌声が響いた。

それからの時間、犬塚が退屈することはなかった。

この間、〈ブラックチェイン〉の娘が犬塚のテーブルに付くことはなかった。美加絵が配慮してくれたのかもしれない。

あっという間の二時間が過ぎると、美加絵が言った通り客は見る間に少なくなった。

三時間も粘るようにいると、犬塚以外はあとから入った客、四、五組だけになった。

奥から美加絵が出てきて、犬塚のグラスに酒を作った。

焼酎一滴二滴の、ほぼウーロン茶だ。

「女の子、半分上がらせるわ。例の子は久し振りだから遅番。それでも一時間ね」

「そうか。——協力、感謝する」

「そんなんじゃないわ。言われるような女でもない。私はただ、私の店で余計なことをして欲しくないだけ。そう、本当に、余計なことをね」

美加絵は陰を見せた。

犬塚は見ない振りをした。

それが、せめてもの礼だろう。

「――もう、いいわよ。本当に最後までいたら目立っちゃうでしょ。こっちこそ、ありがとね」

美加絵に先導されるように席を立った。

「さっきの娘、歌、上手いね」

会計をしながら犬塚は素直な感想を口にした。

「えっ。ああ、そうね。上手いでしょ。ジャスミンっていうの。――でも、ね」

「でも、なにかな」

「歌が上手くても、上手いから、かな。幸せには遠い子よ。ま、ここにいるのはそんな子ばっかりだけど」

「そう。なら、あなたは」

「私？　私も一緒よ」

寂しい笑顔だった。

だが、特に深くは聞かない。

犬塚にとっては今現在の話ではなく、別の物語になるだろう。

じゃあと手を上げ、店を出た。

一階の広いロビーは、静かなものだった。人っ子ひとりいない。

外もペリエの店内と連動するかのように、人通りが減っていた。

五反田の繁華街は、そういうところなのかもしれない。

斜向かいのビルの、もう明かりを落としたスタンド看板の奥で陳が手を上げた。

犬塚はそれとなく寄っていった。

「犬塚さん、お楽しみでしたか」

言葉ほどに口調は砕けない。陳もすっかり捜査のモードに入っているようだった。

店内の様子を話しつつ、それから一時間あまりを張り込む。

ペリエの店内に残っていた客すべてが出たことは確認出来た。

繁華街そのものに人の往来はまだあったが、ビルのロビーに人の姿は皆無だった。

ただそのころになると、通りを何人かの怪しげな男達がうろつき始めた。中には何人か外国人の女もいた。

風俗か、裏通りの水商売か。風営法が施行されて久しいが、そういう輩が絶えることはない。

「どう、お兄さん達、いい子いるよ」

客引きの探そうとする目には、ターゲットと映るだろう。

煩わしかった。

ビルの隙間とかに移動しても、今度は犬塚達が怪しくなる。

「仕方ない。陳さんロビーに入ろう」

「ＯＫ」

誰もいないロビーに入り、エレベータ脇の階段に陣取る。

たとえ誰かがロビーに入ってきても、缶コーヒーでも買って座り込んでいれば、目当ての娘を待つアフターの客に見えないこともない。

それから三十分の間に、本当にアフターに出る客がエレベータや階段から六組ほど降りてきた。ラフな格好の女性達もぞろぞろと降りてくる。

いっときロビーが賑やかにも華やかにもなるが、その中にまだ目的の中国人はいなかった。

そこから十五分もすると、

「そろそろかな」

犬塚は陳を促し、立って階段に隠れるように位置を変えた。

ビル全体が静まりかえってゆく気がした。

ほぼ人の出入りが打ち止めになったようだった。

さらに十分ほどが過ぎた頃だった。

かすかな音がして、エレベータが開いた。降りてきたのは、ひとりだけだった。

〈ブラックチェイン〉の女だ。真っ直ぐ外へ向かう。

犬塚は階段の陰からロビーに出た。

「よし。陳さん、追うぞ」

言って携帯を取り出す。純也に連絡するためだ。

そのときだった。

「もう少し様子と思ったけど、仕方ないね」

背中から聞こえる陳の声が、今まで聞いたことがないほどに冷えていた。

咄嗟には理解出来なかった。

気配もどこかおかしいと思った途端、背後から伸びてくる手に口を押さえられていた。

果たしてこれが、純也だったら。

少なくとも陳が口元に薄笑いを浮かべ、ジャケットの内ポケットからダガーナイフを取り出す、その一瞬の変化を捉えて動いたかもしれない。

だが、犬塚は遅れた。

犬塚では無理だった。

いや、鳥居でも猿丸でも無理だろう。

相手はただの男ではない。訓練を積み、言えばJ分室の誰より、純也に近い存在だった。

「彼女、追うは困るね。今、私の部下よ」

強い力で後ろに引かれた。

犬塚の上背の分もあるか。陳の肩に後頭部が触れる。

担がれる形で顎が上がった。

すぐに喉に冷たい物が押し当てられた。

悪寒もなにも、感じている瞬間すらなかった。

「！」

おそらく鋭利なナイフが、一気に引かれた。

苦鳴も絶叫も上げられなかった。

声も呼吸も、血潮も命も含め、全部が掻き切られた喉から外にこぼれていく感じだった。

突き飛ばされるようにして、犬塚はロビーの床を転がった。

(クソッ！)

ナイフをしまい、ここまで変わるかというほど表情を歪《ゆが》めた陳が寄ってきた。

犬塚を跨《また》ぎ、ジャケットを押し広げる。

目的はすぐにわかった。

「ふふ。いいおもちゃ、貰《もら》うね」

犬塚のショルダーホルスタからシグ・ザウエルＰ２３９ＪＰを抜き取る。

（このまま、終われるかよっ！）

不退転の闘志、一瞬の隙。

命まで燃やすものなら、はかなくとも闘志は隙を凌駕する。

犬塚は陳の股間を渾身《こんしん》の力で殴りつけた。

「ぐぁっ」

前屈みになる上体を、たわめた両足で蹴り飛ばす。

喉が湿った音を立てた。

命の残りは、さほど多くない。

脳裏をよぎる走馬灯の初めに、ロビーが俯瞰された。

残った力を寄せ集めて立ち上がり、拳を壁に叩きつけた。

――！

非常ベルの音が、夜の静寂に鳴り響いた。

階段とエレベータの間に、犬塚はそれを思い出したのだ。

まさに陳を蹴り飛ばし、犬塚の血にまみれたその辺りだった。

壁をつたいながら懸命に歩を進めれば、〈ブラックチェイン〉の女が降りてきたばかりのエレベータが動いていなかった。

ボタンを押せばすぐに開いた。
屈辱とともに起きあがった陳の、おそらく本性に違いない鬼の形相が見えた。
〔这混蛋《ジェフンダン》！（この野郎ッ！）〕
倒れ込むようにして中に入り、手当たり次第にボタンを押した。
（閉まれ、閉まれ！）
もどかしいほどゆっくりと扉が閉まる。
陳は吼えるだけで寄って来はしなかった。
非常ベルに陳が躊躇した結果だろう。
背を返し、ビルから走り去る陳の姿が閉まりゆく扉の外に見えた。
動き出したエレベータの中で、犬塚はずるずると崩れ落ちた。
何度かエレベータが止まる揺れがあったが、何度かはわからない。
意識が少し、飛んだかもしれない。
やがて、声が犬塚を呼び覚ました。
非常ベルは、まだ鳴っていた。
「あら」
エレベータの外に立っていたのは、帰り支度の美加絵だった。手に花束を抱えていた。
店に活けられていた、アラビアジャスミンだ。本数はわからなかった。

もう、そこまで焦点は合わなかった。
「うるさいと思ったら、そう、あなたね」
さすがに並の女ではない。美加絵は騒ぎも、逃げもしなかった。
エレベータの開延長ボタンを押し、エレベータとフロアの境目にうずくまった。
「ねぇ。あなた、死ぬの」
たしかに、命はもう残り少ないようだった。
だが、
（もう、少しっ）
燃え滓《かす》に火を熾《おこ》し、犬塚は携帯を取り出した。
たかだかの携帯が重かった。
両手で支えなければ持てないくらい、重かった。
文字など打てない。両手で藻掻《もが》くように、リダイヤルを押すだけで精一杯だった。
辺りが、だんだん暗くなる。
照明ではない。
犬塚の命だ。
見えなくなる前に、美加絵に視線をひた当てた。
声など出せるわけもない。

携帯を投げた。

「え、出ろって言うの」

美加絵は携帯を取らなかったが、指を伸ばしスピーカーにしたようだ。

呼び出し音がエレベータ内に響いた。

――はい。シノさん、なんだい、この音は。

純也の声を確認した。

ちょうど、騒がしかった非常ベルが止まった。

「液晶に分室長ってあったけど、あなた、分室長さん?」

――あれ、どなたですか。

「沖田美加絵って言えばわかるかしら」

――はい。それでシノ、いえ、犬塚さんは。

「へえ。この人、犬塚って言うんだ。――そうね。今目の前で血塗《ちまみ》れよ」

――えっ! それって。

「喉を切られて血塗れ。多分、もうダメ」

――そこにいるのは、犬塚さんひとりですか。

「そうよ」

――これ、スピーカーにしてください。

「してるわ」
――シノさんっ。陳さんか！
犬塚は必死に動いた。
動けたか。
不思議な衝撃があった。
「頷いたみたいだけど、そのまま横倒しになっちゃった」
――シノさんっ！……そうか。……ああ、そうかい。
純也の息づかいが聞こえた。
――ご苦労様。
淡々と、あっさりと純也は告げた。
それが戦場の送り方なのだろうか。
だが、かえってそれで、喚くこともなく犬塚は腑に落ちた。
自分が死ぬのだと。
(いえ。こちらこそ)
思いだけで犬塚は答えた。
目はもう見えなかった。
お店にいてくれ、警察を行かせるが、あなたには触らない、などの純也の、次第に遠くなる声を聞いた。

「なんか、ヤクザも警察も、壮絶ね」

静寂の中、美加絵がぽつりと言った。

胸になにかが置かれた。

いい香りがした。

涅槃《ねはん》の香りか。

生きようと藻掻く、心が丸まる。

（ああ。母さん。今日はもう、帰れないな）

妻の顔が浮かんだ。

なぜか、泣いていた。

（なんだ。泣く奴があるか。心配いらない。分室長がいてくれる。俺になにかあっても、お前達はなんの心配もいらない）

啓太が妻に寄り添った。

（なんだ。帰ってたのか。早かったな）

朝、出かけるのは啓太の方が早かった。

「臨時のバイト、今日までなんだ。代理だったから取っ払いだって。初バイト料だよ」

啓太はそう言い、なにか照れくさそうに笑った。

「なんか買って帰るよ。父さん、食べたいものある」
そんなことを言ってくれた。
(悪いな。楽しみだったが、食べられそうもない)
五感は、すでに失われようとしていたが、心の感触でわかった。
自分は今、泣いている。
(愛子、幸せになれ。俺に関係なく、幸せになれ)
涙は止まらなかった。
(啓太、強くなれ。もっともっと強くなれ。そうして、母さんを守れ)
浮かぶ愛子が、微笑んでくれた。
啓太が強く頷いた。
──ああ。ああ。
もうそれで十分だった。
犬塚は深く深い、眠りに引きずり込まれていった。
特に恐れはなかった。
(メイさん、セリ、分室長。私は──)
自分がなにを言おうとしたのかも、もう犬塚にはわからなかった。

第七章　爺夫

一

犬塚の壮絶な死。
石和の鳥居がこの一報を純也から受けたのは、翌朝だった。
正確には、同日だ。
差し込む朝陽の中で携帯を取った。着信音に起こされた格好だ。
寝惚《ねぼ》け眼《まなこ》で出た携帯は、純也の声で驚天動地を伝えてきた。
「えっ。なっ。——て、そりゃあ」
言葉はなにも出なかった。涙もすぐには出ない。
現実感も、現実としての距離も遠かった。
犯人は中国大使館からやってきた国家公安部の陳善文だという。

すれ違いで甲府に詰めた鳥居は、その男をまだ見たことがなかった。

分室によく出入りし、受付のふたり組とも純也を介し食事をしたというが、話だけだ。

その漠然としたイメージも、現実感をより遠いものにするか。

――部長がね、このことを中国大使館に猛烈に抗議したよ。けどね、やられた。

純也にしては弱い声だった。

――迂闊だったよ。少し頭を働かせれば、ひと手間かければわかることだった。防げたんだ。

敗北。その悔しさ。

聞きたくはないが、純也にもそういう感情はあるだろう。

ましてや、部下の死だ。

「――なんですかね。わかりません」

自分のいやに冷静な声に、鳥居は驚いた。

いや、純也が堰《せ》き止めてくれているのかもしれない。

喜びは分かち合い、悲しみは胸に抱《いだ》く。

なにを言っているのかと、それが大使館側からの回答だったようだ。

――本国からの指示で陳善文を警視庁に送ったことは認めたようだけどね。けど、実際警視庁に現れた男は、陳善文ではない。

「えっ」

そう言われても、まだ鳥居にはわからなかった。

――陳善文という駐在武官はたしかにいた。けれどね、八月十日には、堂々と帰国していたよ。出国の証明も取れた。おそらくアリバイ、なんだろうね。国としてか、大使館としてかはわからないけど。

鳥居はただ唸った。

案件の話だ。

集中しなければならない。

だが、それが出来なかった。

考えようとしても、思考は散った。

――もちろん、こちらに来た男の顔写真とかは大使館に送ったけど。そんな男は知らないの一点張りだ。逆に、そんな難癖で大使館、ひいては我が国を陥れようとするのは誰だとね、部長が責められたようだ。本国には確認すると言ってたらしいが、どうだろう。この線は、切れたということだろう。

「なんですか、そりゃあ」

――そう。先に説明した、セリさんも絶句していたよ。

「じゃあシノは、嵌《は》められたみてぇじゃないですか」

——はめられたというより、触れてしまったんだろうね。あの、陳善文を名乗った男の、触れてはいけない部分に。

　鳥居は携帯を握りしめた。

　息づかいだけが、次第に荒くなっていった。

——大丈夫かい。メイさん。

「——へへっ。大丈夫ですよ。まだ」

——気をつけて欲しい。最後になったけど、シノさんのシグは陳に奪われたようだ。わかるね。

　はいと、どこかの自分が答えたような気がした。

くれぐれもと念を押して、純也は電話を切った。

鳥居はそのまま、なにも表示されない携帯を見詰めた。

やがて、犬塚の顔が浮かんできた。

真っ直ぐ、犬塚は真剣な表情で鳥居を見詰めた。

「シノ、お前ぇ」

衝動に駆られた。居ても立ってもいられなかった。

やおら立ち上がった鳥居は、手早く着替えを済ませた。

どうするかと思ったが、純也に言われたばかりだ。ショルダーホルスタを吊り、シグを納めてジャケットを羽織った。

家を出た鳥居は、まだ人気《ひとけ》のない街路を真っ直ぐに歩いた。

向かったのは、高橋秀成の家だった。

東の空から斜めに朝陽の差す家の、駐車場の前に黙って立った。

しばらくそうしていた。動かなかった。

下向きだった庇の影が、やがて真横になろうとする頃、玄関の扉が開いた。

高橋だった。

鳥居は頭を下げた。

一瞬高橋は怪訝な顔をしたが、すぐにわかったようだ。

口を固く引き結んだ。

臨戦態勢というやつだろう。

だが――。

どうでもいい。

「あなたは、たしか小日向の所の」

言いながらも足は止まらず車に向かい、鍵を取り出す。

車が勝手に開錠した。キーレスというやつだろう。

「はい。この間はどうも。鳥居といいます」

「こんな朝早くからなんです？　しかも家まで。こんな非常識に、おつきあいする理由はありませんね」

とりつく島もないというやつだ。

だが、鳥居には関係ない。

島がなければ、情で隆起させればいい。

高橋がもう鳥居に見向きもせず、車のドアを開けた。エンジンを始動させる。

ゆっくり、鳥居は車の真正面に移動した。そこから動かなかった。

「なんだね。警察ということはわかっているが、この場合、県警を呼んで排除させることも出来ると思うが」

「呼びたきゃ、呼べばいいや」

「なんだと」

気色ばむ高橋に、鳥居は首を振った。

「仲間が、死にましてね。犬塚ってんです」

なにか言おうと口を開きかけたまま、高橋は動きを止めた。

「死んだ？　仲間とは」

「ええ。同じ、小日向純也の部下ですわ」

「それは――」

高橋の目の中で瞳が動いた。

情が一瞬揺らぎを見せた。

だが、一瞬でもいい。一瞬こそ大事だ。一瞬を、積み重ねる。

そうすればいずれ、心の防壁はひび割れる。

人ならば。

「いや、どうでもいい」

高橋は車に乗り込もうとした。

「犬塚が死んだなぁ五反田の、ペリエのビルの一階です。首切られて、藻掻いて藻掻いて、死んだみてぇです」

今度こそ、愕然とした顔で高橋は鳥居に顔を向けた。

「な、そんな。いや、私は」

「〈ブラックチェイン〉ってんですか」

鳥居は、楔《くさび》のような一声を放った。

公安捜査員として、おそらく正解ではないだろう。

いや、間違いなく不正解だ。

そもそも、高橋の目の前に立つことすら本来ならNGなのだ。

それでも、立たずにはいられなかった。犬塚のことを知らせずにはおけなかった。

公安失格とそしられるなら甘んじて受ける。

いや、そんな公安ならクソ食らえ、自分の方から願い下げだ。

鳥居は鳥居の思う正義と、譲れない有情によって、高橋の前に立つ。

「緑樹園にあなたを訪ねてきた、若い男女。その片割れの女を追って、殺されたんです」

高橋は動かなかった。

それでも明らかに、最前までとは様子が変わっていた。

少なくとも、唇はかすかに震えているようだった。

「子供ぁ、大学に入ったばかりの息子がひとり、いましてね。小っちぇえ頃ぁ、心臓の大病で明日をも知れぬ子でした。犬塚ぁ、一生懸命でね。駆けずり回って這いずり回って、結果としちゃぁ、ラッキーもありましたがね。心臓移植させました。子供の命、奥さんの笑顔。あいつぁ、ひとりで取り戻したんだ。偉《えれ》ぇ奴ですよ。凄《すげ》ぇ奴ですよ。――それがね、死んじまったんですよ。――へへっ。俺より先ってなぁ、ねぇですよね」

鳥居は笑った。

高橋の喉が鳴った。

「それ、は、お悔やみを、言わせて貰い」

「なぁ、高橋さん」

鳥居は高橋の言葉を遮った。

「あんた、分室長のお友達なんでしょ。頭ぁいいんでしょ。――いけねぇよっ。人に悲しみを振り撒いちゃ、いけねぇっ」

迸《ほとばし》る激情、だったか。

それでも涙は出なかった。

かえって、それが悲しい。

自分が骨の髄まで、公安捜査員であると思い知らされる。

それで少し、冷静になれた。

「まあ、よくお考え下さい」

鳥居は頭を下げた。

「ご出勤の所、失礼しました」

高橋のそばを離れる。

後ろは振り返らなかった。

高橋の視線を感じた。

アイドリングのまま、しばらく車は動かなかった。

区画の角を曲がり、自分の借家に戻る。

敷地に入り、少し気が緩んだ。

庭に回りながらおもむろに携帯を取り、純也に掛けた。

すぐに出てくれた。

「すいません。分室長。やっちまいました」

鳥居は高橋との接触をありのままに話した。

純也は特に驚きも、咎《とが》め立てもしなかった。

――いいと思う。僕も昔の高橋を取り戻したいし、メイさんは正しい。

「――へい。どうも」

染みた。やはり、純也は得難い上司だと思う。

――それより、さっきセリさんにも連絡したけど、明日中に帰郷するように。明後日、なによりもまず大事なことがある。

「えっ。なんですね」

――シノさんの通夜、明後日に決まったよ。

「あ、ああ」

通夜、通夜。

犬塚の死。

――セリさんは今日中に帰って来るってさ。そのままシノさんの家に向かうそうだ。寄り添ってやらなきゃって言ってたけど、どっちにどっちが必要なのかはわからない。

「ねぇ、分室長」

鳥居は縁側に座り、空を見上げた。

抜けるような青空の中に、真っ白な綿雲が流れていた。

「シノの奴、死んじまったんですね」

――メイさん。ゆっくり、明日帰っておいで。

通話が切れた。

綿雲がゆっくり近寄ってきた。

犬塚が見えた。

笑って、手を振っていた。

「シノよぉ」

頬を伝う涙を、この期《ご》に及んでようやく鳥居は感じた。

二

この十九日の、晩だった。

爺夫となった陳は、誰よりも早く倉庫に入った。

前の爺夫は最後にやって来たようだが、陳はそれを好まない。

なにより、〈ブラックチェイン〉は取り替えのきく駒であって、信用するとかしないとかのレベルにない生き物だ。

先に入って隅々まで確認しなければ、陳は安心出来なかった。

やがて、一夫、二夫、四夫、五夫、それに、七姫がそれぞれにやって来た。みな、先に陳がいることに驚きを隠さなかった。

その辺がまず、だらけている。前の爺夫にか、日本という国にかはわからないが、祖国の諜報殖産活動の最前線に立つという意識が薄れ、毒されてもいるようだ。

もう一度鉄の掟《おきて》を叩き込み、失敗は死をもって償うという、簡素にして明確な、ただひとつの原則を思い出させなければならない。

それが陳の方針であり、〈ブラックチェイン〉をこの先、張源に必要不可欠と思わせるまでに再生するには必要なことだった。

張源がその手腕を認めれば、中央軍部への昇進も夢ではないと陳は考えていた。

いつまでも名もなき、裏舞台のエリートで甘んじているつもりはない。

図らずも、警視庁とは切れた。

もう少し潜って情報を取りたかった気もするが、これは不慮だ。仕方がない。

本格的に爺夫として、〈ブラックチェイン〉を動かすことに傾注すると陳は決めていた。

〔一夫〕

〔はい。なにか〕

陳は中国語を使った。

前の爺夫は日本語に限定したらしいが、そもそも陳は日本語がそれほど上手くない。〈ブラックチェイン〉に滑らかな日本語が必要だとは陳も思うが、前の爺夫はこの辺もぬるい。

うっかり中国語が出るようなメンバーは、取り替えればいいのだ。慣れさせようなどと腐心することはない。

後釜は要求すればいくらでも補充される。

使いづらい道具は、捨てればいい。

陳は一夫を呼んだまま、しばらく待った。

互いに離れた位置で、向き合ってパイプ椅子に座っていた。一夫は、なにかを与えられるのを待っているようだった。

前回見た印象の通りだ。古くから生き残っているということだけでは、手腕の証明にならない。〈上手く泳いで来た〉だけの奴もいる。

〔立て〕

〔はっ?〕

そのまま固まる。あきれるほど無様だった。

〔上官に呼ばれたら立て。そんな当たり前のこともわからないのか〕

〔あ、は、はい〕
一夫は慌てて直立した。
他の四人にも、見る限りこれで芯が入ったようだ。
倉庫の中に、張りつめた空気が漂う。
それでいい。それが陳の好みだった。
顔がいいと昔から言われた。自分でも理解し、武器として使う。表の顔として、使うときは出来るだけ陽気に振る舞う。それが威力を最大限にすると思うからだ。
本性からすれば、疲れる。エネルギーを使う。裏の真の顔は、思い切り、その反動かも知れない。
〔黒なまこ、どうなった〕
〔はっ。さすがにまだ、なんとも〕
〔さすがに？　さすがにとはなんだ。もう一週間以上が過ぎている〕
〔右から左というわけにはいきません。切れたルートをつなぐには、大変な労力と慎重さが必要です。しかも、日本のヤクザの目を掻い潜らなければなりません。これがなによりややこしい〕
〔ふん。それで？〕
〔とにかく、時間を下さい。いえ、なにもしていないわけではありません。行く前にご連

絡したでしょう。北海道にも渡ってます。下準備は少しずつ進めてます〕
〔行ったのは知っている〕
陳は頷いた。十三日午後から二泊三日で、一夫はたしかに函館に行った。
〔とにかく、出来るだけ急げ〕
〔やれるだけ、やります〕
言い方が気に障った。
〔やれるだけとはなんだっ。今から、動け！〕
一夫は泳ぐように陳の目の前から消えた。
出てゆく一夫と入れ替わるように、モニュメントのような貨車の向こうに気配がうごめいた。
〔あれ。一夫、どうかしたんですか〕
〔えらく難しい顔してましたけど〕
現れたのは、八夫と九夫だった。
遅れたことになるが、陳は咎めない。密かに任せていることがあったからだ。
ふたりはパイプ椅子の方に歩き、わずかに首を傾げた。
倉庫内に漂う空気、整然として座る仲間達の様子になにかを感じたようだ。
若いということは、それだけで経験に劣ることの証拠にもなるが、有り余る体力と柔らかな思考、感受性は武器ともなる。

陳が主に、これからの〈ブラックチェイン〉として期待しているのは、七姫以下の三人だった。あとはいつ切り捨ててもいい。

〔どうだった〕

陳は立ったままのふたりに聞いた。

猿丸俊彦警部補の、殺害。

ふたりに指示したのはそれだった。

実際桐生のどこを根城にしているかは分室で聞いて知っていた。大枠でもわかれば、狙う方が圧倒的に有利だ。

前の爺夫を殺した夜、当たりをつけろと命じておいた。

GOをかけたのは、犬塚を亡き者にした後だ。正確に言うなら、この日の朝だ。ふたりは、すぐに向かったはずだった。

警視庁と切れるなら、桐生をうろつく猿丸は邪魔だった。

鳥居も同様だが、高橋と手越では役割が違った。

いえと、首を横に振ったのは八夫だった。

〔ダメでした〕

〔ダメ？〕

陳の目が光る。
〔それは、失敗したということか〕
〔そうじゃありません。いえ、大きく捉えるならそういうことになりますか〕
〔わからないな〕
〔いなかったんです〕
話を継いだのは九夫だった。
〔行ったんですが、フード・ワークの周りにも、根城にしてるビジネスにもいませんでした〕
〔なんだと？〕
〔おそらく、東京に帰ったんじゃないかと〕
すぐに腑に落ちた。
陳が犬塚を殺したことで警戒されたか、その葬儀か。
〔――運がいいな。とにかく、わかった。仕方がない。東京まで追うのは危険だ〕
ふたりは頷いた。
〔よし。それぞれ、今しなければいけないことはわかっているな〕
八夫、九夫だけでなく、二夫も四夫も、七姫も立った。
わずかに遅れて、五夫も立つ。

〔しっかり励め。三と六か。抜けた穴の補充は、もう本国に頼んである。他にも、予備軍はいくらでもいる。お前らの代わりは、いつでも用意出来る〕

陳は全員を見回した。

薄明かりの中、六対の目が光るようだった。

緊張感が少しは出てきたか。いい傾向だ。

解散を告げると、六人が一斉に動き出した。

〔ああ。二夫、八夫、九夫〕

陳は呼び止めた。

〔お前達は残れ〕

四夫、五夫、七姫が倉庫を出るのを確認するまで陳は待った。

この三人に関係する話ではないが、大事は知る者が少ない方がいい。

〔一夫はダメだな。使えない。殺せ〕

残った三人は、一瞬なにを言われたかわからなかったようだ。

やはり、ぬるくなっている。〈ブラックチェイン〉を横の鎖とでも思っているか。

〔あいつ、なんと言った？　北海道に渡っただと？　仕事はしてるだと？　ふん。俺も便をズラして渡った。あいつは函館でなにもしていなかった。ただ蟹《かに》を食って遊んできただけだ〕

〔──確認に、行ったのですか〕
二夫が聞いてきた。
〔その通りだ。当たり前だろう。お前らは全員、俺を信用しなければ生きていけないが、俺は、お前らひとりひとりを見極めなければ生きていけない〕
黒い鎖はひとつひとつが爺夫と国の上層部につながれた鎖、それだけでいい。
〔殺せ〕
陳はもう一度言った。
〔お前らが言う、桐生の工場か。猿丸がいないのもちょうどいい。殺してミンチにしろ〕
〔──ミンチ、ですか〕
二夫が繰り返した。
古い、ぬるい。
〔殺せと言っている。何度言わせるつもりなんだ〕
八夫の喉が鳴った。
〔その昔の粛清は、そうしていたとこの間、一夫本人が自慢げに話していたぞ。それでナンバーが上がるのが楽しみだったと。お前達のナンバーも上がる。二夫、お前が一夫だ。八夫、九夫、お前達はそれぞれ五夫と六夫だ〕
九夫の気が、少し盛り上がったように感じられた。

それでいい。

〈ブラックチェイン〉には、死と血がなければならない。

三

二十一日は犬塚の通夜だった。

J分室はもちろん全員が参列した。ただし、警察関係者は誰もいない。

犬塚は組織図になく、論功行賞にも関係しない幻の部署の所属員なのだ。当然公務だと知るのはJ分室員だけで、殉職の二階級特進もない。唯一長島からの香典が純也に託されたくらいだ。

帯封のポケットマネーが入った分厚い香典は長島の気持ちだろうが、それにしても公人としての名前はない。長島にして、原理原則の殻を破ることは出来ないということだ。

「俺らぁこんなもんだと、わかってるつもりじゃあいましたがね」

鳥居は心底悔しそうな顔をした。

純也はその肩を叩いた。

「メイさん、下を向いちゃいけない。シノさんが行くのは天だ。きちんと上を向いて送ってあげるんだ。せめて、メイさんとセリさんは」

「って、分室長は」

涙に濡《ぬ》れた猿丸が顔を向けた。

「僕はね、上司だから。ふたりと同じではいられない」

純也はふたりに、なんとも言えない表情を見せた。

和尚の読経が終わった後、純也は犬塚家の愛子と啓太の前に立った。

「警視庁の、小日向です」

ゆっくりと、ゆっくりと、丁寧に腰を折る。

「私の不徳の致すところです。申し訳ありませんでした」

列席者の誰もが動きを止めた。

「あ、あんたねえ。よくも」

親戚の誰かが声を荒げた。

「おじさん」

制したのは、立ち上がった啓太だった。

「小日向さん。頭を上げてください」

純也をしてよくわからないほど、静かな啓太の声だった。

声を荒げなじる権利は、愛子と啓太にこそ本当にある。

頭を上げた純也の前にあるのは、座ったまま静かな微笑みを浮かべる愛子と、真っ直ぐに純也を見る啓太の顔だった。

「父は、色々話してくれました。誰よりも尊敬出来る上司と、誰よりも信頼出来る同僚についての話です。昨日、母とも話しました。そして、許して貰いました」

啓太の言葉を、誰もが聞いていた。

「俺、大学を卒業したら、警察官になろうと思います。そのときは迎えて貰えますか、分室長」

猿丸が嗚咽《おえつ》を漏らした。

鳥居が声を上げて泣いた。

純也は、啓太の前に手を差し出した。

「喜んで。なら私は、君が入庁するまで、せめて、君の志に恥じない男でいよう」

啓太が頷き、純也の手を取った。

そのとき、純也の携帯が振動したが、無視した。

残った親族一同が精進落としの席に向かうのを待って、携帯を確認した。

メディクス・ラボの氷川からだった。その場でかけた。

――なんだ。急ぎだというからこんな時間までやっていたんだ。すぐに出て欲しいものだな。

「はっはっ」

笑えた。

崇高な志もあれば、とことん身勝手なエゴもある。

人の世は面白い。

「その権利が、あなたにはないというだけの話です」

氷川は唸るだけで、言い返さなかった。

「それで？」

――終わった。そろっている。

「わかりました。今から行きます」

――えっ。今から。いや、今日はもう。

「ああ。言い間違えました。――あなたには、なんの権利もないという話でした。じゃ」

答えを待たず、純也は電話を切った。

赤い目の猿丸と、目も鼻も赤い鳥居が見ていた。

「僕は離れるけど、ふたりは精進落としの席へ行けばいい。行って啓太君に、啓太君の知らないお父さんの話をしてあげて欲しい」

了解ですという声を背に聞き、純也は葬儀場をあとにした。

店の全員が帰ったあと、美加絵はひとり、カウンターでスコッチのオン・ザ・ロックを傾けていた。

閉店後の一杯、これは美加絵の決まりのようなものだった。

「この一杯、やらなかったら、ね」

おそらく犬塚という刑事の死には遭遇しなかっただろう。そう思うと、味わいがある。

それにしても、印象深い死に様だった。

美加絵も沖田家組長の家に生まれ、育ってきた。ヤクザの死に様は何度も見てきた。抗争で腹部に銃弾を受け、そのまま蒲田の家兼組事務所に運び込まれた若い衆もいた。傷の具合を見た父は、こりゃあもうダメだなと冷ややかに見下ろし、ガレージに運ばせた。一昼夜苦しみながら藻掻きながら、若い衆は死んだ。

美加絵が小学生の時だった。

上半身裸で、血塗れの刀傷を自分で縫う若頭補佐を見たのは、中学生のときだ。苦しげにお帰りと言われたことを覚えている。

その若頭補佐は傷が癒えると同時に、お礼参りに向かい、ぼろ屑のように切り刻まれて帰ってきた。

死とは怖《おそ》ろしいもので、醜いものだと思ってきた。

それが、犬塚の死は違った。

壮絶ではあったけれど、美加絵にとっては怖ろしくも醜くもなかった。

なにかに、包まれていた。

信念、愛情、細かくはわからない。ただ、満足げな、穏やかな死に際だった。

全うした者、後顧に憂いのない者は、あんなにも安らかに死んでいけるのか。

(私も、あんな風に死ねたらいいな)

美加絵にとっては魅惑であり、蠱惑《こわく》だった。

西崎次郎《にしざきじろう》という男に命懸けの悪戯でも仕掛けてみようかという気になったのは、このときだった。

(次郎が泣いてくれたら、それだけで満足なんだけどな)

ロックグラスにライトを映し、美加絵は影の薄い笑みを浮かべた。

そのときだった。

店の入り口のカウベルが鳴った。誰かが入ってきたようだった。

たまにあることだ。店前のスタンド看板のコンセントは、帰るときに美加絵が抜く。営業中と間違えて入ってくる客もないではない。

「ごめんなさいね。もうお店はお仕舞いよ」

いつもならこう言えば、あ、すいませんと引き下がる。

ただ、このときばかりは違った。

「そうなんですか。でも、僕は客ではありません。あなたに会いに来ました」

歯切れのいい、よく響く明るい声がした。

間違っても酔客には有り得ない声だった。

そして、つい最近血塗れのスマホから聞こえてきた声だ。

やがて、大きくくの字に曲がったホール側から、ひとりの男がカウンターの照明の中にやってきた。黒いスーツ、黒いネクタイの男だった。

それがまた、異様によく似合うモデルのような男だった。

似合いすぎて、美加絵が思わず思い浮かべたのは、〈死神〉という言葉だった。

美加絵にとっては、綺麗で、残忍で、温かい神だ。

「小日向と言います。こんな遅くに済みません。犬塚の通夜があり、そのあと一件急用が入りまして。本来ならこの格好のこともそうですが、もっと早く、お店の営業時間内に来るつもりでしたが」

小日向という犬塚の上司は言いながら笑った。

悪戯気なチェシャ猫めいて、美加絵にとってその笑みは〈死神〉のイメージをさらに補完するものだった。

「いい男さんね。――それで」

「お礼を言いたくて。あなたのおかげで、犬塚の今際《いまわ》につながることが出来ました」

小日向が踵をそろえ、美加絵に向け深々と頭を下げた。

「ありがとうございました」

いい男はなにをやっても絵になる。

美加絵は少し笑えた。

「気にしないで頂戴。なにもしてないわ。ただ、エレベータのタイミングがそうなっただけ」

「そんなことはありません」

小日向は頭を上げた。

「犬塚と僕にとって、あなただったことは幸運でした。あんな状況を見たら、普通の女性なら逃げる。あなたは逃げないどころか、手を貸してくれました」

「そういうところで生まれて、生きてきた女だからね。それにしても、携帯をスピーカーにしてあげただけよ」

言って、美加絵はロックグラスを傾けた。

「それだけってことはありませんよ。僕は知っています」

小日向は首を振った。目にしっかりとした光があった。

「アラビアジャスミン、サンパギータの花束。あなたは、犬塚に供えてくれました。僕はそれが、なによりも嬉しい。だから」

ゆっくりと、ゆっくりと、小日向の手が美加絵に向けて伸びた。

「僕はあなたに、お礼がしたい。なんでもいいですよ。たいがいのことは叶えて差し上げましょう」

自信に満ちた小日向の言葉だった。

少し、ふざけてみようと美加絵は思った。

「なら、この下らない、面白いことのない世界を作り替えてってお願いしたら」

冗談のつもりだった。

だが、小日向の答えは早かった。

「あなたが、それを本当に望むなら」

躊躇のない答えは、かえって美加絵を戸惑わせるものだった。

「冗談よ。私、今の生活、結構気に入ってるもの」

「なら、なんにしますか？」

「そうね。――今はいいわ。思いつかないから」

美加絵はグラスを空け、氷を鳴らした。

「でもいつか、本当になにか困ったことがあったら、私に手を貸してくれない？」

「了解です」

「有効期限って、あり？」

「僕が、この世にある限り」

小日向はポケットから名刺を取り出し、カウンターの上に置いた。

「いつでも、どこからでも。これは、あなたと僕の契約です」

そう言って小日向はスーツの裾を翻した。

カウベルが鳴り、またペリエの店内は美加絵ひとりになった。

「――なんか不思議。なに、今の？」

グラスの氷を替え、いつもの決まりにない二杯目を注いだ。

名刺は置かれていた。

小日向純也という警視は今の今までたしかに立っていた。

そして、望むなら、世界を作り替えると言った。

けれど、現実感に乏しかった。

いや、だからか。

「私、誰と話してたんだろ。契約って、――ふふっ。おかしい」

天使の顔をした悪魔との契約。

いや、死神との契約か。

美加絵は笑いながら、二杯目のグラスをひと息にあおった。

四

翌日は十時から、同じ葬儀場で犬塚の告別式だった。

J分室の三人はこの日も、そろって列席した。なにを置いても出棺まで見送る。それは、決めてあったことだった。

通夜より参列者は多かった。

それにしても、警察関係者はいない。ただもう、鳥居も繰り言は言わない。猿丸も同様だ。

啓太のひと言は、もしかしたらJ分室そのものを救ってくれたかもしれない。

そんな中、黒塗りのセダンが一台、斎場に入ってきた。

すぐにそれが、幹部専用車とわかったのはJ分室の三人だけだったろう。他に警察関係者はいない。

降りてきたのは、氏家だった。すでに最後の別れを済ませ、ロビーに出ていた純也達に見向きもせず、真っ直ぐ受付に向かい、焼香を済ませる。

専用車はロビー前に停車したまま動かなかった。不遜だとも言えるが、来たことに意味があると捉えることも出来た。

専用車で来るということは公務の流れということだ。香典には間違いなく、
警察庁　警視正　氏家利道
と書かれていることだろう。

氏家が純也達の前で立ち止まったのは、帰り際だった。

「無様だな」

立ち止まりはしたが、見はしない。

真っ直ぐ前を見詰める言葉は、外に逃げるようだった。

「部下を殺すのは、上司の無能だ」

「おっしゃる通り。弁明の余地はありません」

純也は式場の方を見やりながら答えた。

声も感情も、向かう方向は氏家と擦り合わない。

「ふん。やけに素直だな」

「故人を安らかに送る。今はそれだけですから」

「これ以上減らさないよう、せいぜい心掛けて、縮こまることだ」

氏家は大理石のロビーに靴音を響かせた。

「分室長、言わせといていいんですかい」

鳥居が純也の脇に立った。

「あの言葉自体、私にゃあ冒瀆《ぼうとく》に聞こえますが」

「いいよ。メイさん。いや、無理にも放っておくんだ」

純也はいつもの笑みを鳥居に向けた。

「乱されたら負け。シノさんに笑われるよ」

「ああ」

鳥居は頷いた。

猿丸が手を打った。

「その通りだぜ。なあ、メイさん」

そのとき、純也の携帯が鳴った。

画面を確認し、純也はもう一度鳥居を見た。

「メイさんの情、勝ったかもしれないよ」

かけてきたのは甲府の高橋だった。

「はい」

出てみたが、応答はすぐにはなかった。

切れたわけではない。息づかいは聞こえた。

唸るような雑音は、風だろうか。

——今から来られるか。

高橋は前置きもなくそう言った。

純也の目がわずかに細められた。

一声を聞いただけだが、高橋の声にこれまでのとげとげしさがなかった。

「いいよ。お前が望むなら」

――助かる。

場所を指定し、それだけで通話は切れた。

「なんですね」

鳥居が聞いてきた。

「高橋が、来て欲しいってさ。聞く限り、昔のあいつだった」

「おっ。――えっ」

一瞬、鳥居の顔に喜色が浮かびかけ、消えた。鳥居もなにかを感じたようだ。

「そう。情の行方は、どこだろう。僕は、見届けなければならない」

純也は深く頷いた。

「ああ。それで思い出した。メイさんにはちょっと行って欲しいところがあるんだ」

「へい。で、どこへ」

「琵琶湖《びわこ》辺り」

「琵琶湖、ですか？」

「そう。いつも通り、内容はあとで送る。ただし、周囲には十分気をつけて。陳を名乗ってた男はもう敵だ。どういうことを仕掛けてくるかわからない」

「わかってます。了解です」

「よろしくね。――それと」

純也は顔を猿丸に向けた。

「セリさんは群馬で、これまで通りに頼むよ」

猿丸は頷いた。

「そうっすね。このまま、この足でって思ってました」

「けど、セリさんも気をつけて。いや、メイさん以上にだ。あの男にはセリさんの動き、もう全部把握されたと思った方がいい」

「へへっ。そりゃあ、結構きついっすね」

わかって笑う。

猿丸も、J分室の男だ。

「そうだね。だから、今日から、オズを何人か動かしたよ」

「えっ。オズっすか」

「そう。セリさんの身の安全のこともあるけど、工場の赤ちゃん、なにもわからず無辜《むこ》の叫びを上げる命は、なんとしても救わなければならない」

「ああ。ってことは、そろそろ」

猿丸も理解したようだ。

「そうだね。そろそろ、大詰めも近いだろう。こうなったら僕は誰でも、なんでも使うよ。立っている者はオズでも使う。そういうことだね」

「それって、たとえばあの氏家理事官でも、その、分室長のお父さんでもっすか」

猿丸が、悪戯気な目で聞いてきた。

「使うよ。たとえ現職の総理でもね。ははっ。いや、実際もう使ったしね」

「えっ。なんすか」

「まあ、正確には本人というより官邸だけどね。――さて」

純也は表情を引き締めた。鳥居も猿丸も目に光を灯《とも》す。

厳しくも頼もしい、公安の目だ。

行ってきますと、それぞれが純也の前で背を返した。

行ってくるよと、それぞれが式場の犬塚に声を掛けた。

ちょうど出棺の支度が整ったようだった。葬送のクラクションが高らかに鳴った。

分室員三人、それぞれの行方をその場で見送り、純也も駐車場のＭ６に乗り込んだ。

「逝く命、来る命。さて」

重々しいエグゾーストノートを響かせ、Ｍ６が動き出した。

五

高橋が指定してきたのは、笛吹川フルーツ公園だった。東京からは一宮御坂インターチェンジで降り、二十分もあれば着く。

甲府盆地を一望する小高い傾斜地を利用したこの公園は、山梨県全県区出身の国会議員の肝煎《きもい》りと言われ、三十二万平方メートルの広大な敷地を持つ。ここからの眺望は、新日本三大夜景のひとつにも選ばれている。

フルーツラインを上り、純也は第一ではなく、第二駐車場にM6を止めた。おそらく高橋のものだろう車が止まっていた。

高橋との待ち合わせは、野外ステージだった。第二駐車場が近かった。

近くの自動販売機で冷えた緑茶を二本買った。遠くはるかに甲府盆地を取り囲む山々の稜線が見えた。

真夏の平日金曜、午後三時だ。フルーツ公園自体に人は閑散としていた。いや、三十二万平方メートルの中に分散しているだけか。

ステージから段々に登る、石と芝生の観覧席のど真ん中に高橋はいた。白いスラックスに薄いオレンジのサマージャケット姿だった。

「いいのか。平日なのに秘書の仕事をサボって」

純也が背後から近づくと、上体を反らせて高橋は振り返った。

「いいんだ。思えば、子供の頃から俺はいい子で通してきた。ははっ。この歳になって、初めてだけどな」

あっけらかんと笑う。

高橋が、純也の知る高橋に戻っていた。真面目で真っ直ぐで、いつも穏やかな高橋に。

「そうか」

純也は脇に座った。

高橋は、いつからここにいるのだろう。額には汗が浮いていた。

午後三時を回ってもまだ陽差しは強い。甲府盆地から吹き上がる風は温く湿っていた。

「ほら」

緑茶の一本を高橋の脇に置いた。

「サンキュー。助かる」

高橋はすぐに、喉を鳴らして飲んだ。

ひと息つき、美味いなと言って笑った。

「本当に美味い。——久し振りかもしれない。物の味を美味いと思ったのは。はっはっ。お茶ってところが、ちょっと寂しいけどな」

高橋は顔をはるかな街並みに向けた。

「綺麗な街だ。小日向、そう思わないか」

「――ああ、そうだな」

「俺の自慢の、故郷だ」

しばらく、ふたり並んで景色を眺め、吹き上がってくる風に目を細めた。

「小日向、俺さ」

前を向く高橋の声が風に乗る。

「わかってるよ。調べさせて貰った」

純也も合わせた。

「調べた？」

「そう。ちょっとね、知事とお前から、拝借した物がある。ただ、お前達、親子だけじゃない。他にも何組かをね。ＤＮＡ鑑定に回した」

「ふうん。気づかなかった。それがお前の仕事か。凄いな」

高橋は言ってまた緑茶を飲んだ。

「わかっているのは、助かる」

「それだけじゃない。あとの流れも、だいたいはな」

「そうか。そこをどう話そうかってのが、一番面倒臭いところだった。あまり口にしたくないことだ。省けるのは、助かる」

「――黒孩子、なんだな。お前も」

「そうだ」

ためらいもなく、高橋は頷いた。

「まあ、実感はない。そうらしい、までだ。だが、お前もわかっている通り、少なくとも、俺が父と母の実子でないことは事実だ」

「それで、脅されていたのか」

「それは――まあ、当たらずとも遠からず、だな」

高橋は緑茶を飲み干した。

「旧家なんだ、俺の家は。武田二十四将がどうのこうのと言ってた」

と高橋は話し始めた。

「そういう家にな。母は嫁いで来た。けど、十年経っても子供が出来なかった。それだけで、跡継ぎがいないというだけで、人格からなにから、すべてを否定されるんだ。特にこういう盆地で生きる旧家はな」

わかる、とは言わないが、わからないでもない。小日向一族も、似たような物だ。華麗であればあるほど、影は濃い。

「だからな、父は仲介屋に子供を頼んだ。妊娠の十ヶ月をでっち上げてまでな。父はもともと、欲に乏しい人だった。家にも土地にも、特にどうしてもという執着はなかったようだ。子供もな。授かり物、それでいいと思っていたはずだ。だから、子供が欲しかったというより、そのことで責められる母を見ていられなかったんじゃないかな。父はそれほど、母を愛していたのだ」

「――いい夫婦だな」

そうだと高橋は頷き、薄く笑った。

「思う限り、母は俺を大事に育ててくれた。愛情は疑いようもなかった。父も、まあ人並みには父親だったな。大学の頃、初めて酒を呑んだときに打ち明けられたよ。二年の、だから二十歳の夏だったな。帰省のときだ」

お前は実の子ではなく、貰い受けたのだと。

血など関係なく、私たち夫婦の子供だと。

もともと、二十歳になったら話そうと、母さんと決めていたと。

「だから、特にこのことで脅されたわけではない。そうだとしても、親子共々、揺るがない自信はある。俺のカミさんも含めてな」

ただな、と呟き、高橋は前屈みになった。

顔は見えないが、全体に影が差したようだ。

西方にゆっくり傾く、太陽に雲がかかったわけではない。

「父が知事に初当選した五年前だ。父ではなく、俺の前に〈ブラックチェイン〉と名乗る中国人が現れた。お前は捨てられ、徐才明同志の庇護の下で育てられた、中国の黒孩子だと。その証拠もあると」

「証拠？」

「そうだ」

「それは、なんだ」

「さあな。よくは知らないし、聞かなかった。ただ中国の、しかも黒孩子だと言われただけで、俺はもう生きた心地もしなくなった」

高橋は、細く長い息を吐いた。

「父から聞いたのは、実子ではないということまでだ。きっと、俺が黒孩子だとは知らないに違いないんだ。父だけでなく、死んだ母も」

「なるほどな」

「それからはな、俺は奴らの言いなりだった。贈収賄、利権、スパイの橋渡し、なんでも手を貸した。ふふっ。面白かったぞ。そういう目で見ないとわからないかもしれんが、公官庁の役人は知事の息子、秘書というだけでみんな米つきバッタだった。東大の先輩に当たる人達もな。——俺は、俺をというより、父を守りたかった。知事の息子が中国生まれの、実は戸籍もなにもない黒孩子では、政治家としてはダメージになりかねない。その前に、跡取りが出来たと偽って相続したすべてに、親戚連中が黙っていないだろう。俺は今になって、父の弱点になっていることを知ったんだ。だから――」

　高橋は立ち上がった。

「いや、言い訳だな。俺は家族が、家庭が壊れることが怖かったんだ。カミさんは黒孩子の嫁で納得出来るだろうか。子供の戸籍はいったいどうなるのだろう。わかったとき、学校でいじめられやしないか。いずれ大きくなったときそのことが将来に影響しないか。――公表に至ったとき、父がどれほど悲しい顔をするか。カミさんがどんな形相になるか。子供がどんな目で見るか。世間が蔑みの目で見はしないか。俺はそれが怖かったんだ」

　真情だろう。

　おそらく、いや、間違いなく、藍誠会の桂木も白心ライフパートナーズの堀川も、フード・ワークの手越も函館の三好も空自の男も、みな黒孩子で、怖かったのだ。

　自分が中国人だと知らず日本に育ち、日本人として生きてきた者達の、これはどうしようもない弱みだろう。

　日々流れ込んでくる情報のニュアンスも、そもそも義務教育も、かえって平等を押しつける島国根性にまみれていて、捻《ねじ》れている。

「だけどな、小日向、もう俺は腹を決めた」

　高橋の声は、さっぱりとしていた。

「そうか。決めたのか」

「決めた」

「お前、劉永哲と会ったよな」

「会った」

「あの男に、なにを言われたんだ」

「――死ねと」

「死ね？」

「そう。自分は〈ブラックチェイン〉を終わらせるために来た。だが、この国に売られ、この国で偽りの資格を得たお前達は別だ。これまでの罪は自分で償え。自分で終わらせろってな。そうしなければ、すべてを公表すると。そんなことを、なんかメモを見ながらの、北京語交じりの日本語で言われた。感情がわかりづらくてな。かえって怖ろしいものに聞こえた。けど、やっぱり死は怖いな。勇気が出なかった。それで、ぐずぐずしていた。そうしたら」

　済まないな小日向と呟き、高橋はゆっくり観覧席からステージに向かい始めた。

「お前の部下が死んだと、鳥居さんに教えられた。これまでもきっと俺が関わったことで死んだり、そうでないまでも、人生として破滅した人はいただろう。俺は目を瞑って母の墓前に手を合わせ、許しを請うだけで済ませてきたが、参ったよ。あのひと言は、俺の中のなにかを引きずり出した」

「なにかを、か」

「そうだ。もしかしたら、勇気、かな。それで俺は、腹を決めた」

　ステージに辿り着き、高橋はこちらを向いた。

「こんなことを頼めた義理ではないが、小日向、なにかの時には、父や妻や子供達を支えてやってくれないか。お前になら頼める。いや、頼めるお前が警察だったから、こうして話せているのかもしれない」

　純也も立ち上がった。およそ十メートル離れて高い観客席と低いステージで向き合う。風がひとしきり唸って通った。

「わかった」

　そうさらりと、あっさりと言ってやることしか出来なかった。

　それが、逝く高橋にとっての手向けだろう。

「ありがとう。――ああ、俺の車のダッシュボードに、一枚のメモを入れてある。遺書みたいな物だが、これまで話したことにプラスアルファもある。せめてもの礼だと思ってくれ」

　純也は頷いた。

「すっきりした。小日向、最後にお前に話せてよかった。――ああ、別所にはくれぐれも、済まなかったと伝えてくれ」

高橋は照れたように笑った。

人が見せる、最高のいい笑顔だった。

「ああ、伝えておくよ」

もう行け、と高橋は言った。

ステージの上に立ち、高橋はもう純也を見なかった。

静かに観客席を離れ、純也は第二駐車場に戻った。

高橋の車は、鍵がついたままだった。

ハンカチを手にして開け、ダッシュボードを開くと、言っていた通りのメモがあった。

取り出し、すべてを元通りにし、M6のドアに手をかけたとき、ステージの方角で銃声がした。

ジャケットのふくらみから、高橋が銃を持っていることはわかっていた。

聞く限り、黒星だろう。劉永哲から渡されたのかもしれない。

一度、わずかに赤みが差しだした蒼空に顔を上げ、純也はM6に乗り込んだ。

決めて去る者を、追ってはいけない。

M6はタイヤを軋ませ、駐車場から走り出た。

六

帰り道、純也の携帯が鳴った。

サーティ・サタンの、リー・ジェインからだった。


【Jボーイ。待たせたな。こっちは粛清の嵐だ。君からの情報で引っ掛かりは多かったが、なかなかに、身動きが取りづらかった。許して欲しい。

まず全体の流れからだが、ブラックチェインを運用していたのが徐才明だということはわかっていたんだったね。

そう。もともとは黒孩子をただで仕入れて、用途に応じて売るという商売を思いついたんだな。シンジケートも噛んでいる。

子供のいない家庭に売るというのは、温かい話のようで、実は相続などの財産の関わる場合が多く、裏ではどろどろしていたりする。他には臓器であったり、玩具であったり、まあ、こっちは真っ当に惨《むご》い話だが、全体としてはずいぶん儲けたようだ。そんな資料が出てきた。たいがいは曖昧なものだったがね。

そのうちには、売れ残りで私兵も作ったようだ。これがブラックチェインの原型だな。徐才明は、ずいぶんと強欲だったようだ。もっとも、強欲でなければこんなことは思いつかないだろうし、実際に金だけでなく地位も名誉も手に入れるのは、歴史をひもといても、そんな欲の権化《ごんげ》のような連中だとわかる。

ブラックチェインはそんな権化に操られ、海を渡った。日本だけでなく、何カ国かにそんな連中を送ったようだ。なにをさせようと戸籍も、生まれた証拠もないのだ。しかも失敗は即、死で償わせた。リスクは最小で、使い勝手は最高だろう。私も、大いに学ぶところがある。本当に、徐才明という男は商人だね。将校ではないよ。

とにかく、金は世界から、情報は日本からで、望み通りだったようだ。こう言うとなんだが、金に関しては他の国の方が盗《と》り易かったようだ。富豪の数も額も桁違《けたちが》いだからね。かえって、日本は情報が緩かったらしい。それぞれの得意分野が緩いというのは面白い。幾らでもあると警戒心に乏しくなるものかな。

ああ、日本は情報だけではないな。日本からは、若い女性もずいぶん、ブラックチェインは盗んだようだ。

中国は一人っ子政策で、二重の苦しみを抱えている。

子が亡くなった老夫婦に娘を。ひとりのまま歳を取った息子に嫁を。

こればかりは、他の外国人では駄目だ。

中国の寒村には、金髪も赤毛も目立つ。

徐才明は、それを〈贈り物〉と称して県令や上部将官に使い、軍部の中でも出世した。

今回、汚職の摘発によって失脚を先導したのは、徐才明の腹心だった男だ。取って代わろうとしたらしい。

張源という。野心家だよ。徐才明の悪意のすべてを国家の手に取り戻し、清廉に運用し直そうとね、表向きは提言したらしい。まあ、中国ではこの表向きというのが実は大事でね。誰も信じてはいないというところが面白くはあるが、ないと動けない。言い方を換えれば、裏があるということがはっきりしている方が安心出来る、そういうことでもあるんだね。

黒孩子の海外運用組のことも、そんな提言に含まれた。どこにどういう組織で何人が、そんないくつかの資料は出たようだね。

ただ、ブラックチェインは特に正体不明だった。携帯だけでつながっていたようで、それはブラックチェイン側のトップ、爺夫と言うそうだ。そちらから閉じられた。この爺夫は、どうやらブラックチェインを国と関係のない、本当の商社にしたかったみたいだね。もちろん、裏の商社、だけれど。

調べる限り海外運用組で、この爺夫のように最初からいて、今もいる者は他にいない。よほど切れるか、壊れているか。私は後者だと思うけどね。

そこに今回、黒蜥蜴のタトゥーが出たね。張源にとっては、渡りに船だったようだ。そうして送り込まれたのが、名もなき裏のエリートだ。本人も黒孩子だね。それも高度な訓練を受けた男だ。

陳善文を騙《かた》ったのは、国家安全部の劉永哲が先に捜査を主導し始めたかららしい。

劉はこちらでは遣《や》り手だと評判の男でね、今回の捜査では、自ら日本行きを志願したとも聞いた。張源側でも、この劉永哲を出し抜くのに、ずいぶん腐心したようだ。

劉の国家安全部に対する、国家公安部の男が、駐在武官でそちらにいた。それが陳善文だった。ブラフを張るにはちょうどいい人材だったのだな。

ブラックチェインの悪事の数々を抹殺するために海を渡ったのが劉永哲。ブラックチェインそのものを手に入れるために送り込まれたのが、名もなき陳善文。

それが今回の図式だね。

さて、Jボーイ。今回の依頼の一番肝となるところだが、苦労したよ。残念なことに、リストの方は無理だった。ずいぶん金も使ったが、その代わりといってはなんだが、データだけは入手した。なかなか量が多いのでね、暗号化したメールで送ったよ。

二日後の日本時間、午後四時ちょうどに一瞬だけ、その解除キーを＊＊＊という通販サイトの、画面右上の広告に載せる。私が運用しているサイトだよ。色々、ダニエル達も活用している。

え、今回の費用？

なに、大したことを言うつもりはない。ただ、使った分が還ってくればいい。その程度だよ。ダニエルが私のことをどう言ったかは知らないが、私はそんなに強欲なつもりはない。歴史に名を残すつもりもさらさらないからね。

そう、今回の費用は、ＫＯＢＩＸか日盛貿易が、私のサイトに一日借り切りで広告を打ってくれればいいよ。

十億から十五億の間くらいかな。たかだか、その程度だよ】

「ま、大筋ではそんなところだろうね」

通話を終えた純也は、今度は自分から電話を掛けた。

相手は警備企画課の、福島だった。

――はい。福島。

「ああ、課長。お忙しいところすみません」

――なんだい？

「ちょっと、こっそりお願いしたい物がありまして」

純也はいつもの笑みを進行方向、都内の寝惚けた空に向けた。

七

二十四日、日曜日の夜だった。

いつも通り、倉庫のパイプ椅子に陳善文は座っていた。

目の前に直立不動で立ち並ぶのは、〈ブラックチェイン〉の面々だ。

二夫、四夫、五夫、七姫、八夫、九夫。

一夫はもういない。

だから正確には、新たな一夫から、二夫、三夫、四姫、五夫、六夫ということになるが、序列の問題は数がそろって初めて有効となる。一から九までの人数がそろうまでは、特に面倒もないのでそのままにした。

この夜はまず、それぞれの進捗状況を聞いた。

はかばかしくなかった。

一夫の黒なまこの件は二夫に継いだばかりで、まだどうにもならない。

四夫と七姫が動いていた情報の奪取は、仲介に立つはずの高橋が自殺して頓挫した。

こうなると、国家安全部の劉永哲の動きを封じる方が先だったかもしれないと後悔もする。

〈ブラックチェイン〉の活動を封じ込められる前に、劉をなんとかしなければならない。

陳が爺夫となってから、取り敢えず〈ブラックチェイン〉が陳の前に満足のいく結果を出してきたのは、一夫殺しと、赤ん坊の準備と、中国へ送る花嫁の件だけだった。

花嫁の件は、陳自らが動いたのだから、成果は当たり前といえば当たり前だった。

〔赤ん坊の件、入金が確認された〕

陳は一同を見回しながら言った。

赤ん坊の売買は今までの〈ルート〉というものに乗せて行っている。

売り先がマニアなのか、臓器として欲しがっているのか、本当に子供として育てようとしているのかは知らない。どうせ仲介は日本のヤクザがらみのフロント辺りだろう。

〈ブラックチェイン〉が商社として機能するうちは必要だが、いずれはそれも排除して直売にしたいと陳は思っている。

目に見える成果を上げれば、一から九の数にこだわることなく、本国に上申して大量の黒孩子を送り込ませることも可能だろう。

そうすれば〈ブラックチェイン〉は、いずれ陳の軍団にもなる。

〔フード・ワークの赤ん坊を動かす準備に入る。それと、花嫁の方も、来週末には長崎に船が着く。こっちもそろそろ送る算段だが、どうせなら三、四人まとめたい。予定にはないが、日本人の花嫁は需要が高い。持っていけば飛ぶように売れるだろう。八夫、九夫、

調達してこい〕
〔ヤー〕
一歩前に出て、八夫が答え、九夫と連れだって出て行った。
このふたりは、早くも陳のやり方に慣れだしていた。
〔えっと。爺夫〕
肩を揺すりながらそう言ったのは五夫だった。馴《な》れ馴れしさが聞こえた。
〔なんだ〕
〔へへっ。花嫁、送る算段って言いましたよね〕
〔言った。それがどうかしたか〕
〔あれ、いい女ですよね〕
五夫は一度、上体だけで振り向いた。
倉庫は、文字通りそういう商品の倉庫でもある。シャッタ口から入って一番奥に、トイレも風呂もテレビも完備した生活スペースが作ってあった。
子供と違って、女は臓器や性奴として売るわけではない。あくまでも花嫁だ。
精神的に追い込んでは、使い物にならない。
〔味見、早くしてくださいよ。あとがつかえてます〕
陳は眉を顰《ひそ》めた。

この駒は、なにを人がましいことを言っているのだろう。
〔前の爺夫は、こういう時すぐやりましたよ。で、自分のあとならいいと。転がしとくだけじゃ、もったいないじゃないですか。早くまわしてくださいよ。戦利品じゃないですか〕
〔また言ってる〕
七姫があからさまに嫌そうな顔をした。が、五夫はどこ吹く風だった。
〔ダメだ〕
陳はそれだけ言った。
〔えっ〕
五夫が、にやけた顔のまま固まった。
〔商品に手を出すことは許さない〕
〔——そんな。爺夫、あれだけの、滅多に手に入らないくらいの上玉ですよ〕
意外だと、信じられないという口調だった。いちいち、五夫は陳の癇に障った。
〔上玉だからこそ、あとでわかったらクレームどころでは済まない。買い手は県令の息子だぞ。怒らせたら、この花嫁の商売自体が頓挫することにもなりかねない〕
〔大丈夫ですよ。今までも大丈夫でした。日本の女は泣いて泣いて、最後はクスリで船に乗っけられますが、はるか彼方《かなた》の、周りになぁんにもない村に連れて行かれると、諦めて

一気に大人しくなるそうです。前の爺夫が言ってました〕
〔駄目なものは駄目だ。それより、五夫。お前、赤ん坊の準備に行って来い。こっちが最優先だ〕
〔え、俺がですか〕
〔今、暇だろう。だから余計なことを考える。すぐに支度をして、行け〕
ヤーと、どう聞いても渋々としか聞こえない声で答え、五夫は出て行った。
二夫に函館の件を強く指示する。青い顔で、二夫も出て行った。
残るのは、四夫と七姫だった。
〔五夫を殺せ〕
四夫はともかく、そう告げると七姫は一瞬身体を固めた。殺しには慣れていないようだ。
〔殺すのですか〕
〔そうだ。あいつは不遜だ。いずれ弊害となる〕
七姫の息が、少し荒かった。
〔いやなのか〕
問えば、七姫は大きく髪を揺らした。
〔いえ。――かえって、ワクワクします〕
陳は思わず笑った。

性欲だけでなく、駒にも愛憎の感情はあるようだ。

〔追っていって殺せ。ミンチだ。赤ん坊はお前達が準備しろ。警視庁の猿丸がまた張っているかもしれない。気をつけろ。邪魔ならそっちも殺せ〕

四夫を急《せ》かすようにして、七姫も出て行った。

あとに残るのは陳ひとりだ。

パイプ椅子を軋ませ、陳は高い天井を見上げた。

ひとりになると、発電機の音ばかりが高かった。

奥の生活スペースで、かすかな物音がした。大橋恵子は起きているようだ。

「味見、ね。船に乗せたら、それ、いいかもね」

さわやかな男に一瞬戻り、陳は下品な笑みを口元に浮かべた。

第八章　救出

一

月曜の朝、純也は十時を過ぎて、警視庁の地下駐車場にM6を滑り込ませた。

すべてが元通りだった。渋滞もいつも通りなら、外に開けた警視庁一階ホールの雑踏もいつも通りだ。

ただ、十四階のJ分室に、未来永劫犬塚はいない。

そのことを噛み締めながら受付に向かうと、訝しいことに、受付にも異変があった。

ふたりが基本の受付には、菅生奈々しかいなかった。

純也が近づくと、奈々は少し困ったような顔をした。

「あれ。大橋さんはどうしたの」

奈々は周りの目を気にするように見回した。

「それが、無断欠勤なんです」

「へえ。珍しいこともあるもんだ」

それで奈々がひとりなのだ。

先週別の女性がいたのは、休暇のシフトがあらかじめ決められていたからだろう。

無断欠勤では、対応はすぐには利かない。

「珍しいっていうか。——どうなんでしょう」

奈々は小首を傾げた。

「電話にも出ないんです。朝から掛けてるんですけど」

「ふぅん」

さすがに純也も、軽口で流すことは出来なかった。

「休み中に、なにかあったのかな」

「私もそれが心配で。変なこと頼んじゃったし、それから会ってないから」

「えっ。それ、なに?」

「なにっていうか」

奈々は口籠ったが、恵子の身を案じてか、

「陳さんには内緒ですよ」

と、釘を刺しつつ、意を決したように口を開いた。

「この間、分室長にもお話ししたじゃないですか。陳さんとご飯に行ったって」

「ん？　ああ、聞いた」

そういえばたしかそのとき、奈々は、

「先輩も約束破るし」

と妙なことを言っていた。

「私、先輩にお目付を頼んだんです」

「お目付？」

「はい」

奈々は頷いた。

「陳さんとふたりだけっていうのも、言葉とか色々不安だったんで、先輩に付いてきてくれるようにお願いしたんです」

「なんだって」

純也の目に冴え冴えとした光が宿ったが、奈々にはわからなかったようだ。

「先輩、ちょっと楽しそうにしてたんですよ。尾行に挑戦ね、なんて言って」

「でも、約束を破ったと」

「そうなんです。来てくれるって言ってたのに来てくれなかったとか、そこまで隠れてないで助けてくれてもいいのにとか、結局私、警察に保護されちゃったし。とにかく、ちょっと頭に来ちゃったから、それから連絡は取ってないんですけど、今日の無断欠勤で思ったんです。私が休みに入ってから今日まで、先輩の声も聞いてなかったって」

「わかった。じゃあ、後で僕が行ってみてきてあげようか」

努めて明るく言った。奈々まで巻き添えにすることはない。

「あ、お願い出来ますか」

「ははっ。喜んで。どうせ、いつも暇だからね」

笑って手を上げ、純也はエレベータホールへ向かった。

知らず、足は速いものになった。

J分室に入り、手早くいつもの〈掃除〉を済ませる。特にこの日はなにも仕掛けられてはいなかった。

氏家に刺した釘は、取り敢えず今は効いているようだった。

エレベータの中で、一度純也の携帯が振動した。鳥居からだった。

分室の確認が済んで、すぐに折り返した。

――分室長、ご依頼の物、さっきようやく手に入れました。時間がかかっちまってすいません。相手が相手なんで、誰にもわからないよう、ちょっと慎重にやってたもんですから。

「そう。ご苦労様」

「――なにかありましたか」

純也の声のトーンに、鳥居はなにかを察したようだった。

阿吽《あうん》の呼吸、理解の早さは、鳥居ならではだろう。

「大橋さんがね、どうやら敵の手に落ちたようだ」

——えっ。

そう言ったきり、しばらく間があった。

意外過ぎて、あまりにも理解の外のようだった。が、

——な、なんですか、そりゃあっ！

すぐに、事の重大さに見合った驚愕の声がした。

純也は奈々に聞いた話をした。

鳥居はなにも言わなかったが、受話口からは喘《あえ》ぐような息づかいが聞こえた。

「ことは急ぐよ。一気に決着をつけないと、大橋さんが危ない」

——って言っても分室長。動くにしたって、雲をつかむような話なんじゃ。

「大丈夫。場所の見当は付いている」

——そいつぁ。それも、オズですか。

「いや、高橋が教えてくれた」

——えっ。高橋って。

「そう」

　ダッシュボードのメモには、〈ブラックチェイン〉の本拠である倉庫のことも書かれていた。

「まずはそこからそのまま、メイさんは甲府に向かって欲しい」

――甲府ですか。じゃあ、甲府に。

「そういうことだ」

　元サバイバルゲームフィールドだった廃墟。

　そこを〈ブラックチェイン〉は本拠にしたが、勝手に使っていたわけではない。所有権は実体のない男の手に移っていた。前爺夫の偽名だろう。

　その所有権移転を強引に進めた仲介者が高橋だった。

――了解です。なんとしても助けねぇと。

　鳥居の声に熱が感じられた。

　純也はそれを危惧した。おそらく、銃が必要な場面もあるだろう。

　こういうとき、熱はいらない。必要なのは氷の心だ。

「ああ、でもメイさん。慌ててはいけないよ。急ぐことと慌てることはまったくの別物だ。まずは先乗りで、本当に遠くから確認作業をするだけでいい。それも、出来るだけ慎重に」

――でも、それじゃあ受付の姉ちゃんが。

「助けたいとは思う。助けるつもりもある。ただ、今回のミッションの位置づけは、あくまでも〈ブラックチェイン〉の殲滅《せんめつ》。シノさんの弔い合戦ということにしておこう」

――シノの、ですか。でも、受付の姉ちゃんが最優先なんじゃ。

違う、と純也は断言した。

「副次的なもの。場合によっては二の次だ」

鳥居からの返事はなかった。

「メイさん。彼女のことも大事ではある。ただ、彼女のことで、メイさんやセリさんまで失うことは許されない。僕が上司として最優先すべきは、メイさんとセリさんの命だ」

――それでも、私ゃあ、やっぱり助けたいです。

今度は純也が答えず、そのまま通話を切った。

二

その後、純也は猿丸にも同じような電話をかけた。

驚愕は鳥居と同じようなものだったが、優先順位について猿丸は異を唱えなかった。

――ああ、そうっすね。

ドライにも聞こえるが、この冷静さは必要だ。

出来ればさらに、冷徹であれば尚いい。

場面において躊躇なくトリガーを引ければ、すべてに手が届く可能性もある。

けれど、引けなければおそらく自分が死ぬだけでは済まない。

一瞬の判断は情ではつけられない。

つけるのは、情を断つ非情だ。

「メイさんには甲府での作業を指示したけど、セリさんは、わかってるよね」

――こっちが一番先ですかね。

「そう。自分ではなにも出来ない無力な命。助けるならそれが先だ。漆原さん達とは合流したかい」

――ええ。一緒っすよ。助かってます。俺ぁ、ビジネスホテルからあまり動いてません。面が割れてるといけねえんで。

「そうだね。それがいい。なんにせよ、迂闊には動けないからね。そっちの命は、出来れば全員助けたい」

――了解です。

「焦らないように。もうすぐゴングは鳴る、と思う。ははっ。これは勘だけどね。けど、鳴ったら一気だ。そっちも、甲府も」

猿丸との通話を終えた純也は、分室でコーヒーを淹れた。

注ぐカップは二客だった。

ひとつを、犬塚の指定席に置く。

「シノさん、もう少しだ。そろそろ、始めようと思う」

コーヒーを飲みながら、純也は携帯を手に取った。掛けるのは、警察庁の警備企画課だった。

「ああ。福島課長。小日向です」

純也は福島に、劉永哲の所在を聞いた。

――確認しておくよ。それと、この間頼まれていたものだが、手に入れたよ。

「あ、そうですか。ありがとうございます」

――それにしてもこんなもの、なんの確認に使うんだね。

「まあ、いいじゃないですか」

――しかしなあ。

福島は食い下がった。

純也はコーヒーを飲み干し、立ち上がった。

「聞くと課長、暗闘から抜けられなくなりますよ。それでも聞きたいですか」

冷えた純也の口調に、福島は一瞬押し黙った。

――遠慮しておこうか。私は武闘派ではないのでね。

電話を切ると、その足で純也は公安部長室に向かった。

別室の金田警部補が立ち上がり、手で部長室を示した。長島から、小日向が来たら無条件で通せとでも言い渡されているのだろう。

特にアポは取らなかったが、在室であることはわかった。

「失礼します」

純也は部長室に入った。

長島は老眼鏡をかけ、執務デスクの向こうで、書類に目を通していた。

近寄る純也を上目遣いにして眺め、一瞬顔をしかめる。

長島は老眼鏡を取り、デスクの上に放って目頭を押さえた。

「老眼ですか。部長の老眼鏡。初めて見ました」

言いながら、純也はデスクの前に立った。

「そうだったか。まあ、今年に入ってからだからな。同期の中では遅い方でな。このままかと思っていたが、そう甘くはないな。誰しも平等に、衰えるものは衰えてゆく」

長島のデスクは、座ると皇居内上道灌濠《どうかんぼり》を背負うように配されている。北向きの窓は夏でも陽があまり差さない。かえって低い冬陽の方が、足が長い分部屋を明るくする。

「この老眼鏡もな、まだ慣れない。掛けること自体煩わしいし、掛けっ放しで仕事をしていると、今のようにすぐにはピントが合わない」

長島はアームチェアにもたれ、部屋の隅々までを見回した。

「この部屋は自然光に乏しいからな。もう少し明るければ、あと一、二年は老眼鏡いらずでいられた気がする」

なんとはない薄暗さ、寒々しさは公安部長室の特徴だ。

仕事柄と言い切ってしまえば言い得て妙でもあるが、警視庁本庁舎建設時、企画立案担当がその場所に公安部長室を配したのは、悪戯心か日頃の恨みか。

「それで」

長島は、よく光る隼の目を純也に向けた。

「はい。どうやら、案件が動きます」

「動く？」

両腕をデスクに乗せ、長島は純也を見上げた。

「お前のことだ。動かす、の間違いではないのか」

「いえ」

純也は笑った。

「今回は少々勝手が違いまして。時間をあまりかけていられない事情がひとつふたつ。ああ、ただ、そうですね。そんな絡みもあって、多少、力業になろうかとは思います。それでひと言、前振りにお邪魔しました」

「そうか。それで、俺はなにをすればいい」

もう、こういう会話にも慣れてきたのか。長島の答えは早かった。

「いつも通りです。傍観、それと、少しばかりの覚悟」

「ほう。珍しいな。お前が覚悟と言うのか」

「すべてをクリアするには、神佑天助《しんゆうてんじょ》がひとつまみ、欲しいかもしれません」

「神頼みか。ますます、らしくないな」

そう言って長島はアームチェアを窓の方にまわした。

皇居内のきらめく緑が、見る限りに眩しい。

「なぁ、小日向。お前がなにをしているのか、どこへ行こうとしているのか。詳しくは知らないし、知りたくもない。目も耳も閉じてきたつもりだ」

「それでいいと思います」

「いいと思う、か」

長島の声が揺れたような気がした。笑ったのかもしれない。

「その割には、ずいぶんと面倒なことを振ってくれるじゃないか」

「恐れ入ります。ただそれが部長職というものでは。特に、公安ですから」

「勝手なことを」

長島は椅子を軋ませ、デスクの方に向き直った。

「刑事部や警備部の部長となにが違う。お前を抱えるか抱えていないか、その違いではないのか」

「いえいえ、大違い」

純也は両手を、おどけるように大きく振った。

「公安的な言い方になりますが、本来の警察、刑事部や警備部の本分は、事件を起こさせないことだと考えます」

「ほう」

「シートベルト、スピード、繁華街の巡邏《じゅんら》、抜き打ち検査、ガサ入れ。そういう細かい地道な作業が、刑事警察の本来あるべき姿かと。ははっ。捜査一課だって組対だって、銃がそこにあるとわかっているとしたら、わざわざ発砲事件が起こるまで待たないでしょう。そういう理屈です」

「なら、公安はなんだというんだ」

「なにも起こらなかったと、平穏はいつまでも続くと錯覚させること」

長島の目が光を強めた。

「それは、不遜ではないのか」

「いえ。不遜どころか、骨身に染みてわかっているからですよ」

長島から視線を外し、純也は遠くに皇居の緑を見やった。

「なにも起こらないことなど有り得ないと。なにも起こらない場所などこの世にないと。天国は一瞬にして地獄に。地獄は、ゆっくりと人の世に。歴史が記すなどという昔話をする気はありません。今の話です。私や部長とも背中合わせの話。犬塚の身には、もう起きました」

長島の直上を故意に通過させた話の最後に、純也は顔を戻した。

「すべてを止められると思うほうが不遜では。私は、神ではありませんので」

長島と純也の視線が、無言の中でしばし絡んだ。

サーモグラフィが情と非情を熱感知出来るなら、面白いかもしれない。

どちらもおそらく、相手に向けられる感情はアイスブルーだろう。

「まあ、いい」

先に長島が、吐息とともに視線を外した。上司と部下、控える者と最前線に立つ者の、あるべき姿といえる。

「するべきことが今ない以上、俺はこれ以上差し挟む口を持たない」

「ありがとうございます」

もう行けと手を振り、そのくせ、去り際にちょっと待てと長島は声をかけた。

「なにか」

「オズにな、くれぐれも気をつけろ。氏家がコソコソと嗅ぎまわっている。私も知らない

Jファイル以上のことをな」

「へえ」

純也の感嘆に、長島は意外そうな顔をした。

「なんだ。知らなかったのか」

「いえ。部長がそれを知ることに驚いただけです」

「ふん。私にも、J分室員に負けない部下はいくらでもいる」

「そうでした」

純也は肩をすくめた。

「まぁ、どうということはありません」

「なんだ。私の部下が大したことないと」

「いえ。氏家理事官がです。ははっ。案件の話を離れると、かみ合いませんね」

「――そのようだな」

長島は頷き、老眼鏡を手に取った。

案件が動き、覚悟をしておけと告げてもこの公安部長は揺るがない。

口にはしないが、ある面、大したものだと純也は大いに認めている。

見ていないのをいいことに深々と一礼し、純也は公安部長室をあとにした。

J分室へ戻る途中、携帯が振動した。

〈奴さん、今日は一日、警察庁内にいるようだ〉

メールは警備企画課の、福島からのものだった。

「ふうん」

少し考え、純也はまた別の所に電話を掛けた。

三度掛けて放っておく。すぐには出ないと知る相手だった。やがて、二度掛かってくるが出るとすぐに切れた。三度目に出ることなく、切れて後、リダイヤルでその番号に掛ける。

これが陽気なフランス人とつながる、符丁のようなものだった。

【やあ。ダニエル。早速だけど、この間の残暑見舞い、まだ有効かな。——そう、ちょっと欲しい物があってね。——うん。時間はない。ただ、物としては大したことはないんだ。コナーズは、今も日本で展開してるかい？　彼がいるなら、きっと持ってるくらいの、簡単な物なんだ】

そうして純也は、残暑見舞いをダニエル・ガロアに頼んだ。

三

この夕方、純也はひとり警察庁の地下駐車場に立った。公用車が何台か並んでいた。決められたスペースでアイドリング状態の車両もある。

ちょうど、そういう時間帯だったようだ。

中東の匂いがする端正な男に、ある者は怪訝な目を向け、またある者は露骨に意識だけ向けた肌触りの悪い無視を決めて公用車に乗り込んだ。

特に気にせず、純也は立ったまま微動だにせず、時を待った。

警視庁も警察庁も、純也に対しての反応はまるで変わらない。どちらかといえば警察庁の方が権力志向が強い分、無視は露骨だった。

ただ、ものは考えようで、無視されるということは、裏を返せばなにをしても見られないということでもある。

そう考えると、小日向純也という男に、警視庁は優しいかもしれない。

並んだ公用車が次々に去り、アイドリングの車両が動き出しても純也は立っていた。

一時間あまりもそうしていただろうか。移動することはない。

純也の後ろに駐車された「わ」ナンバーのマークXが、劉永哲が自ら運転する車だと知っていたからだ。

やがて三人のガードを引き連れ、劉が駐車場内に姿を現した。ガードはオズで間違いないだろう。

劉は真っ直ぐ純也の方に歩いてくるが、それより早くオズが回り込むようにして前に出た。
〔前に出るな。邪魔だ〕
ガードのオズは北京語は解さないのだろう。場を譲らずいつまでも前にいる男を、劉は手で脇に退けた。
〔そこに立つということは、私になにか話か〕
常に変わらないことにかえって感心する、冷え冷えとした声だった。
純也は肩をすくめて受けた。
〔ひとつだけ言いたかっただけです。ああ、釘を刺しに来た、と思って貰って結構ですが〕
冷え冷えとした劉永哲にも動じることなく、逆に純也は目に同種の、いや、それ以上の光を灯した。
真っ直ぐに腕を伸ばし、指を突き出し、劉の鉄めいた気配、視線、声の間《ま》に間《ま》にひびを入れるのだ。
〔全部わかっている。だから、もう動くな。あなた達の身勝手な思惑で、人を殺すな〕
だが、劉は変わらなかった。
いや、かすかに笑ったか。
〔全部わかっているか〕

〔そう。あとはこちらで処理する〕
〔処理？　冗談ではない。させてたまるか〕
劉の声も目も、さらに一段の熱を感じさせた。当然、冷たい熱だ。
〔あの男の差し金か〕
〔あの男？〕
〔陳善文。国家公安部の狗《いぬ》〕
劉は吐き捨てた。今度は純也が声にして笑った。
〔なにを笑う。小日向純也〕
〔いえ。なにを言っているのかと思って。ああ、言葉がわからないということではありませんよ〕
〔わからない。なんなのだ〕
純也は、いつものはにかんだような笑みを見せた。
〔今や、あの男こそ我々のターゲットです。知らなかったんですか。あの男にはなんの実体も、真実もありません。全部が嘘です。陳善文という名前も、身分も〕
〔――なんだと〕
劉が一瞬、割れた気がした。
〔どういうことだ。我々の情報にはない話だ。なんだそれは。あの男は逮捕という名目で、

張源に〈ブラックチェイン〉の探索を命じられた、公安部の駐在武官。そのはずだ〕
熾火のような感情の明滅。
点火させられたのだろうか。
劉の琴線は、どこだ。
〔ああ。本当に知らなかったんですか。国家安全部も大したことはない。あの男、そもそも公安部じゃないですよ〕
どこだ。
琴線、逆鱗でもいい。
どこだ。
〔犬塚を殺して、姿をくらましました。くらまして浮上してこないということは、〈ブラックチェイン〉を手に入れたということでしょう〕
〔――〈ブラックチェイン〉を、手に入れただと！〕
劉が初めて驚愕と言っていい表情を見せた。
純也は強く頷いた。
〔それがあの男の目的です〕
〔目的。手に入れる。それは、いや、ダメだ。それはダメだ〕
劉の感情の振幅が大きくなった。

〔あの男は、〈ブラックチェイン〉を自ら率いるために送り込まれた男です。爺夫というんですよね。徐才明の失脚後、どうやら〈ブラックチェイン〉を私物化しようとしていたようです〕

〔爺夫！　爺夫が、いや、爺夫をどうしたっ〕

〔おそらく、殺されているでしょう。陳を名乗る男が犬塚を殺してまで潜ったという事実が、あの男が爺夫に取って代わったことを示しています〕

途端、劉の中でなにかが壊れた。

劉の形をした、黒々とした者がそこにいた。

〔う、おぉぉぉぉっ！〕

駐車場内に、劉の叫びが響き渡った。

背後に控えた三人のオズも狼狽するばかりだった。

〔うおぉぉぉぉっ！〕

遠く近く、何事かと駐車場内にいた者達が様子を窺うが、劉の叫びは止まなかった。

〔うお、うおぉぉぉぉっ！〕

劉の形の中から黒々としたものが次々に飛び出してくる感じだった。

次第に、劉がしぼんでいくように純也には感じられた。

（ああ。悲しみか、そうなのか）

純也は漠然とそう理解した。
〔うおおぉぉぉぉっ！〕
血を吐く叫び、慟哭《どうこく》。
純也は目を細め、静かに劉を見詰めた。
劉の慟哭は、しばらく止まなかった。

四

ほぼ同時刻だった。

執務室にいた氏家の携帯が鳴った。角田からだった。

「ふん。ようやくか。いつまで掛かるかと思っていたが、それなりだ」

そんなことを呟きながら通話にする。

「氏家です」

――い、今報告を聞いたばかりだが、おい、氏家！

暮れゆく夏の夜だが、受話口の向こうから聞こえてくるのは、ガラガラとした角田の声の、騒がしいほどの剣幕だった。

「なんですか。どうしました」

――どうしましたではないっ。お、お前、俺をはめたのか。この野郎、知ってて俺をはめたんだろうっ。

氏家は携帯を耳から離した。

ガラガラした声はもともと聞き取りづらく、意味もなく一方的に怒鳴られては切りたくもなる。

が、相手は仮にも国会議員で、元国家公安委員会の長だ。それは出来ない。

「すいませんが、議員。少し落ち着いてください。それではなにもわかりません」

――わからない？　わからないだとっ。

「はい。いったいどうしたんです」

しばらく、角田の喘鳴《ぜんめい》のような息づかいだけが聞こえた。

無理なことはしない。内容がわからない以上、下手をすれば火に油を注ぐことになるかもしれないからだ。

ゆっくりとPCの画面に表示された別件のデータを眺めながら待ってやる。

もちろん、角田のあえぎを聞き続けるのは業腹だ。携帯はデスクの上に置いた。

たっぷり、一分以上はそのままだったろう。

やがて、角田の息づかいが静まった。

――ほ、本当に、わからない、知らないのだな。

氏家はゆっくりと携帯を取り上げた。

「はい。なにを知らないのかすら知りません」

角田は大きく息をついた。

——小日向純也の来歴だ。Ｊファイルだ。ようやくわかった。

「ほう。わかりましたか」

わかったということくらいは、初めから推測出来た。

それ以外、今のところ角田がわざわざ自分から氏家に電話をかけてくる理由などない。

——今、お前の所にもメールを投げた。報告書だ。

「そうですか」

氏家のパソコンがすぐに新着メールを知らせた。

「ちょっと待ってください」

——待つ。いくらでも待ってやる。読め。

ＰＣの画面上に階層で並べていたすべてのファイルを閉じ、氏家は角田からのメールをクリックした。

〈Ｊについての〉というベタな添付ファイルを開く。

読み進めるうちに、さすがに氏家の顔にも驚愕が広がった。

「なん、だ。これは」

――そうだろう。俺も。

「黙っていてください。まだ途中だ。――ああ、いえ」

一瞬、通話の相手が国会議員だということを忘れるほどだった。

背筋を言いしれない不安が駆け上る。

読み終えたとき、氏家の額にはわずかに汗が浮かんでいた。

「馬鹿な」

ひと言呟き、氏家は椅子の背もたれに寄り掛かった。

湾岸戦争従軍、外人部隊、傭兵、UNAMIC（国連カンボジア先遣隊）、ゲリラ戦、とはなんだ。

いや、それよりなにより――。

ダニエル・ガロアと親交あり、ほぼ同列とはなんだ。

氏家も名前だけは知っている。

逆に、名前ぐらいしか知らない。

ダニエル・ガロアは世界のあらゆる国と地域の紛争に関わりを持つと噂される〈サーティ・サタン〉の首魁だが、そこまでで、今や〈サーティ・サタン〉自体、実態はほとんど表に出てこないからだ。

一部ではダニエル・ガロアは十二人の悪魔を従えた神と呼ばれているとも聞いたことが

ある。

その神との親交とはなんなのだ。

ほぼ同列とはどういうことだ。

小日向は神の使徒、神の子だとでもいうのか。

小日向純也という地雷を踏めば、ダニエル・ガロアが、〈サーティ・サタン〉が爆発するということか。

いや、その前に、日本国内において現内閣総理大臣の、これはとてつもない暗部だ。KOBIXグループというコングロマリットにしても同様だ。

知ることを知られれば、全力でもって消しに掛かられるかもしれない。

現内閣総理大臣とKOBIXグループが相手では日本国そのものが敵と同じだ。

圧倒的な権力と資本力と人的資産の前に、逃げ場はどこにもない。

これは使いようによってどうこうなる両刃《もろは》の剣《つるぎ》ではなかった。

使おうとして小日向に向けても、剣の刃は氏家の方にしか付いていないだろう。

なんなのだ、これは。

もはや、小日向純也そのものはどうでもいい。そういう男が華麗なる一族につながり、日本にいる、あるいはいたという事実を知るかどうかが大きな爆弾なのだ。

――そういうことだ。わかったか。

角田の声で我に返る。

今度は、氏家が深呼吸する番だった。

「ええ。よくわかりました」

声がやや、ぞんざいになっているのが自分でもわかった。

「よく調べましたね。少し、議員の情報網を舐めていたかもしれません」

多分に皮肉だ。角田も最初怒鳴っていたが、氏家自身も怒鳴りつけたい気分だった。

知らなければ普通でいられた。

たとえ小日向純也を暗殺し、それを知られたとしても様々な裏の事実を知らなければ総理側もKOBIXももしかしたら黙認するかもしれない。

知ること、知ってしまったことが、この場合大きい。

かえって調べが付かない方がよかったのだ。

それを、よくも調べた。あまつさえ、よくも知るという事実をこちらにまで振ってきた。

——私にも、これまで培ってきたいろいろな伝手がある。世界に向けてな。金も相当に掛かった。全部死に金だ。いや、場合によっては自ら抹殺されるために払ったような金だ。

氏家はまた、携帯を耳から離した。角田の声が黒々と、また荒くなってきた。

——いいか氏家。一蓮托生、などとは言わんぞ。目の玉が飛び出るほどの金は俺が使ってやったんだ。いいか、ここからはお前だけだ。なにか漏らしたら更迭《こうてつ》だ。いや、死をもって償って貰う。お前だけが知る事実。墓場まで持っていく。それでいいな。

氏家は天を仰いだ。

だが、表情に浮かぶものは歪んだ笑み、嘲笑だった。

馬鹿が、なにかをほざいている。

「さて、どうでしょう」

思うより、冷静な声が出た。

馬鹿を前にすると、優位に立てる。

それで、平静になれる。

――なっ。氏家っ！

「はっはっ。ひとりは寂しいですし、使い方ですよ、議員」

――貴様、なにを考えている。

「特には。ただ、今時点でも本人を封じる切り札には使えるでしょう。その先を考えても、現総理がいつまでも現総理であるわけもなく、ＫＯＢＩＸグループにもこれから、どんな対抗馬が現れないとも限らない。原油、株式、円相場。世界的企業もいつ跡形もなく消し飛ぶかはわかりません」

一拍あった。角田が唸った。

「捨てるにはもったいないですよ。今は秘めて、お持ちになっていた方がいいでしょう。

取捨の選択は、ははは、お得意ではないですか。先延ばしに限ると思いますが」

唸り、唸り続け、やがて大丈夫かと囁いた。

思わず出そうになる本気の笑いを、口元を手で押さえて氏家は耐えた。

ギリギリになって出まくる角田のノミの心臓は、滑稽ですらあった。

「普通にしていることが一番でしょう。――それでは」

電話を切って氏家は画面上のファイルをもう一度見詰めた。

忌々《いまいま》しいが、氏家から見れば華やかにも見えた。

この人脈が氏家にあれば、天国への階段も昇れるだろう。

「小日向、お前はどう使おうというのだ」

氏家は立ち、窓辺に寄った。

自分の姿がはっきり映った。

「自在なら天国への階段、地獄への門。お前はどちらに手足をかけているのだ」

氏家は次第に歪んでゆく、自分の顔をガラス窓に見た。

五

二十五日の夜、猿丸はフード・ワークの近くにいた。

正確には直線距離にして百メートルほど、真っ直ぐ奥にフード・ワークが見通せる辺りだった。

時刻はもうすぐ九時になろうとするところだった。月は雲間に隠れて、一度たりとも顔を出すことはなかった。

闇が沈むような夜だった。吹く風は湿り気を帯び、肌に張り付くような不快感があった。日付が変わる前には、まとまった雨になるだろうと天気予報は伝えていた。

フード・ワークは二十二日の晩、猿丸が犬塚の告別式の足でそのままオズに合流した日から、一晩中明かりが消えることはなかった。しかも、事務所と第一工場だけでなく、第二工場までだ。黒い目張りをうった窓から透けて明かりが漏れていた。

早晩、なにかが起こりそうな予感は、これは猿丸だけでなく、配置されたオズらも同じだった。

今朝方の純也からの電話で、受付の大橋恵子が渦中に紛れ込んだことも知った。焦ることはないが、いつ事態が動いても対応出来る覚悟は、それで肚《はら》に整った。

猿丸が配置について、かれこれ三時間は過ぎていた。

ヘルメットを脱ぎ、猿丸は缶コーヒーのプルタブを開けた。

猿丸がいるのは、路上だった。夜間作業用の照明入りバリケードに囲まれた中だ。

二十二日の夜にはフード・ワークの向こう側百メートルの位置に設置し、夕べは五十メートルの場所だった。

この夜はこちら側百メートルで、なにもなければ明日、五十メートルに近づく。

実際、純也が動かしてくれたオズは、公安外事第二課の漆原と、群馬県警警備部のふたりだった。

おそらく純也の指示があったのだろうが、群馬のふたりは交通部からダミーで県道補修工事用の道路使用許可を取り、工事用具一式を整えてくれた。ぬかりなく、県下最大手の建築会社の作業着一式をそろえてくれたのも彼らだ。

猿丸ひとりでは調達は出来ても、ひとりでの工事はあまりにも胡乱《うろん》だ。夜間はあまり車も通らない道だからこそ怪しさが際立つ。

「やっぱりよ、数がいると助かるときもあるな」

同じようにコーヒーを飲んで、漆原が頷いた。

県警のふたりは取り敢えず交代で、漆原が来られないときにふたりで出るらしいが、漆原は今のところ四晩連続で来ている。

猿丸は昼間に休めるからいいが、漆原はオズや外事の、本庁での仕事はどうしているのだろうと思うが、聞かない。聞いても猿丸には意味がない。

今この場に、漆原と県警の川島《かわしま》巡査部長、ふたりも叩き上げの公安がそろっているということだけが事実だ。他はいらない。

そのとき、一台の車が静かに通過していった。

「セリさん」

漆原の声に頷きはしたが、猿丸にもわかっていた。

今朝方というか、深更の頃、今の位置辺りで一度止まり、すぐに向こう側五十メートルで作業用バリケードを張っていた猿丸達の脇を通過していった車種であり、ナンバーだった。

この日の午前中に市役所や警察署に、工事はいつからいつまでかの問い合わせ電話があったことは確認している。

無関係の所員らはダミーの書類を見て普通に答える。期間は、一ヶ月にしてあった。

猿丸はバリケードを飛び越え、明かりが入らない路肩の斜面に入って暗視鏡を構えた。

市販の第一や第二世代ではなく、熱源を可視化する第五世代、分室の〈備品〉だ。

ウインカーも出さず、フード・ワークへ入ってゆく車を注視し、猿丸は携帯を手に取った。

純也はすぐにつながった。

「男ふたりと女ひとり。桐生の工場に入りました。女は写真の女に間違いありません」

――ああ。動き出したね。時間的にギリギリセーフかな。

「どうしますか」

――いつも通り、セリさんに任せるよ。ただし、最優先は子供だよ。

「了解です」

猿丸は電話を切り、漆原を見た。

よく光る、いい目だった。作業に入った公安の目だ。

「持ってるな」

漆原は胸元を押さえ、頷いた。

二課出しのS&W　M360Jを、来るときには必ず携帯するようにと純也に釘を刺されたと聞いた。その確認だ。

二課出しであっても、係長や課長は関係ない。書類には分室同様、いずれ長島の判が直々につかれることになる。

「行こうか。じゃ、川島君、後を頼む」

「お気をつけて。こちらも大森《おおもり》を呼んでおきます」

川島はヘルメットに作業服で敬礼した。

大森は県警からの、もうひとりのオズだ。

なにも起こらずそのまま車が出てきたら、誰もいない道路工事の現場は不審だ。

県警のオズは押さえとなるべく残す。

これは、道路工事を装うときから決めてあったことだった。

猿丸は県道を急ぎ、フード・ワークのゲートからは慎重に様子を窺った。

入っていった車は、事務所の前に止められていた。ライトも消され、エンジン音も聞こえない。

闇夜であることは都合がよかったが、それでも工場の明かり、人の気配に注意を払いながら動く。

車にも事務所にも人はいなかった。

第一工場も明かりはついていたが、機械の稼働音も人の声もしない。窓から窺う限りでも、動く影すらなかった。

確認のために、猿丸が中に入った。誰もいなかった。すぐに出て漆原に近づいた。

「開かずの第二しかねぇ。間違いなく今夜だ」

漆原は口元を引き締め、顎を引いた。

「いいか、漆原。これぁ俺らも分室長に言われることだが、いざとなったらためらうな。引き金を引け」

「了解です」

もう一度、絶対だぜと念を押し、猿丸は漆原を引き連れて第二工場に近づいた。

大型シャッタの脇にドアがあるのは、第一工場と同じ作りだった。

今は使っていないという言葉を裏付けるように、近づけばシャッタ自体の汚れや錆《さび》だけでなく、サイドのガイドレールにもゴミや埃《ほこり》が詰まっているのがわかった。すでに、動かないかもしれない。

　辺りの様子をさらに確認しようとすると、

「ぐあぁっ！」

　中から男のものとわかる苦鳴が上がった。

「こ、このクソガキがあっ！」

　誰かが叫んだ。明らかに手越の声でないのはわかったが、だからこそ不測だった。

　猿丸は漆原と顔を見合わせた。

　待ったなしの場面だという認識は、どちらにも共通のものだったろう。それほど切迫した絶叫に聞こえた。

　猿丸はショルダーホルスタからシグを抜き取った。漆原もそれを見て倣う。

「入るぜっ」

「了解！」

　猿丸を先頭に、ふたりはシャッタ脇のドアから内部に進入した。

　入ってみて、驚いた。

　内部は第一工場より広く見えた。いや、外観はほぼ同じだ。中の造作が段違いに少ないせいだった。

最奥に大きな機械が見えた。近くにハンドクレーンもあった。大型のミンチ・マシンのようだ。

その手前に、明らかに外部から運び込んだコンテナハウスが二基連結で置いてあった。全体を覆うのは、剝き出しの防音断熱材だった。

それにしても、決して新しいものではない。埃を吸着したようで今はまだらな茶色だが、元の色はおそらく黄色だ。

第二工場内にあったのは、それだけだった。

ドアから入った瞬間、猿丸の目には内部の全貌が明らかだ。つまり――。

内部にいた連中にも、猿丸と漆原の姿は同様ということだ。

猿丸からおよそ十五メートル、コンテナハウスの近くに四人の男女がいた。といっても立つ者は三人だ。車で来た男のひとりは、三人のトライアングルに囲まれるようにして、リノリウムの床で藻掻いていた。

男を中心に、床が赤黒く染まり始めていた。どうやら脇腹から出血しているようだった。

その脇で表情をなくし、立ち尽くすのが手越だ。

「四夫ッ！」

こちらを向いていた女がまず、瞬間的にそう叫んでコンテナハウスに飛び込んだ。

背を向ける位置に立っていた四夫と呼ばれた男はわずかに遅れた。

一瞬で状況を把握した猿丸は、躊躇することなく真っ直ぐ走っていた。漆原が遅れることなく続いた。

四夫が振り返り、針のような目を向けてきた。ありありとした殺気が見えた。

四夫の手が不自然に上がった。今まで何度も経験した動きだった。

「動くなっ！」

四夫から十メートル内外で片膝をつき、猿丸はシグを構えた。

四夫は一瞬両手を上げかけた。だが――。

「下がれっ！」

コンテナハウスから出てきた女が叫んだ。

「なっ。手前ぇ」

思わず猿丸は唸った。

女の腕には、赤ん坊が抱かれていた。

そのあるかないかの首元に、明らかに血曇りがあるナイフを女は突きつけていた。

女の腕の中で、赤ん坊が泣いた。連鎖するように、コンテナハウスの中からも泣き声が起こった。

都合の三人は横浜の三百万。犬塚が調べてくれた死亡診断書の数と合う。

四夫が勝ち誇ったような笑みを見せ、中断した動きを再開した。

懐から取り出そうとするのは、明らかに拳銃だった。グリップが見えただけでも歴然だ。

「う、うわぁぁぁっ！」

手越がいきなり走り出したのは、そのときだった。

身を投げるように女に覆い被《かぶ》さり、ひるんだ隙に赤ん坊を強引に奪い、うずくまった。

〔这混蛋《ジェフンダン》（この野郎ッ）〕

女が夜叉の形相で、手越にナイフを振りかざした。

待ったなしだった。

「漆原っ！」

今まさに拳銃を構えようとする四夫を左手で示し、ワンハンドで猿丸はシグの引き金を引いた。

轟っ！

発砲の衝撃に猿丸の右腕はどうしようもなく跳ね上がる。

だが、シグの.32ＡＣＰ弾は狙いを外すことなく、女の右肩口に着弾した。

ナイフを取り落とし、反動で女は独楽《こま》のように回転した。

だが――。

轟っ！

二発目の銃弾は慮外の位置から発射された。

手越の背中に血の花が咲いた。

轟っ！

と三発目の銃声は、二発目にわずかに遅れた。

四夫が苦悶の表情で身体をくの字に折り、床に倒れて拳銃が転がった。

三発重なるようだった銃声の余韻が残る中、猿丸は鬼の形相で漆原を見た。

漆原は青い顔で、猿丸を見なかった。

「この、馬鹿野郎っ！」

猿丸は漆原を拳で殴り倒した。

「手前ぇ、躊躇しやがったな。だから最初に」

猿丸は、怒りを最後まで言葉にしなかった。

いや、出来なかった。

床にのたうつ四つの呻きのうち、ひとつが重かった。

手越が赤ん坊を抱えたまま、コンテナハウスに這いずっていた。

中に消えた手越を追って猿丸は走った。室内にはベビーベッドに粉ミルク、哺乳瓶《ほにゅうびん》、紙おむつ。育児に必要なものがすべてそろっていた。

「よ、しよし」

手越は壁に伝いながら立ち、抱きかかえた赤ん坊を、そっとベビーベッドに寝かせるところだった。

　頭を優しく撫で、そして、膝から床に崩れ落ちた。

「手越っ」

　猿丸は駆け寄り、手越を抱え起こした。土気色の顔だった。息づかいは細く、瞳孔もいけない。

　還ることはもう、ないと知れた。

「お前ぇ、なんであんなことを」

　揺すられて正気付いたか、手越は目を猿丸に向けた。

「ど、どうせ、死のうと思ってた。いいんだ。つ、罪滅ぼしだ。ひ、人をミンチにして、焼くなぁ、もう嫌だ。あ、あの臭いは、もう、勘弁してくれ」

　向けはしても、見えてはいないようだった。

「おい、しっかりしろ」

　手越は、うっすらとした笑みを見せた。

　その目から、一筋の涙がこぼれた。

「お、俺は、本当は、こ、子供が好きなん、だ」

　真情の所に魂を乗せたか。

　手越は猿丸の腕の中で、ことされた。

コンテナハウスの入り口に、呆然と漆原が立っていた。

「なあ、漆原よ」

猿丸は、もう声を荒げることはなかった。

「躊躇はよ、こんな悲しみも生むんだぜ」

手越をその場に横たえ、猿丸はコンテナハウスを出た。

残る三つの呻きのうち、女に刺された男に近寄った。

「た、助けてくれ」

男は悲愴な顔で、猿丸に向けて腕を伸ばした。

猿丸は天井を見上げ、嘆息した。

手越の今際に比べ、あまりに無様だ。

ちょうど第二工場に、川島が駆け込んでくるところだった。

猿丸は目に暗い光を灯した。

「助かりてぇってか」

おもむろに膝を折り、男の髪をつかんでねじ上げる。

「ああ、助けてやるよ。だがその前に、色々話して貰うぜ――。働いて貰うぜぇ」

「あ、あ、お」

「ぐずぐずしてっと、死ぬぜ。まぁ、それはそれで、構わねぇ」

漆原も川島も、なにも言わなかった。

〈ブラックチェイン〉のうめき声と赤ん坊の泣き声。

ともに命を訴える三対三のせめぎ合いは、光に向かう赤ん坊がはるかに勝って聞こえた。

六

純也は分室でひとり待った。

色々な思いがよぎる。

コーヒーは、二度淹れた。

「シノさんも、もう一杯」

四杯目は、犬塚の席にも置いた。

猿丸から連絡があったのは、十時半を回った頃だった。

「やあ、セリさん。待ってたよ」

まずひと通りの説明を受けた。

四夫、五夫、七姫について。

フード・ワークの保管所、あるいは処理工場としての役割、そして、漆原の躊躇、手越守の死。

「そう。わかった。——大変だったね」

——それで分室長、〈ブラックチェイン〉、中国が絡むってこともあるんですが、漆原があとの処理は外事二課でって言ってますけど。

「そう。オズが顔を出さないいんなら、いいんじゃないかな。部長の手を煩わす回数も減るのはいいことだ。じゃあ、あとのことは二課に任せるとして、セリさん、お疲れさんのままで悪いんだけど、甲府に向かってもらえるかな。いつまでもメイさんひとりは、ちょっと心許《こころもと》ない」

——了解です。

「じゃあ」

純也は電話を切り、コーヒーをひと口飲んだ。

少し、味が変わった気がした。笑えた。

作業に入る猿丸を心のどこかで気にしていたかもしれない。

犬塚の死が、それだけ大きいともいえる。

「僕も少し、人間味が出てきたかな」

純也はコーヒーカップを置き、ポケットから名刺入れを取り出した。

「非情は情の裏返し、情は非情の裏返し」

一枚の名刺を見ながらダイヤルする。初見の時に犬塚の名で交換したものだ。

電話の相手は、藍誠会横浜総合病院の、桂木だった。

最初はつながらなかった。

「警視庁の犬塚です。お電話下さい」

それだけメッセージを入れて、いったん切る。およそ五分で、桂木から掛かってきた。

——もしもし。

その一声だけでわかる。

警戒心はマックスだ。

「ああ、ご無沙汰しております」

——なんの用だね。

「ははっ。いきなりそれは、つれないですね」

——つれないもなにも、私と君はなんの関係もないだろう。

「それがそうでもなくて。色々わかりましたから」

桂木は一瞬、息を詰めたようだった。

——色々とはなんだ。

「色々は色々。そうですね。すべて、と断言しましょうか。〈ブラックチェイン〉、フード・ワークの手越さん、白心ライフパートナーズの堀川さん。ああ、ちなみに今回の三人の赤ちゃんは、こちらで無事保護しました」

桂木から応答はなかった。いきなり黙った。

純也は窓に寄った。

眼下の桜田通りに車のライトが賑やかだった。

待っても、桂木から口を開くことはなかった。

「桂木さん、責めているわけではありませんよ」

純也は声のトーンを変えた。

「私の部署は、そういうところではありません。――あなたも、苦しんだひとりだ」

「それは、どういう――」

「まず、断言させて貰いましょう。桂木さん、あなたも、堀川さんも死ぬことはない。こんなことで死んではいけない。これはあなたの口から堀川さんにも伝えてあげて欲しい」

桂木がまた黙った。

が、この沈黙は先と同様にして、同質ではない。

受話口を通じてでも、わかるものはある。

「日常を脅かされる人を守る。それが僕の正義です。ははっ。少々黒い正義ですが」

「――し、信じていいのか。信じられるのか」

桂木の声から険が取れた。すがるものに変わっていた。

「大丈夫。あなたも外科部長も、白心の堀川さんも、金輪際表に出ることはありません。

ああ、外科部長に関しては、多少ニュアンスが違いますが」

「違うとはなんだね」

「長いおつきあいといいますか。まあ、これは直接あなたには関係ありません。お気になさらず。そのかわり、交換条件ではありませんが、あなたにもひとつ、お願いがあります。堀川さんにも」

「そ、それは」

「なに、簡単なことです。苦しんで苦しんで、おそらく死ななければというところまで追いつめられていたあなた方なら」

それから純也は、桂木に頼み事の内容を告げた。

「——それで、私たちは救われるのか」

「信じられませんか」

「——信じさせて欲しい。いや、信じさせて貰おう」

「よろしくお願いします」

桂木との電話は、これで終わりだった。

「おっと、そうだ」

純也はすぐさま、今度はまた猿丸に電話をかけた。

——なんでしょう。

「ああ、セリさん。まだ現場かい」

——はい。ちょうど今県警の大森巡査部長も到着したんで、三人に任せて出ようと思ってたとこです。

「ああ、間に合ってよかった」

——なんです？

「そこに転がってる、五夫だっけ。使おうと思ってね。傷の具合はどうだい？　ちなみに、どんな様子でも僕は気にしないけど」

——五夫？　ええ、唸ってますがね。痛《いて》ぇのは生きてる証拠ですから。

猿丸は鼻で笑った。

「そうだね。じゃあ、ちょっと携帯をスピーカーにして、五夫に聞こえるようにしてくれるかい」

——了解っす。

語尾の、っすの音が変わった。

〔初めまして。僕は今そこに立っている男の上司だけど〕

純也は北京語で語りかけた。

〔聞こえてるかい〕

——〔あ、ああ〕

〔それはよかった。携帯は持っているね〕
――〔も、持っている〕
〔じゃあ、それでこれから僕が言うことを、爺夫に伝えてくれるかい。もちろん我慢して、平静を装って〕
――〔なんだと。ふん。ば、馬鹿馬鹿しい〕
〔言うことを聞いた方がいいと思うけど。――一度しか言わない〕
純也の声が、冷気を帯びた。
〔そこにそのまま放置されて死ぬか、爺夫に電話をかけて自由を得るか。ふたつにひとつしか、僕はお前に選ばせない〕
――〔なっ。じ、自由とは、な、んだ〕
〔文字通りの自由。ただし、長い鎖にはつながせて貰う。見えないし、お前にはわからないだろう。感覚もない。そんな自由〕
五夫はすぐには答えなかった。
何拍かがあった。
〔時間が惜しい。死ぬか、生きるか〕
――〔俺はなにをすれば、生きられる〕
純也はひとり、いつものはにかんだような笑みを見せ、五夫に内容を告げた。

〔ああ、老婆心だけど、下手なことはしない方がいい。僕は聞いているよ、このままで〕

このあと、純也はスピーカーから聞こえてくる五夫と爺夫のやりとりを確認した。

おおむね、純也の狙い通りに会話は成立したようだった。

五夫の言葉を聞く限り、やりとりとして爺夫が疑うべき隙もない。

「セリさん、もういいよ」

——じゃ、甲府に向かいます。

と、分室長と呼ぶ漆原の声が聞こえた。

猿丸の携帯は、まだスピーカー状態のようだった。

「うん？　なにかな」

——私も、甲府に行かせてください。

漆原の声が近くなった。

——私の躊躇で、手越さんは命を落としました。せめて最後まで。

「ああ、漆原さん。申し訳ないけど」

純也は途中で遮った。

「あなたの感情は要らない」

——し、しかし。

「はっきり言って、足手まといだ」

返答も聞かず、純也は携帯をオフにした。

七

「私、どうなっちゃうんだろう」

恵子は二段式のパイプベッドに座り、腕で自分の両肩を撫でさするように掻き抱いた。寒いわけではない。

ただこの、必要な物はなんでもそろっていて、欲しい物はなにひとつない場所に連れ込まれて以来、これからのことを考えるたび、我知らず身体が震えた。

二十畳はある広間のような部屋には、空調は整い、ユニットバスもトイレもあり、特にトイレにはサニタリーも完備されていた。

電子レンジもあり、カップ麺も箱買いで積まれている。冷蔵庫もあり、冷食もあった。缶詰もある。割り箸もたくさんある。

着替えもあるが、洗濯乾燥機もあった。

今は恵子ひとりだが、ベッドの数や部屋の広さ、備蓄品の量を考えれば、複数の女達が寝起きすることもあったようだ。そんな痕跡もあちこちにあった。

ただ、ネットはつながっていないし、携帯はおそらく取り上げられていた。部屋から出るための鍵はなく、天気を知るための窓もない。

ようは、大きな檻《おり》だった。鳥籠だ。

テレビはあった。だから日付はわかる。

この日は、八月二十六日だった。

この広間のような部屋にひとりぼっちで押し込められて、十日が過ぎようとしていた。

あの日のことはこの十日間、後悔に後悔し続けた。

あの日、奈々と陳のデートを刑事の真似事で追跡尾行などしなければ。

受付で奈々に頼まれたとき、あんなに安請け合いしなければ。

こんなことにはならなかった。

と、同時に、あの日のことはこの十日間、肯定に肯定し続けもした。

ふたりのデートを、本当にうまく行確出来たからこそ、奈々が連れ去られることはなかった。

怪しげなパブで奈々のカクテルグラスに、陳が仕掛けた妙な薬に気づいたからこそ、酩酊状態の奈々を陳の魔の手から救うことが出来た。

行確のことは以前、猿丸が得意気に教えてくれたことがあった。

「マルタイそのものを見ちまうのは二流だね。ちょっと外すんだ。煙草《たばこ》吸う奴ならその煙草、指先じゃねえよ。あくまで煙草。酒席ならグラス、携帯いじってたら携帯、なにもねえ道ならそいつの一歩先辺りの地面。それが、一流のコツかね」

我ながら、忠実に上手く出来たと思う。

ただ、このときは純粋な、一般的な正義感からだった。

クスリで泥酔させて女の子を乱暴するつもり、そのくらいにしか考えなかった。考えつかなかったともいえる。

正義感はどこにでも転がっている、安っぽいものだったかもしれない。

陳の目的は、菅生奈々を拉致することだったのだ。

それがわからなかった恵子は、人前で問いただすのも気が引けると、歩くこともおぼつかない奈々を抱えた陳に声をかけるのを、人気がなくなる場所まで待った。

「ちょっと陳さん。奈々ちゃんをどうしようっていうの」

本当に、滑稽なほど陳腐な正義感だ。

平和な日本で普通に暮らす一般人にしか通用しないだろう。

今ならわかる。

思い知らされた。

「へぇ。凄いね。大橋さん、才能、あるかね」

おどけた調子で奈々をベンチに横たえた陳の、そのあとの動きはまったく見えなかった。

スタンガン、だったかもしれない。

気づいたら、この部屋にいた。

「どこ、ここ」

「やあ、気がついたよね」

しばらくすると、陳が入ってきた。ほかに見知らぬ男女が四人いた。

「どうよね」

陳の言葉は恵子ではなく、見知らぬ四人に向けていた。

男女は全員恵子を舐め回すように見詰め、口々にいいやらＯＫやら言った。

「な、何なのいったい、陳さん」

「ああ、心配しない。大橋さん、花嫁になるよ」

「え。花嫁ってなによ。ふざけないで！」

「ふざけない。ハッピー・ウェディング」

その後も、陳はよくわからないことを言っていた。

上海、中国、お金持ち。

海を渡る。永遠に。

「大橋さん、綺麗ね。過ぎるかね。ちょうどいいは、奈々ちゃん。でも、いいよね」

陳はさわやかな笑みを装ったが、もうさわやかではなかった。

顔形はさわやかさを保ったまま、目が黒々とした洞穴のように見えた。

現実、非現実。

日常、非日常。

過去、現在、未来。

十日も経てば、現実も日常も次第に遠くなり始めた。

過去は、多少の不満はあったけれど、楽しいことも多かった。

現在は、籠の鳥だ。

未来など、あるのだろうか。


恵子はベッドに身を起こした。いつの間にか寝入っていたようだ。どれくらいかはわからない。今はテレビもついていない。

部屋の外から声が聞こえた。それで起こされたようだ。

これまでも何度かあった。ただ、いつも中国語だ。なにを話しているのかは恵子にはわからなかった。

多少の中国語ならわかるが、通常会話の速さになるとお手上げだ。

それにしても、今までとは様子が違うようだった。

いつも怒鳴りあうように聞こえはするが、今回はいつも以上に緊迫して聞こえた。

〔爺夫。なんですかね。五夫のトラブルって〕
内容はわからないが、名前くらいはわかった。今話しているのは、九夫と呼ばれる男だ。けれど、陳のことを陳とは呼ばず、いつも爺夫と呼んでいる。九夫も本名ではないかもしれない。
〔詳しいことはわからないと言ったろう。急いで切りたい様子もあったから、特に聞いてはいない。ただ、本当になにかはあったに違いない。念のため、四夫と七姫にも電話してみたが、つながらない〕
〔それって、やばいんじゃ〕
〔考えてはみた。ただ、全員を集めろということはなかったからな。俺とお前ふたりということに、まだ保険がかけられる〕
〔あ。そうっすか。じゃ、よかった〕
恵子はベッドを軋ませ、立ち上がった。
部屋の入り口近くに向かう。そこにだけ鏡があった。
食べていない、寝ていないわけではないのに、頬がこけていた。目の下に隈も出来ていた。
ショートボブの毛先が、撥ねていた。手櫛《てぐし》を通してみるが、直らない。寝癖だろうか。
と、外の様子に変化があった。

もうひとり、誰かが来たようだった。

〔爺夫、なんですか。白心の堀川のあの強気は〕

声から察するに、登場したのは八夫だ。

〔――八夫、なにを言っている〕

陳の声色が少し変わった。

〔なにって。えっ。もう今後一切手を貸さないって。詳しくは、いつもの場所に行って爺夫に聞けって〕

〔なんだと〕

〔いや。そんなに凄まれても〕

さらにもうひとりの足音が聞こえた。だいぶ慌てているようだった。

〔爺夫ッ！〕

二夫だった。

〔どういうことです。桂木がもう協力しないってのは。あなたが許したって、なんなんですか〕

〔八夫ッ！〕

なんだかよくわからないが、陳が叫ぶようにして八夫を呼んだ。

でも、どうでもいい。撥ねた髪を直さなければ。

櫛はどこにあっただろう。

〔女を連れ出せ〕

〔えっ〕

〔ここを引き払う。早くしろ〕

〔な、なんなんですか。いったい〕

〔お前、日本に馴染みすぎたんじゃないのか。これはトラップだ。急げッ〕

〔あ、は、はい！〕

恵子はベッドサイドにあった櫛を取り、鏡に向かおうとした。

いきなり、入り口のドアが開いた。

入ってきたのは、若い男だった。

「ここから出るんだ」

ああ、この若い男が、八夫という男なのか。

漠然とそんなことを考えていると、八夫が寄ってきた。

「もたもたするなっ」

恵子の手から櫛を奪い取って捨て、アイマスクを強引にかけてきた。

「あっ」

斜めのアイマスクを直す間もなく、強い力で手首をつかんで引くが、恵子は走れなかった。

　十日間、一度に十歩以上も歩いてはいなかった。

「痛っ」

　入り口のサッシに肩をぶつけた。バランスを崩し、手を引かれながら転んだ。

　痛みはあったが、それで部屋から、十日振りに出たことはわかった。

　そのときだった。

「手前ぇらぁっ！」

「えっ！」

　間違えようもない、鳥居の声だった。けれど恵子は、身も心も反応出来なかった。

　これは現実？

　それとも、夢？

〔誰だっ〕

〔どこだ！〕

　口々に八夫たちが中国語で騒いだ。

「こっちだぜぇっ」

　また鳥居の声がした。

　次の瞬間、雷が落ちたようなスパークが起こった。

起こったようだと、アイマスクがずれていた分、恵子にもわかった。

「ぐわっ！」

「がっ！」

理由はわからなかったが、四つの苦鳴が聞こえ、八夫の手が恵子から離れた。

恵子は、無我夢中でアイマスクを取った。

(ここは)

横座りになった恵子の目にいきなり飛び込んで来たのは、十メートルほど離れたところで無惨にも衝突し、片方がもう片方に乗り上げた二両の貨車だった。

事故でもあったのか。薄暗いのは、夜だからか。

でも、点灯したランプも見えた。ということは屋内なのだろうか。

なにがなんだかわからなかったが、それ以上考えることは出来なかった。

いや、停止したと言っていい。

恵子は、見たのだ。

(ああ)

乗り上げた高い方の貨車の上から、ジャケットの裾を翻し、飛び降りてくる薄墨のような影があった。

暗くても久し振りでも、見間違えようのないシルエットだった。

悪魔、いや、天使。

「やあ、大橋さん」

ＴＰＯにそぐわない声、言葉。

けれど、芯が冷たく、だからこそ間違いはない。

舞い降りてくるのは、純也だった。

轟！　轟っ！

「がっ」

恵子のすぐそばで八夫が後ろに吹き飛んだ。離れたところにいたもうひとりも同様だった。

「きゃっ」

恵子は耳を押さえて身体を丸めた。

「おらぁっ！」

貨車の脇から回り込んで来たのは猿丸だった。

純也同様、その手には拳銃があった。

立ち止まることなく、引き金が引かれた。

「ぐっ」

恵子から見て右側にいた男が肩を押さえて跪《ひざまず》いた。

声を聞く限り、男は二夫だ。

鳥居がなにか、筒のようなものを手に持って左手側から走り込んできた。

と――。

純也がコンクリートの床に着地するのと、恵子に強い風が吹き付けたような気がしたのは、ほとんど同時だった。

「きゃあ」

首に巻き付いた腕に恵子は強い力で引き上げられた。

背後から誰かに抱きかかえられた格好だ。

毛先が撥ねた方の髪に、冷たいなにかが押しつけられた。

「動くな！」

銃口だろう。

突きつけているのは、陳だった。

「くっ！」

猿丸が右手側で動きを止めた。

左手側では鳥居も、苦々しい顔で固まった。

中央には拳銃を片手に、純也が立つ。

「へぇ。か弱い女性に上手く隠れるね。さすがに、ずいぶん鍛えられているようだ」

ただし、その顔には、いつものはにかんだような笑みがあった。

その笑みに、ひどく現実感が募った。

私は今、絶体絶命の危機に陥っている。

「大橋さん、どうする」

聞けば聞くほど現実感が増して、かえって懐かしい声。

聞けば聞くほど冷たさのつのる声。

「このままだと、死ぬよ」

「えっ」

「銃、置け。投げろ」

恵子の耳元で陳が喚いた。

鳥居と猿丸が唸る。

けれど、純也の笑みはまったく変わらなかった。

「生きたいかい。生きても、今までと同じでいられる保証はないけど」

「えっ」

「地獄で生きることになるかもしれない。それでも生きたいかい」

「えっ。えっ」

いったいなんの話、誰の話だろう。

「生きたければ、泣けばいい。叫べばいい。赤子のように」

響きがどこまでも、冷たかった。

悪魔、いや天使、いやいや、堕天使。

鳥居と猿丸が銃を投げた。コンクリートの床で鈍い音がした。

「小日向っ。お前もだ。早くしろっ」

銃口がこじるようにして恵子のこめかみに強く押しつけられた。

痛く、冷たく、怖かった。

生きたい、怖い、生きていたい、怖い。

「大橋さん、どうする。地獄でも生きたいかい」

「私はっ――」

堕天使の声にも、すがりたかった。

「私は、生きたいっ!」

「了解」

そう言った途端、恵子の視界の中から純也の姿が消えた。

だが、消えたと認識出来たのはほんの一瞬だった。

耳を突き破るような、明らかな銃声が左側からした。

恵子にとって、初めて聞く音だった。

自分が、撃たれる音。
銃弾が、自分の肩寄り、乳房の上に着弾し、潜って突き抜けてゆく音。
「がっ、はっ」
陳の縛《いまし》めは突如として緩んだが、恵子は動けなかった。
逆に、どうしようもなく膝がわななき、崩れ落ちた。
痛みはなかったが、感覚もまたなかった。震え始めた身体が、止まらない。
前のめりに倒れようとする身体を、支えてくれる腕があった。
純也だった。余計、身体が震えた。夏なのに、寒い。いえ、夏なのに暖かい。
血の臭いがし始めた。多分、自分の血だ。
恵子はなにか言おうと口を開きかけるが、うまく動かせなかった。
純也が、吐息が掛かるほど近くで、笑って首を振った。
「頑張ったね」
そっと、その胸の中に抱いてくれた。
（ああ）
恵子は、むせかえるほどの甘い匂いに包まれた。
（ああ）
純也の身体、純也の匂い、純也の声。

「大丈夫。君は、死なないよ」
悪魔、天使、いえ、間違いなく、堕天使。
いつの間にか、身体の震えは収まっていた。
不思議な安堵があった。
(私は、この人に搦《から》め捕られる)
急速に遠のいてゆく意識の中で、恵子はそう、確信した。

終章　黒孩子

一

　八月も終わりに近い、二十九日の午前十時だった。純也は長島の待つ、公安部長室にいた。

　この日はまず、九時過ぎに第一関門である一階のロビーは通過した。

　菅生奈々には、奈々と陳とのデートの日、恵子が軽い脳梗塞で倒れたことにしておいた。

　奈々は驚き、泣きそうな顔をした。

「私が変なことを頼んじゃったからかも」

「いや、デートのお日付のせいで、脳梗塞もないと思うよ」

　お見舞いに行かなくちゃ、病院はどこですかと食い下がる奈々には手こずったが、

「後遺症は残らないって聞いたけど、それでも、リハビリ中だよ。そういうところを、彼

女はあまり見せたくないんじゃないかな」

ということでなんとか納得させた。

その後、公安部長室に入ったのは九時半過ぎだった。

純也は細かな一連の顚末《てんまつ》を説明し終えたばかりだった。

概要は甲府の直後に伝えてある。当然、後処理は長島に託した。

珍しく、長島に応接のソファを許された。たしかに立ったままでは少々、長めの話だった。

「なるほどな」

長島は純也の向かいで、深く嘆息した。

「しかし、売った子供が成長して、ひと廉《かど》の人物になっている場合もある。と、そのことまで見越して、あちらの人間は売ったのだろうか」

「そう思います」

「根拠は」

「商売とは、そういうものでしょう」

「商売か。——そういうものなのか」

「そういうものです」

私にはわからんが、と長島は天井を見上げた。

「で、その病院や葬儀社、その他、お前はどこまでわかっているのだ」

「おそらくですが、向こう側が把握しているすべては」

「ふん。すべてか。相変わらず、大した捜査力、いや、人脈か」

「恐れ入ります」

「そのすべての人間、どうするつもりだ」

「どうもこうもありません。みんな真っ当に生きている日本人です。まぁ、中にはあくどいのやら物騒なのやらいそうですが、許容範囲でしょう」

「表には出さないということか」

「〈カフェ・天敬会事件〉の時の、HDの連中と同じです。なんでしたら」

純也は携帯を取り出す素振りを見せた。

「部長にもまた、お分けしますが。リスクヘッジで」

ごめんこうむると、長島は即断した。

「これ以上は、腹をこわす」

「ははっ。そんな弱い胃腸じゃ、公安部長など出来ないでしょうに。現に、〈ブラックチェイン〉の連中のことでは、ご迷惑をかけていますし」

甲府からの連絡のあと、長島は外事第二課扱いの四夫、五夫、七姫も含め、〈ブラックチェイン〉の扱いを、自ら直断の秘匿レベルに引き上げた。

全員が黒孩子だ。

戸籍も国籍もない以上、事件そのものも表に出せる物ではない。

「それなら解決している」

長島はあっさりと言い、ソファから立った。

「全員、大使館に引き取らせる手筈《てはず》になっている」

「へぇ。それはそれは」

純也は大仰に驚いてみせた。

「向こうがよくＯＫしましたね」

長島は純也を見下ろす位置で、おそらく薄く笑った。

「多少の力業はお前だけの特許でも専売でもない。俺も色々、公安部長職に染まってきたからな」

「なるほど」

あえて聞かない。長島もそれ以上は言いはしないだろう。

「大使館から本国には、すぐに伝えられたようだ。引き取りの連中が昨日、大使館に入ったと聞いた。今日こちらに来て、そのままチャーターで国に連れて行くらしい。そのあとのことは、あずかり知らないがな。——ああ、それであの男、劉といったか。あの男も、今日、帰国だそうだ」

「そうですか」

　とは言いながら、純也はそのことは知っていた。

　それにしても、と長島は言いながら窓辺に動き出した。

「いい腕だそうだな」

「はて、なんのことでしょう」

「首魁の爺夫、陳の胸、心臓のど真ん中だと検死官に聞いた。人ひとり貫通させながらな」

「いえ、どうしようもなく未熟でしょう。当てないつもりが、大橋さんに当ててしまいましたし、陳も生きて捕まえることが出来ませんでした。恥じ入るばかりです」

「と、いうことにはなっているな。だから特に、まあ事件の性質もあって査問にもかけられない。いや、かければそのまま俺の首筋にまで監察のナイフが及びそうだ」

　長島は窓辺に立ち、それ以上言わなかったが、ここにも力業の発動があったことは易くうかがい知れた。

「それにしても、9×19㎜のフルメタルジャケットか」

「は？」

「そんなもの、官給品のリストにはないはずだが」

「さて。私は支給されたものをそのまま使用しただけです。装備辺りの手違いじゃないですか」

　ふん、と長島は鼻を鳴らした。

「装備課にあるというのか。９×19㎜のフルメタルが」

「警視庁にもＳＡＴなどの部隊がある以上、ないわけはないと思いますが――まあ、推測ですけれど」

　実際、制式拳銃のシグに装塡されている銃弾は.32ＡＣＰだ。

　だが今回、純也は貫通力に優れる９×19㎜のフルメタルを使った。

　人質を取られているというこちらの弱みを、逆手に取って隙を作る場面をシミュレートした場合、そちらの方が都合が良さそうだったからだ。

　まさにそれが、今回ダニエルに頼んだ残暑見舞いだった。

「小日向。お前にとっての正義とはなんだ」

　窓から外を眺め、微動だにしない長島が言った。

　強い言葉が、窓に跳ね返って純也に注ぐ。

「無明の先に灯る、ただ一点の光、でしょうか」

　しばし、長島からの返事はなかった。

　やがて、窓辺で長島が振り返った。

　陽の向きによって、シルエットが際立った。

「お前の正義が、偽善と欺瞞にまみれていないことを祈る」

公安部長室は、いつも暗い。

「時に、いつ奢ってもらえるのかな」

「は？」

「色々重なってきた。一度清算してもらえると有り難い。ちなみに今日は金曜で、私は夜は空いているが」

「なるほど」

純也はいつものはにかんだような笑みを見せ、自分もソファから立ち上がった。

そろそろ、いい時間だった。

「今日かどうかは少し考えさせて頂くとしまして、間違いなく、近々のセッティングをお約束しましょう。――では」

一礼を残し、純也は公安部長室をあとにした。

二

この日の午後二時、純也の姿は海ほたるの展望デッキに見られた。

子供達はまだ夏休みのところが多いとはいえ、月末の金曜午後だ。

海ほたるは、観光スポットとしての賑わいにはほど遠い。
〔してやられた。色々と〕
〔ははっ。なにもしていませんよ。特に、あなたに関しては〕
純也が北京語で話す相手は、劉永哲だった。
少しやつれたように見えるが、これがあの劉かと思うほど表情は穏やかだ。
削げた分は、仮面だったのだろうか。
〔よくわかりませんが、慟哭を聞けばわかることもあります。劉さん、前の爺夫の死、残念でした〕
劉はわずかに頬を緩め、海に目を向けた。
海上を渡り来る風は、夏の終わりを予感させて涼やかだった。
〔前の爺夫はね、私の弟なのだよ。劉子明《しめい》。ただ、本人はそれを知らないかもしれない〕
劉は、海に撒くように話し始めた。
〔もともと、私の家は化隆県の貧しい農家だった。化隆県はわかるね〕
〔ええ、たしか〕
中国三大拳銃密造地域のひとつだ。
なぜそこがといえば、理由は簡単だ。
劉がいうように、貧しいからだ。

化隆県は県のたいがいが海抜三千メートルの高地にあって、なかなか作物が育ちにくい場所だった。農家の平均月収は五百元以下といわれる。暮らしていくにもギリギリの収入だ。
そこに、シンジケートが目をつけた。拳銃は、一丁で数百元の現金が手に入った。
〔そう。ただ、私の父母は一生懸命に生きる、不器用な自作農だった。それでやむなく、弟を売った。わずかに拳銃五丁ほどの金額で〕
〔ああ。売ったのですか。捨てた、ではなく〕
〔そう。間違いはない。私はそのとき七歳だった。すべてを覚えている。ふっふっ〕
劉は口元を苦しげに歪めた。
〔今回は黒孩子ばかりの案件だったが、子明は黒孩子ですらない。一人っ子政策が始まる、一年前に売られたのだ。貧しさ故に〕
劉は頭を振り、大きく息をついた。
〔小日向君。ちなみに、蘭州ラーメンを知っているかな〕
劉の話は意外な方に飛んだ。
〔ええ、もちろん。有名ですから〕
劉は満足気に顎を引いた。
〔そう、有名だ。けれど、これは知っているかな。蘭州ラーメンの有名店は、オーナーの

ほとんどが化隆県の人間なのだ〕
〔へえ。——ああ、もしかして〕
〔そう。私の両親は、蘭州ラーメンで成功した。今、私がこうして国家機関のエリートとして生きていられるのは、そのおかげだ。その元手となった、拳銃五丁ほどの金のおかげなのだ〕
聞けば深い。劉の話は身の上話であって、と同時に中国が抱える闇の話でもあった。
〔私は、国家安全部に所属してから密かに弟の行方を捜した。けれど、長くわからなかった。わかったのは、徐才明が失脚し、その裏の顔を白日の下にさらす作業を始めてからだった〕
それが、〈ブラックチェイン〉だったと劉は言った。
〔ただ、張源も動き出そうとしていた。その動きを探る限り、本当にあのとき言った、探し出して取り込むためのエージェントとして、駐在武官を動かすことに辿り着き、——そう、もしかしたらそこで、止まってしまったかもしれない。私は急ぎ、この国に来ることを決めた。弟を、闇のシステムから解放しようと、張源に先んじようと、それで少し焦ったかもしれない〕
〔解放する？〕
〔そう。浅はかとなじられても仕方ないが〕

劉が自嘲した。暗い、笑みだった。

〔徐才明の調査は我々が仕切っていた。データはそろっていた。私は、日本に売られた高橋や桂木のリストとデータは握った。そのうちのリストは、ひとりで秘匿した。それで私は〕

〈ブラックチェイン〉と商品をつなぐ、日本人の顔をして生きる黒孩子を排除しようとしたのだという。

〔日本のシステムは複雑だ。間をつなぐ連中がキーなのだ。そこを遮断してしまえば、張源は〈ブラックチェイン〉に対する興味を失うと思った。それにもともと弟の子明が、爺夫として独自に動こうとしているという情報もあった。まず間の存在を消去することが、弟を解放するための最善策だと思ったのだ〕

そういうことか。

納得は出来ない。出来るわけもない。

そのために何人かの人間が死んだ。高橋も死んだ。犬塚も死んだ。

だが、浅はかでもこれは、劉永哲という男の情、ではある。

小日向君、と劉は純也をさっぱりとした声で呼んだ。

〔矛盾しているかもしれないが、弟の解放は、私の正義のための第一歩だった。これを終わらせなければ、私は正義に踏み出せない〕

〔あなたの正義、ですか〕

〔そう。ああ、このリストに関しては、もう金輪際、表に出さない。向こうに帰ったら、一切を捨てる。——それも、私の正義、かな〕

そういって笑い、劉は右手を差し出した。

〔さらば〕

純也はためらうことなくその手を握った。

友愛でも融合でもない。

それは劉もわかっているのだろう。

これは対等、対立の証だ。

〔小日向君、いずれ、どこかで会うこともあるか〕

〔どこで会おうと、敵か味方かに、あまり意味はありませんが〕

特に答えず、劉は純也の前から離れた。

純也はしばし、残暑の海風にその身をさらした。

「正義、か。ははっ。難しいね。人の口から聞くと、所詮個人の思い込みにも思える」

やがて、木更津方面に下る、劉のレンタカーが見えた。

そのまま、成田空港に向かうのだろう。

純也はおもむろに携帯を取り出した。掛けた相手は長島だった。

「ああ、小日向です。奢りの件、ＯＫです。今夜行きましょうか。――ははっ。いえ、特になにも含むところはありません。ただ、部長に問われて答えた、青臭い正義が少々気恥ずかしいような気がしまして。その打ち消しも含めて。そうそう、どうせなら、矢崎陸将も呼びましょうか。――ええ。店も時間もこれからです。詳細はまた」

純也は電話を切り、劉のレンタカーを見やった。

下りの路上に車は少ない。

劉の車は、もうだいぶ遠かった。

〔再見〕

純也は片手を上げ、自分も帰路につくべく背を返した。

と――。

ドォォォォォォン。

まず轟音が上がり、遅れて軽い衝撃があった。

純也は、下りの車線を見た。

黒煙を上げて燃え上がっていたのは、劉のレンタカーだった。

しばらく眺め、次第に目に強い光をたたえ、純也は携帯を手に取った。

相手は、すぐに出た。

「今からそちらに行かせて貰います。――え、なにが？　それは、ご自分でおわかりでしょう」

問答無用に通話を切り、純也はもう一度下り方面に目をやった。

真っ黒な煙が、海風に押され、長く棚引いていた。

三

エレベータを降りた純也は、真っ直ぐにその男の元を目指した。

福島の呼びかけにも答えることなく、顔も向けることなく、真っ直ぐ。

氏家は、執務室でデスクに向かっていた。

「いきなりだな。こちらとしては、特にお前に用はないが」

顔も上げず、氏家は言った。

「用かといえば、私も特に用事ではありません。ただひと言、言っておきたいと思いまして」

「――なら、言えばいい。聞く耳は残念なことにふたつもある」

「ではお言葉に甘えて」

純也は、デスクを挟んで氏家の前に立った。

「やりましたね。理事官」

「なにをだ」

「実は、あの爆発現場の近くに私もいまして。――Ｃ４ですか」

氏家は答えなかった。

「いや、あなたなら押収物からでも、極秘裏に作ることでもなんでも出来るでしょう。なんにせよ、絶対に足のつかない爆薬とコントロール装置ですよね」

ようやく氏家は顔を上げた。

「なにを言っているのかよくわからないが、まあ、来たのならちょうどいい。耳元で騒がれるだけでは割に合わないからな」

氏家は言いながら、デスクのサイドチェストから黒いなにかを取り出した。

デスクの上にどさりと放り出されるそれは、一冊のファイルだった。表紙に〈Ｊファイル・真〉と書かれていた。

「ようやく辿り着いたが、凄いものだな。これ一冊で、そう、お前の言うＣ４の爆発のなん十倍もの威力を秘めている。表に出したら、政界にも財界にも激震が走るな。国中が大騒ぎになるだろう。特に国内は、リーマンショックの比ではないかもしれない」

純也は立ったままの位置から、氏家を冷ややかな目で見下ろした。

「脅し、ですか」

「どうだろう」

「どうぞ」

「どうぞとは？」

「出せるものなら、出せばいい」

純也はチェシャ猫めいた笑みを見せた。

氏家は立ち上がった。

同じような高さで、しばらく睨み合いになった。

「そうだな」

ふと、先に目をそらしたのは氏家だった。

「出せるなら。それに間違いはない。ただ、俺がこれを押さえていることを忘れるな。忘れたとき、これは爆発する。ちょうど、劉永哲が乗った、レンタカーのようにな」

「覚えておきましょう」

純也は一礼した。

氏家が満足気に椅子を軋ませて座る。

が――。

顔を上げた純也はその場を動かなかった。チェシャ猫めいた笑みも変わらない。

「これで、枕を高くして眠れますか」

「なんだ」

氏家は眉をひそめた。

「今回、本気でオズを仕掛けると言っていた割に、手ぬるかったと思いまして。どうも、あなたの意識は劉に傾注していたようだ。そもそも、中国国家安全部のエリートだからといっても、気位ばかり高いあなたは、それだけで唯々諾々として従うような人じゃないでしょう。それで気にはなってました」

氏家の目が、徐々に暗い光を帯び始めた。

「調べましたよ。滋賀のご出身でしたね。ご両親とも、すでに他界されている」

「そう、だ」

「ただ、ご親戚筋はあちらに多いようですね」

「――だったら、どうした」

声にも次第に、錆のようなものが浮き始める。

「密かに部下を行かせましてね。ご親戚筋から、ちょっと拝借しました。当然、理事官ご自身のものも少しばかり。この警察庁内で、ちょこちょこと」

「――なにをだ」

「DNAを。鑑定に回しましたよ。信用の出来ない男が勤める、信頼出来るところに。

――理事官、実子じゃありませんよね」

「血縁鑑定か。ふん、そんなものになんの意味がある。たとえ実子ではないとして、それがなんだ」

「そう。あなたを追いつめる証拠にはならない。けれど、もともとそんなことはどうでもいいと思ってました。あなたがこれ以上馬鹿なことをせず、偽善の側に立つ限り、出す気もありません」

「偽善の側？　なんだそれは」

「決まってるでしょう。ここですよ、警察庁。そして、あなたの正義、職務」

「ふん。偉そうに言うが、俺の知ることとお前の知ることでは釣り合いが取れない気がするが」

「そうでしょうか。――ああ、言い忘れましたが、実は私、中国に実に多才で有能な友達がいまして。その友達から、つい最近入手したばかりの物があるんです」

「入手？　なんだ。まどろっこしい。はっきり言え」

「とある人達、れっきとした中国人で、向こうに戸籍もある普通の人達のＤＮＡデータです。要するに、本当の両親のデータです。徐才明の一派は、子供を引き受ける際、必ず両親の検体も出させていたそうです。最初は、口封じの証拠にだったらしいですけど。なにかの時、一蓮托生だということを納得させるために。実はこれ、こちらに住む黒孩子が、日本人ではなく黒孩子である証拠として、劉さんが持っていたのと同じ物です」

氏家の目にさらに暗い光が増してゆく。

「爆破して、リストさえ世に出なければ、これで終わったと思いましたか？」

構わず純也は顔を氏家に近づけた。

「そうはいかない。そうも、させない」

チェシャ猫の笑みも、負けず劣らず打ち消すように悪戯気だ。

「見つけましたよ。データの中に、あなたと一致するＤＮＡを。照らし合わせれば誰にでもわかる」

部屋の空気が凍ったような気がした。

割るように純也は身を起こした。

「理事官。あなたもその昔売られてきた、黒孩子ですね」

氏家は答えもせず、動きもしなかった。

ただ黒い光で満たされ、かえって洞のような目を純也に向け、頬を吊り上げ、壮絶に笑った。

この作品は徳間文庫のために書下されました。
なお本作品はフィクションであり実在の個人・団体などとは一切関係がありません。

徳間文庫

警視庁公安J

ブラックチェイン

2017年3月15日 初刷

著者 鈴《すず》峯《みね》紅《こう》也《や》

発行者 平野健一

発行所 株式会社 徳間書店

東京都港区芝大門二―二―二〒105―8055

電話 編集〇三(五四〇三)四三四九
販売〇四八(四五一)五九六〇

振替 〇〇一四〇―〇―四四三九二

印刷
製本 図書印刷株式会社

ISBN978-4-19-894214-4 (乱丁、落丁本はお取りかえいたします)